청소년을 위한 글쓰기 에세이

자기소개서부터 논술까지 생각의 중심을 잡아주는 글쓰기 교실

청소년을 위한
글쓰기
에세이

장선화 지음

문학박사(문헌정보학)

해냄

들어가는 말

"글쓰기 좋아하세요?"

중고등학교에서 강의를 할 때마다 참가한 학생들에게 제일 먼저 하는 질문이랍니다. 자발적으로 참가한 학생들인데도 글쓰기를 좋아한다고 자신 있게 손을 드는 학생은 드물더군요. 왜 그럴까요.

초등학교 다닐 때에는 일기부터 독후감, 현장 체험학습 보고서에 이르기까지 다양한 쓰기 활동을 합니다. 하지만 중학교에 입학하면서부터는 익혀야 할 지식이 많고 학습량도 갑자기 늘어나지요. 그 바람에 쓰기 활동이 점점 줄어듭니다.

특히 중고등학교에서는 입시를 중심으로 한 수업이 진행되니 학생들은 시험 성적을 높이기 위해 암기와 같은 지식 주입형 공부에 대부분의 시간을 쏟아붓게 되지요. 그러다 보니 섬세하게 글쓰기를 배우고 훈련할 시간이 적어지게 마련입니다.

글쓰기가 곧 자기주도 학습의 실천적 대안이지만 그럼에도 학생들은 글쓰기의 원리를 배우지 못한 채 글쓰기 과제를 수행해야 합니다. 그러니 억지로 글자 수를 채워 제출하기 바쁘거나 피할 수 있을 때까지 피하려고 하지요. '글쓰기는 특별한 사람들의 재능'이라는 선입견이나 '잘 못써서 망신당하기 싫다'는 생각에 글쓰기를 두려워하기도 합니다.

노래나 안무를 만들 때에도 원리와 패턴이 있듯이 글쓰기에도 원리가 있습니다. 글쓰기 원리와 과정을 이해하지 못하면 글쓰기는 또 다른 압박으로 작용하게 되지요.

그 원리를 터득하면 더이상 두렵지 않게 됩니다. 무엇보다 엉킨 생각들을 한 편의 글로 완성하는 경험을 쌓다 보면 글쓰기가 주는 재미를 느낄 수 있습니다. 그러니 그 원리를 터득한 후 본격적인 글쓰기에 들어가야 합니다.

성장하는 사람을 위한 중요한 기본기

글쓰기를 하면 세상에 대한 관심이 생기게 됩니다. 자신의 가치관과 생각을 정리하는 과정에서 옳고 그름을 가리게 되고 가치관을 정립하게 되지요. 또 비판적이고 논리적이며 창의적인 사고를 스스로 깨우치게 됩니다. 한 걸음 더 나아가 자신의 생각을 글로 쉽게 표현하는 의사소통 능력이 생기게 된답니다.

학교를 졸업하고 사회에 나가면 다양한 사람들과 만나 일을 하게 됩니다. 때로는 의견을 나누며 소통하기도 하지만 반대 의견을 수렴하고 설득해야 할 때도 있습니다. 다른 생각을 수렴하고 공감하면서 하나의 목표를 달성하는 과정에 평소의 글쓰기 능력이 더해진다면 복잡한 생각을 정리하면서 논리적으로 풀어나갈 수 있게 됩니다.

누구나 자신의 능력을 발휘하는 전문가가 되고 싶어 합니다. 나를 표현하고 다른 사람과 공감하는 능력은 글쓰기를 통해 배울 수 있습니다. 이것이 바로 미래 세대의 리더가 갖춰야 할 덕목이자 능력입니다.

글쓰기는 한번 배우고 익히면 그만인 기술이 아닙니다. 배움을 갈무리하며 스스로 깨우치는 과정이자 자신만의 가치관을 키워주는 실천입니다.

이 책은 글쓰기가 왜 중요한지, 어떻게 하면 글을 쉽게 쓸 수 있는지를 알려줍니다. 이과 전공자라고 해서 글쓰기를 소홀히 해서는 안 되는 이유도 알려줍니다. 아울러 평소에 연습해 두면 글쓰기가 편해지는 몇 가지 노하우를 소개합니다.

책을 읽었다고 해서 곧바로 글이 술술 풀리지 않을 수도 있습니다. 하지만 한 가지 확실한 사실을 깨우칠 수 있을 겁니다. 글이란 스스로 생각하게 만드는 매력을 지니고 있다는 점이지요. 생각은 사람을 성장하게 합니다. 성장에는 즐거움이 뒤따르죠. 성장해서 즐겁고, 더불어 다른 사람과 소통해서 행복해질 수 있는 힘이 바로 글쓰기에서 나옵니다.

지난 십여 년간 서울시교육청 고전인문아카데미 '고인돌(고전인문학이 돌아오다)'의 프로그램으로 글쓰기 수업을 하면서 만난 학생들은 누구나 글을 잘 쓰고 싶어 했습니다. 그런데 주저하느라 엄두를 내지 못하더군요.

두려워하지 마세요. 자신감을 갖고 내면의 목소리에 귀 기울여 보세요. 그리고 펜을 들고 써보세요. 글을 더 잘 쓰고 싶어 하는 청소년 여러분께 이 책이 도움되었으면 합니다.

책 한 권이 나오기까지 많은 사람들의 도움이 있었습니다. 특히 나의 잠재력을 끌어내 스스로 키울 수 있도록 격려하고 지지해 주는 남편이 큰 힘이 되었습니다. 그리고 원고를 꼼꼼히 읽어가며 수정하고 보완해 준 편집자 조아혜 씨에게 고마운 마음을 전합니다.

2023년 1월
상암동에서
장선화

차례

들어가는 말 4

1장 왜 글을 써야 할까?

2장 글을 쓰기 전에 알아두어야 할 것들

3장 실전 글쓰기: 어떻게 쓸까?

4장 종류별 글쓰기: 오늘은 글 쓰는 날

1장

왜 글을 써야 할까?

세계의 대학이 글쓰기를 강조하는 까닭은?

　'대학 시절 가장 도움이 된 수업이 무엇인가요?' 40대가 되어 사회의 리더로 성장한 하버드 졸업생 1,600명에게 물었습니다. 뜻밖에도 응답자의 90퍼센트 이상이 글쓰기라고 대답했습니다. 중요한 의사결정을 위해 수많은 사람들을 설득하는 데 대학 시절 배운 글쓰기 멘토링이 큰 도움이 되었다고 입을 모았습니다. 학창 시절에는 어렵고 힘든 글쓰기 수업이었지만 막상 사회에 나가 보니 글쓰기와 관련된 업무가 많다는 것을 알게 되었다는 것입니다.

　왜 세계의 대학이 저마다 글쓰기를 강조하는 것일까요. 경제협력개발기구(OECD)는 리더가 갖춰야 할 능력으로 설득과 수용 그리고 비판적인 사고를 꼽고 있습니다. 리더란 복잡하게 얽혀 있는 문제를 해결해 나가는 사람입니다. 특히 한 집단 내에 다양한 사람들의 생각을 수렴하기 위해 좋은 아이디어를 받아들이고 반대하는 사람들을 설득해야 하죠. 논리적으로 맞지 않는 의견은 비판하며 대안을 제시할 수 있어야 합니다. 결국 미래의 리더를 키우는 대학에서 글쓰기는 필수적인 과정입니다.

✍️ 하버드대는 왜 APA 양식을 만들었을까?

서양의 대학에서 글쓰기를 강조한 시기는 1800년대 프랑스로 거슬러 올라갑니다. 프랑스는 1808년 고등학교 졸업시험이자 대학 입학시험인 '바칼로레아'를 시작했습니다. 모든 고등학생이 거쳐야 하는 바칼로레아는 논술과 철학을 기본 시험 과목으로 하고 있어요.

'꿈은 필요한가?' '상상과 현실은 모순되는가?' '예술 작품은 반드시 아름다운가?' '무의식은 과학의 영역인가?' '철학이 세상을 바꿀 수 있는가?' 등 심오한 질문만으로도 고개를 갸우뚱하게 하지요. 지금도 가장 어려운 시험으로 정평이 나 있어요. 이러한 바칼로레아 출제 문제는 우리나라에서도 번역되어 출간될 정도로 유명하답니다.

바칼로레아가 시작되는 6월이 되면 프랑스에서는 이 시험에 사회적인 관심이 모입니다. 마치 우리나라가 11월이 되면 대학수학능력 시험에 관심이 쏠리듯이요. 그만큼 중요한 시험입니다.

프랑스 공교육에서는 글쓰기가 필수 교육 과정이 될 수밖에 없겠지요. 그래서 학생들이 자신의 생각을 논리적으로 표현해 낼 수 있도록 가르치는 데 힘을 쏟습니다. 시험을 출제하는 고등학교 교사들은 자연스레 글쓰기 연구에 관심을 둘 수밖에 없습니다.

미국 대부분의 대학교에서는 예외 없이 글쓰기를 강조하고 있습니다.

일반 교양 글쓰기, 전공 연계 글쓰기 등을 필수 과목으로 정해둔 학교도 적지 않지요.

교양 글쓰기는 전공 과목을 본격적으로 선택하기에 앞서 먼저 이수해야 하는 필수 과목입니다. 프린스턴대, 하버드대 등은 일반 교양 글쓰기를 졸업을 위해 이수해야만 하는 필수 과목으로 정해두었습니다. 위스

APA 양식

미국 심리학회가 정한 글쓰기 양식. 글꼴, 줄 간격, 번호 등 편집용지는 물론 초록문, 서론, 본론, 방법론, 결과, 토론 등 논리 전개 방법과 참고문헌 정리에 이르기까지 학술적 글쓰기의 기준으로 자리잡았다.

콘신대, 미시간대, 버클리음대, 다트머스대 등은 일반 교양 글쓰기 외에 전공 글쓰기를 필수 과목에 추가해 글쓰기의 중요성을 더욱 강조하고 있지요.

사회를 이끌어나갈 지식인을 양성하는 것이 대학의 목표인 만큼 미국의 주요 대학에서는 학생들의 글쓰기 실력을 키워주기 위해 글쓰기 센터를 운영하거나 전문 강사에게 맡겨 학생들의 글쓰기를 지도합니다. 전문 강사들은 학생들이 지식인으로 성장할 수 있도록 학술적, 교양적 글쓰기 관련 수업을 진행하지요.

하버드대는 1929년 미국심리학회(American Psychological Association: APA)가 제정한 APA 양식*을 도입해 학술적 글쓰기를 지원하기 시작했습니다. 글쓰기 센터 운영은 물론 전공 연계 글쓰기 등 모든 학생들이 글쓰기로 자신의 학문적인 성과를 표현하고 참고한 자료를 정리할 수 있도록 하고 있어요. 주제를 선정하고 스스로 글을 전개해 나갈 수 있도록 구조를 세우고, 자신의 주장에 논리적인 근거를 제시할 수 있도록 가르치고 있지요. 정해진 양식에 맞춰 글을 쓰다 보면 학생들은 자연스럽게 논리적 사고를 전개하는 훈련을 하게 됩니다. 더불어 올바른 인용법 등을 익히면서 표절과 같은 학문의 비윤리적 행위를 예방하게 되지요.

✍️ 배움과 생각을 잇는 교육

아이비리그에 버금가는 명문 대학교인 애머스트 칼리지, 성인 여성 교육을 위해 설립된 스미스 칼리지, 세인트존스 칼리지와 같은 인문 단과 대학에서도 글쓰기는 전교생의 필수 교육 과정이랍니다.

세인트존스 칼리지를 다니면서 읽고 토론하고 생각하며 공부했던 과정을 담은 『세인트존스의 고전 100권 공부법』을 쓴 조한별은 글쓰기야말로 최고의 배움이자 배움의 꽃이라고 말했습니다. "고전을 읽고 토론을 하는 과정이 정보를 습득하고 이를 정리하는 과정이라면 쓰기는 읽고 토론한 내용을 아우르며 다시 한 번 내 것으로 정리해 최종적으로 나만의 가치관을 만들 수 있기 때문"이라고 합니다.

애머스트 칼리지, 스미스 칼리지도 마찬가지입니다. 1학년 필수 과정으로 글쓰기가 빠지지 않아요. '작지만 강한 대학'이라는 수식어가 붙는 애머스트 칼리지는 모든 학생이 자신의 생각을 가장 잘 표현할 수 있으려면 글쓰기가 필수라고 강조하고 있습니다. 언어를 배워 사회를 살아가는 방법을 깨우치는 데 글쓰기가 기본이며, 글쓰기를 제대로 하면 원만한 인간관계를 스스로 만들어갈 수 있다고 가르치고 있답니다.

여성들의 고등교육을 위해 설립된 스미스 칼리지도 글쓰기 교육을 강조하고 있어요. 생각과 배움이란 한순간 하나의 지식으로 완성될 수 없다는 사실을 학생들에게 설명합니다. '스미스 칼리지 입학생이라면 모두가 커리큘럼 안에서 계속 생각하고 배움을 이어갈 수 있도록 글쓰기는 계속되어야 한다'는 내용을 학교의 방침으로 밝히고 있습니다.

✍🏻 우리나라 대학도 글쓰기 센터 본격 운영

1990년대 이후 우리나라 대학에서도 글쓰기 수업의 필요성이 대두되며 교양과 전공을 구분해 글쓰기 수업을 진행하는 대학이 늘었습니다.

이제는 대부분의 학교에 학술적 글쓰기 과목이 개설되어 있답니다.

서울대학교는 2017년부터 신입생들을 대상으로 글쓰기 능력 평가를 도입했습니다. 이를 계기로 우리나라 대부분의 대학에서 글쓰기 센터를 운영하기 시작했습니다. 서울대를 비롯해 건국대, 경희대, 고려대, 아주대, 동국대, 서강대, 서울과학기술대, 서울시립대, 성균관대, 숙명여대, 연세대, 한국외대, 이화여대 등 서울 소재 대학은 물론 거점 국립대로 정한 강원대, 경북대, 경상대, 부산대, 전남대, 전북대, 제주대, 충남대, 충북대 등이 글쓰기를 필수 교양과목으로 운영하고 있습니다.

혹시 대학에서 가르쳐준다 하니 그때부터 본격적으로 글쓰기를 배우면 되겠다 생각하나요? 그렇더라도 지금부터 글쓰기를 배우고 익혀야 합니다. 이유는 간단합니다. 글쓰기에 익숙해지려면 투자하는 시간이 절대적으로 필요하거든요. 적은 투자로 큰 효과를 얻는 방법은 지금 시작하는 겁니다. 글쓰기 습관을 기르면 논리적 사고, 비판적 사고를 더욱 강력하게 키울 수 있답니다.

대학이란 스스로 생각하고 자신의 생각을 많은 사람들과 공유해 더 나은 사회를 만들어가는 인재를 양성하는, 이름 그대로 큰 배움터입니다. 대학에서 배워야 하는 것은 많은 사람과 소통하고 공감하면서 행복한 세상을 만들어 나가는 데 필요한 교양과 지식이 아닐까요. 고등학교를 졸업하고 대학에 입학하면 그간의 입시 압박에 지쳐 공부를 잠시 내려놓으려고 하지요.

하지만 대학 입학이야말로 본격적인 배움의 시작입니다. 독립된 인간으로서 가치를 발휘하는 공부를 시작하는 곳이 바로 대학이지요. 더 깊이 더 체계적으로 자신의 전공 분야를 파고들어야 하지요. 대학에서 본격적으로 시작하는 공부와 자기 계발은 글쓰기를 통해 더욱 단단해지고 깊어집니다.

대학에 입학하면 전공과목과 교양과목을 이수하기 위한 요건으로 리포트를 제출해야 합니다. 대부분의 학생들은 리포트 제출을 마치 한 학기를 마치는 통과 의례로 생각하기 쉽지요. 약 4년이라는 짧지 않은 시간 동안 무엇인가 계속 쓰지만 왜 쓰는지, 쓰는 과정에서 무엇을 느끼고 이해하게 되는지와 같이 공부의 본질을 고민하지 못한 채 기계적으로 과제를 제출하면서 높은 학점 얻는 데만 신경을 쏟게 되지요. 게다가 취업 준비를 위한 각종 자격증 취득, 어학 시험 준비를 하느라 바쁜 나날을 보내다 보면 글쓰기와 점점 멀어지게 되지요.

결국 리포트 제출을 위한 상투적인 글쓰기만 하다 보니 내가 글을 잘 쓰고 있는지, 어떤 부분에 문제가 있는지 깨닫기 쉽지 않아요. 전공 분야에 대한 이해도를 스스로 평가하고 부족한 부분을 채워나가기 위해 무엇이 부족한지를 찾아내기는 더더욱 역부족일 테지요.

과제로 제출해야 하는 리포트를 작성할 때에도 주제를 정하고 정리 요약 및 대안을 작성하는 과정에서 자신이 부족한 부분을 확인해야 합니다. 또 이를 보완하기 위해 관련 자료를 찾아 읽으면서 지식을 하나씩 모아 하나의 큰 그림을 완성한다는 목표를 정하고 써야 합니다.

대학에서는 이 같은 고민을 해결해 주기 위해 글쓰기 센터와 같은 전문 기관을 설치하여 우수한 교수와 프로그램을 갖추고 여러분을 기다리고 있습니다.

이과 전공생에게도
꼭 필요한 글쓰기 능력

"윤 박사님이 글쓰기 강의를?"

"응. 제목이 '기술문 작성 및 발표 과정'이라는데?"

"윤 박사님, MIT 출신 아니야? 재료공학 전공하셨다고 알고 있는데 공학자가 무슨 글쓰기 강의를 하신대?"

대기업 연구소 지원부서에 입사한 지 1년 남짓 흐른 어느 봄날. 동료들과 차를 마시며 연수원에서 보낸 교육 과정 팸플릿을 보면서 수다를 떨고 있었어요.

1980년대 대학을 다닌 저는 문과 출신임에도 학창 시절 글쓰기 수업을 정식으로 배워본 적이 없었던 까닭에 강의 내용이 궁금하더군요. 돌이켜보니 그 강의는 제가 글쓰기에 관심을 가지게 된 계기가 되었답니다.

✍️ 졸업생의 성공을 지원하는 MIT 글쓰기 센터

1865년 설립된 미국의 MIT는 지식의 습득은 물론 지식의 응용도 중요하다고 생각해 학교에서 배운 지식을 사회에 얼마나 적용할 수 있는지에 관심이 많았습니다. 즉, 현실 세계와 과학 연구를 연결 짓는 것이 MIT의 첫 번째 교육 목표였습니다. 공학과 기술을 언어로 표현할 수 있는 글쓰기는 이러한 교육 목표를 달성하는 데 없어서는 안 될 능력이었어요. 1970년대 말부터 글쓰기와 인문학 과정을 교양과목으로 개설해 수업을 진행하고 학생들의 보고서를 평가했습니다.

1982년부터는 글쓰기가 필수 과목이 되었다고 하죠. 글쓰기 교육의 필요성을 학생들이 먼저 알게 되었다고 합니다. 사회에 진출한 MIT 졸업생들이 글쓰기, 말하기 등 소통 능력이 부족해 더 높은 자리에 오르지 못한다고 호소하자 학교에서는 글쓰기 교육을 더욱 강화했다고 합니다.

MIT에서는 입학과 동시에 글쓰기 시험을 치러야 합니다. 유학생의 입장에서 본다면 모국어가 아닌 영어로 글을 써야 하니 이중으로 고충을 겪는 셈이지요. 하지만 걱정할 필요는 없어요. 고등학교 수준의 기본 문법과 어휘력을 갖추었다면 영어 에세이 시험을 준비하는 데 큰 문제는 없으니까요.

테스트 성적에 좌절할 필요도 없습니다. 자신의 수준을 파악한 뒤 강사에게 부족한 부분을 채울 수 있는 비법을 알려달라고 당당하게 요청하면 됩니다. 물론 강사는 비법 대신 읽어야 할 책 목록을 제시하면서 읽고 자신의 의견을 써보라고 제안할 겁니다.

MIT의 학부 과정에서는 이과 전공생들도 예외 없이 글쓰기 과정을 필수로 수강하도록 하고 있습니다. 학생들이 과학과 공학을 일반인의 눈높이에 맞춰 설명할 수 있도록 글쓰기 교육을 지원하고 있지요. 실제로 MIT는 재학 기간 4년간 글쓰기와 말하기 수업을 지속적으로 진행합니다. 연습하면 할수록 늘고 손을 놓는 순간 감각을 잃어버릴 수 있기 때문이라는군요.

강의를 맡은 윤 박사는 MIT 출신답게 과학 연구의 활용과 응용에 관심이 많았답니다. 교재도 직접 만들 만큼 열정적으로 강의를 준비했죠. 아직도 보관하고 있는 교재를 훑어보니 다양한 사례를 제시하면서 글쓰기의 원리와 발표 요령을 친절하게 알려주고 있더군요.

포스터를 비롯해 광고 문구, 게시판 등 주변에서 흔히 볼 수 있는 예시로 시작한 강의는 귀에 쏙쏙 들어왔죠. 특히 업무 보고서, 상품 설명서, 기술 보고서 등 이과 전공자들이 연구 과정에서 주로 작성하는 글을 예시로 하여 잘못된 표현을 콕콕 짚어준 설명은 아주 유용했습니다. 실제 현장에서 활용하는 데 그만이었거든요.

교재 도입부에서 윤 박사는 글쓰기가 중요한 이유를 이렇게 설명해 두었더군요. '문장을 잘못 작성하면 읽는 사람들에게 오해를 불러일으키거나 정확한 의사를 전달하지 못하게 된다. 이는 곧 업무에 낭비 요소가 되며 한 걸음 더 나아가 우리 사회가 치러야 할 비용이 될 수밖에 없다.'

수강생 대부분은 사회생활을 시작한 지 얼마 되지 않은 이과 전공자들이었는데요. "연구만 잘하면 된다고 생각했는데, 글쓰기로 의사전달을 잘하면 연구 성과를 더 높일 수 있다는 사실을 이해하게 되었다"면서 강의 후기를 나누기도 했어요.

✍ 기술을 언어로 풀어내는 능력

일반적으로 이과 전공자는 글쓰기에 소홀하기 쉬워요. 고등학교 때부터 수학, 과학과 같은 이과 과목에 비중을 두고 공부를 하다 보니 문장보다는 수식과 기호에 익숙하지요. 입사 후에는 어떨까요. 문서 작성이나 의사소통 관련 업무는 문과 전공자들의 영역이라고 여겨 뒷전이 되곤 합니다. 실제로 공과대학 학생들을 대상으로 '사회 진출 후에 글쓰기가 필요할까'라는 주제로 설문조사를 해보니 글쓰기는 경영자의 몫이고 자신과는 상관없는 일이라는 응답이 많았다고 하네요. 과연 글쓰기는 이과 전공자들과는 무관한 영역일까요?

기술 발전의 속도가 빨라지면서 첨단 기술을 적용한 도구와 서비스가 일상생활에 깊숙이 스며들고 있어요. 여러 종류의 정보 기술이 집약된 스마트폰은 이제 생필품이 되었고 조만간 로봇과 함께 살아가는 모습도 낯익은 풍경이 될 테니까요.

기술 이론을 설계하고 상품화하는 이유는 사람들을 더욱 편리하게 해주기 위해서지요. 그렇다면 많은 사람에게 자신이 설계해서 만들어낸 상품과 서비스를 이해하기 쉽도록 설명해 줄 수 있는 언어 능력이 필요하지 않을까요. 기술을 구현해 내는 것도 중요하지만 그것을 언어로 풀어내 대중에게 쉽고 정확하게 전달하는 일이 이루어지지 못한다면 기술을 널리 퍼뜨리기는 더욱 어렵겠지요.

사회에 진출해 여러 사람과 함께 일하기 위해서는 사람들과의 소통이 무엇보다도 중요하답니다. 대학에서 팀을 이뤄서 과제를 하거나 실험을 할 때에도 친구 혹은 동료들과의 의사소통이 중요하지요. 마찬가지로 엔지니어와 같은 공학자들도 회사 업무의 상당 시간을 다른 사람들과 의사소통하는 데 사용한답니다. 또 기술문, 보고서, 제안서처럼 전문 지식과 기능을 동원한 글을 써야 할 때도 있습니다.

각자 자신의 전문 지식에 다른 사람과 소통할 수 있는 기술까지 두루 갖춘다면 맡은 업무나 연구의 중요성을 더욱 효율적으로 알릴 수 있겠지요. 그만큼 이제 글쓰기는 이과 전공자들이 갖춰야 할 필수 능력이 되었답니다.

✍ 이공계 전공자의 합리성과 논리성은 글쓰기에도 도움이 된다

과학자나 공학자들의 성격은 대개 합리적이고 논리적이라고 평가하지요. 합리성과 논리성은 글쓰기의 기본이기도 하답니다. 독자를 설득하기 위해서는 논리를 갖춰야 할 뿐 아니라 합당한 이치를 세워야 하기 때문이지요.

의사, 간호사, 건축가, 과학 기술자, 프로그래머, 엔지니어… 이공계 분야 전공자들이 진출하는 직종의 일부입니다. 이들은 사회에 진출하게 되면 각자 자기 직종의 전문가로 성장하게 됩니다. 직무를 둘러싼 많은 사람들 틈에서 자신의 전공 분야 지식과 관련되는 개념과 의미를 공유하면서, 복잡하게 얽힌 문제를 해결해 나가게 됩니다.

때로는 직무와 무관하게 의사소통을 해야 하는 경우도 있어요. 이를테면 리더로 성장한 후 인사 관련 결정을 내린다거나 할 때이지요. 주로 그 상대는 동료, 부하 직원, 판매자, 설계 의뢰인 등입니다. 그들 중에서는 이공계 전공자가 아닌데 의사 결정권자인 경우도 있지요. 이때에는 전문 기술을 최대한 쉽게 설명할 수 있어야 한답니다.

요즘 인기 직업 중 하나인 소프트웨어 개발자에게도 글쓰기는 큰 도움이 된답니다. 소프트웨어 개발자들을 위한 플랫폼인 '그랩'의 최고경영자들이 "코딩 작업은 글쓰기와 비슷한 부분이 있다"고 강조하더군요.

컴퓨터 언어를 사용해 코딩하는 과정에서 논리적인 사고력이 알고리즘을 조직하는 실력을 판가름하는 기준이 된다는 것이죠. 프로그램을 설계할 때 첫 단계는 논리 세우기입니다. 논리란 세상의 이치이며 자연스러운 생각의 흐름입니다. 논리를 바탕으로 어떻게 기계가 일을 처리할 수 있게 할까를 고민하는 것이 알고리즘입니다.

소프트웨어를 개발할 때 프로그래밍 작업에 앞서 알고리즘이 논리적으로 설계되지 못하면 어떻게 될까요? 오류가 잦은 불량품이 되기 쉽지요. 논리적 오류를 고치지 않고 계속 설계한다면 나중엔 프로그래밍도 복잡해져서 어떻게 고쳐야 할지 막막해지는 곤란한 지경에 이를 수도 있습니다.

그래서 개발자들끼리 비판하고 개선하는 과정을 겪으며 코딩 작업을 완성한다고 해요. 그러면서 개발자로 성장하는 모습이 글을 한 편 써내는 과정과 닮은 꼴이라고 하더군요. 글도 쓰기 전에 논리를 세워야 하고 비판하고 개선하는 과정을 거쳐야 비로소 완성할 수 있으니까요.

사람은 공동체 속에서 협력하고 소통하고 성장할 때 정서적으로 안정될 뿐 아니라 자신의 잠재된 능력을 더욱 발전시킬 수 있답니다. 과학자이면서 작가로 유명한 최재천 교수는 "통섭의 시대에는 다양한 분야의 전문가들이 모여 서로 다른 지식을 이어나가야 할 때"라고 했습니다. 자신이 알고 있는 지식을 다른 분야의 전문가들과 공유할 때 지식은 더 깊고 넓어진다는 의미이지요. 과학자, 공학자 등 이과 전공자들이 세상과 소통해야 하는 이유, 이제 잘 알겠죠?

✍️ 소통 없는 기술 개발의 결말

생각나는 소설이 하나 있네요. 『프랑켄슈타인』*입니다. 기술만능주의가 팽배했던 19세기 유럽에서 과학을 공부한 주인공이 공동 묘지에서 사체를 가져다 생명체를 만들어낸다는 기괴한 이야기이지요. 누구나 한 번쯤은 들어봤을 법한 고전 문학이죠.

괴물을 만들어낸 빅터 프랑켄슈타인은 신의 영역인 생명 창조에 도전장을 내민 장본인입니다. 결말은 비극입니다.

그는 자신의 과학 지식을 맹신하며 호기심을 해소하기 위해 생명체를 창조해 내는 데 몰입했습니다. 그러나 윤리와 도덕을 깊이 고려하지 않은 탓에 주위 사람들을 죽음으로 내몰고 자신의 목숨조차 위태로워지죠. 독단적인 판단과 행동이 그를 파멸로 몰고 간 원인이 되어버렸지요.

만약 그가 과학 기술을 잘못 사용했을 때 벌어질 수 있는 상황을 깊이 고민하고 주위 사람들과 소통했다면 어떻게 되었을까요. 사랑하는 사람들이 자신이 만든 피조물에 살해당하는 끔찍한 일은 벌어지지 않았을 겁니다.

4차 산업혁명의 시대를 이끌어가는 첨단 기술 분야를 크게 다섯 가지로 구분하면 IT(정보통신기술, Information Technology), BT(생명공학기술, Biology Technology),

> **『프랑켄슈타인』(1818)**
> 영국 작가 메리 셸리가 쓴 장편 소설. 화학과 생물 연구에 몰입했던 빅터 프랑켄슈타인 박사는 실험실에서 괴기스러운 생명체를 만드는 데 성공한다. 괴물은 자기 존재를 인정받고 싶어 하지만 세상은 흉측한 그를 혐오하고 외면한다. 스스로를 저주하던 그는 빅터에게 괴물 여자를 만들어주면 조용하게 숨어 살겠다고 한다. 그러나 빅터는 또 다른 재앙을 불러올 것을 우려해 제안을 거절한다.
> 이윽고 괴물은 빅터의 가족과 친구를 포함해 사랑하는 사람을 한 명씩 제거하면서 피의 복수를 이어간다.
> 소설이 발표된 후 영미권을 넘어 전 세계적인 베스트셀러가 되었다. 1900년대에 영화, 연극, 뮤지컬, 시트콤, 드라마, 로큰롤 등 다양한 장르에서 인용, 변주되면서 대중문화 전체에 큰 영향을 준 작품으로 인정받고 있다. 특히 프랑켄슈타인을 소재로 한 작품이 2,600여 종에 이를 정도로 이 작품은 파급력이 큰 고전문학으로 손꼽힌다.

그리고 NT(나노기술, Nano Technology), ET(환경기술, Environment Technology), ST(우주항공기술, Space Technology), CT(인지과학기술, Cognitive Technology)입니다. 이공계 전공자들이 관심 갖는 유망 기술 분야인 동시에 세상에 적용되어 많은 사람들의 삶을 바꿔놓을 기술이기도 하답니다.

이러한 미래 유망 기술은 소수의 천재들이나 관련 분야의 일부 전공자의 독자적인 능력으로 발달하게 된 것은 아닙니다. 수많은 전문가들이 컨퍼런스, 심포지움 등을 통해 연구 성과를 공유하고 교류하면서 끊임없이 소통해 온 덕분이지요.

소통은 공동체 구성원들이 각자의 전문 능력을 발휘하고 서로 교류하며 잠재된 능력을 극대화할 수 있는 인간관계의 원리이기도 합니다. 소통을 잘하려면 먼저 자신의 주장을 효과적으로 전달할 수 있어야겠지요. 또 상대방의 의견을 존중할 자세도 갖춰야 합니다. 자신의 주장을 전달하고 상대방의 의견을 존중하며 서로 소통하는 과정에서 새로운 아이디어가 나오게 됩니다. 소통의 과정에서 창의력을 발견하게 될 수도 있지요.

세계가 하나가 된 디지털 시대입니다. 정보화로 물리적 경계가 허물어진 시대에 미래 사회를 이끌어나가기 위해서는 과거를 비판적으로 바라보면서 현재의 문제를 직관하고 그 문제를 해결해 나가야 합니다. 이 과정에서의 소통은 더 많은 사람들의 협력을 이끌어낼 수 있습니다. 그리고 글쓰기가 바로 소통의 기본적인 도구이지요.

3 학교 밖에서도
글쓰기는 계속된다

학창 시절에 배워 평생 두고두고 써먹을 수 있는 한 가지가 있다면 감히 글쓰기라고 말하고 싶어요. 글쓰기는 학교를 다니면서 혹은 청년기 독학으로라도 꼭 배워야 할 기본 기술이랍니다. 취업은 물론 창업에도 독서와 글쓰기는 큰 성공을 거두게 하는 힘이 된답니다. 그 사례를 한번 볼까요.

✍️ 국문학 전공자, IT기업에 입사하다

국문학과를 전공하고 구글 코리아에 입사한 주현 씨. 'IT기업에 웬 국문과?'라는 의문이 생기겠지만 그는 대학을 다니면서 교양 글쓰기 수업과 학보사 기자로 활동했던 경험이 취업에 큰 도움이 되었다고 당당하게 말합니다.

"글쓰기는 사고의 구조화 과정입니다. 컴퓨터 언어로 프로그램을 코딩하기 전에 알고리즘을 먼저 설계하듯이 글쓰기는 다른 사람에게 자신의 논리를 설명하기 전에 자신의 생각을 논리의 틀에 맞춰서 구조화하는 역할을 하죠. 대학교 때 교양 수업으로 글쓰기 수업을 들었어요. 국문학과라서 자신이 있었죠. 그런데 첫 과제에서 B라는 평가를 받았답니다. 물론 교수님들의 친절한 피드백을 받으면서 학기말 평가에서는 A를 받게 되었지만 말이죠. 피드백을 받으면서 새로 쓰기도 하고 퇴고를 거듭하면서 생각의 폭이 넓어지고 논리가 단단해지더군요. 여기서 머물지 않고 문제의 해결책을 고민해 신속하게 대응할 수 있게 되더군요."

취업의 당락을 좌우하는 압박 면접에서 주현 씨는 글쓰기 수업에서 배웠던 사고의 구조화를 제대로 풀어냈다고 합니다.

"기업에서는 지원자가 맡은 업무 외에 인간관계 등 조직 갈등에 어떻게 대처해 나가는지를 알아보고자 합니다. 그런데 교과서에 나올 법한 해법만 수없이 나열하면 주어진 시간 내에 논리적인 모습을 보여줄 수 없게 되죠. 교과서 내의 해법을 현실화해 문제 해결에 이르는 과정을 구체적으로 설명할 줄 알아야 합니다."

✍️ 일터에서도 글쓰기의 힘은 막강하다

대학을 졸업하면 글쓰기는 끝이라고 생각하기 쉬워요. 하지만 이제부터 시작이랍니다.

학교라는 울타리를 벗어나는 순간 전문가로 성장하는 출발점에 서게 됩니다. 나의 실력을 발휘해 전문성을 더 돋보이게 하려면 의사소통을 잘해야 하는데, 글쓰기는 의사소통의 필수 요건이지요.

세상에 다양한 문제 해결법을 나열할 수 있다고 해서 전문가로 인정받기 어렵습니다. 수많은 해결법에서 지금 현재 선택할 수 있는 해결법이 무엇이고, 왜 선택했는지를 논리적으로 설명할 수 있어야 합니다. 이때 사고의 구조화와 글쓰기 훈련이 잘 되어 있으면 짧고 간결하면서도 선명하게 설명할 수 있습니다. 상대방을 설득하기 쉬워지지요.

회사에 들어가든 창업을 하든 프리랜서로 일을 하든 모두에게 해당하는 이야기입니다. 직장인이 되었다고 가정해 볼까요. 부서에서 써야 하는 보고서는 윗사람을 설득해 자신이 원하는 일을 할 수 있도록 도와주는 도구가 됩니다. 이때 보고서 내용이 중언부언하는 글로 가득하나면 신뢰를 얻기 어렵습니다. 자신이 원하는 방향으로 일을 진행하기 어려워진다는 의미이기도 하지요. 전문가로서 성장하는 데 이보다 더 슬픈 일은 없습니다.

창업을 할 때에도 마찬가지입니다. 창업은 스스로 일을 만들어야 합니다. 일감은 감나무에 주렁주렁 열린 감이 아니지요. 창업자에게 일감 따오기는 하늘의 별따기만큼 어렵답니다. 때로는 정부 사업에 참가하기도 하고, 투자를 받기 위해 창업 투자사를 찾아가기도 합니다.

글쓰기의 위력을 발휘할 순간입니다. 자신이 원하는 내용을 정리하고 이를 상대방이 쉽고 명확하게 이해할 수 있도록 써 내려간 한 장의 제안서는 좋은 성과를 맺는 결과로 이어집니다.

✍️ 비대면 시대에도 중요한 글쓰기 능력

젊은 세대가 좋아하는 꿈의 직장 중에는 글로벌 IT기업이 있습니다. 구글을 비롯해 카카오, 네이버 등 IT를 기반으로 한 기업에서도 공통적으로 글쓰기를 강조합니다.

특히 코로나 팬데믹으로 전 세계가 멈춰버린 초유의 사태에서 비대면으로 업무를 처리하는 경우가 늘었어요. 화상회의, 이메일 등으로도 글로벌 기업과의 일처리를 쉽게 할 수 있게 되었답니다. 심지어 출장을 가지 않고도 대형 프로젝트를 수주하는 사례도 있었죠.

온라인으로 수업을 했던 학생들만큼이나 직장인들에게도 재택근무가 새로운 근무 형식으로 자리잡으면서 비대면으로 업무를 처리해야 하는 일이 잦아졌지요.

이메일로 소통할 때 짧지만 강력하게 자신의 의견을 정리하려면 간략한 글쓰기가 가능해야 합니다. 길게 쓰면 쓸수록 바쁜 상대방이 읽고 이해하는 데 어려움을 겪게 되지요. 업무의 효율은 물론 자신의 시간을 아낄 수 있는 길이기도 합니다.

디지털 매체 환경에서는 집중력을 발휘하기가 쉽지 않아요. 그만큼 디지털 매체를 이용해 상대방을 설득하기 위해서는 더욱 압축적으로 자신의 생각을 정리해서 표현할 수 있어야 한답니다.

4

생각의 중심을 잡아주는
글쓰기의 힘

〈28일 후〉〈워킹데드〉〈부산행〉〈킹덤〉〈#살아있다〉〈반도〉….

공통점을 딱 한 가지만 꼽으라면? 그렇습니다. 좀비가 등장하는 영상 콘텐츠이지요. 공포물의 단골 조연인 좀비는 영혼을 빼앗긴 채 온전히 죽지 못하고 자신의 의지와 상관없이 떠돌아다니죠.

좀비의 가장 큰 특징은 주로 떼로 몰려다닌다는 것. 실체가 주검이다 보니 기괴한 외모는 당연하겠지요. 관객은 자연스럽게 주인공에 감정이입을 하게 되니 좀비는 회피대상 1호로 전락하게 됩니다.

이 세상에 좀비가 되고 싶은 사람은 없겠죠. 하지만 영혼을 잃어버리고 생각하지 않고 움직이다 보면 자칫 좀비족*이 될 수 있답니다. 이 말은 경영학에서는 지식인들이 자신의 능력을 공동체의 가치 실현에 쓰지 않고 요령과 처세술 발휘에 몰입한 나머지 주변의 분위기에 맞춰 움직이는 행태를 비유할 때 종종 쓰기도 합니다.

어떻게 하면 좀비족이 되지 않을 수 있을까요. 스스로 생각하는 힘을 길러야 합니다. 생각의 전제 조건은 올바름에 있습니다. 그렇다면 올바름은 무엇일까요.

올바름은 바로 앎에서 출발합니다. 앎이란 세상의 이치이며 진리라고 할 수 있죠. 인문학자 고미숙은 『읽고 쓴다는 것, 그 거룩함과 통쾌함에 대하여』에서 "인간에게 가장 고통스러운 일은 무지"라면서 "세계의 이치를 알지 못하면 늘 길을 잃고 헤매게 된다"고 진단했어요. 제대로 생각을 하지 못하면 충동과 망상에 휘둘리기 쉽다는 의미죠. 즉 망상과 허상에 빠지는 것을 막기 위해서는 무지에서 탈출해야 합니다.

생각은 질문에서 비롯됩니다. '나는 왜 태어났나'와 같은 실체적 존재론에 얽힌 질문에서부터 '왜 태양은 동쪽에서 떠서 서쪽으로 지는가'와 같은 우주의 원리에 관련된 궁금증은 물론 '왜 공부해야 하는가' '왜 더불어 함께 살아야 하나' 등 가치관에 얽힌 질문에 이르기까지 살아가면서 다양한 질문과 마주하게 됩니다.

무지에서 탈출해 앎을 얻기 위해서는 지식을 습득하고 생각을 거쳐 지혜로 흡수해야 합니다. 글쓰기가 그 해법이 될 수 있습니다.

글쓰기는 논리적인 생각을 문법에 맞게 글로 풀어 설명하는 방법입니다. 해결해야 하는 문제가 터졌을 때 당황하거나 섣부른 감정적 판단에 그친다면 실제 문제의 본질을 파악해 보지도 못하고 실수를 하게 됩니다.

꾸준히 읽고 쓰는 과정이 생각의 근육을 키워준다

현재의 문제를 똑바로 쳐다보고 그것이 무엇인지를 알아챈 후 해결책을 찾아가는 과정을 글로 정리해 보면 합리적이고 이성적인 결론에 이를 수 있습니다. 그렇다고 무작정 쓸 수는 없겠지요. 부족한 지식은 찾아서 읽어야 합니다. 그러려면 독서의 과정이 선행되어야 하겠지요.

복잡하게 생각하지 마세요. 여러분은 지금도 독서를 매일같이 하고 있으니까요. 나와 가장 가까이에 있는 읽기부터 하는 것입니다. 여러분에게 가장 친숙한 교과서를 예로 들어볼까요.

교과서를 읽으면서 궁금한 점이 생겼다면 관련 도서를 찾아서 읽어보세요. 그 과정에서 지식은 더 깊어지고 지식의 근거를 확인할 수 있습니다. 자신의 지식에 있어 부족한 부분을 찾아 읽어나가는 과정에서 생각의 폭과 깊이도 함께 커집니다.

독서를 한다고 해서 앎이 완성되지는 못합니다. 왜냐하면 인간은 망각의 동물이기 때문입니다. 까먹는다는 것이죠. 그렇지만 걱정하지 마세요. 읽은 뒤에 쓰는 과정을 거치게 되면 지식을 자신의 것으로 축적하게 되고 그만큼 생각하는 힘이 생깁니다. 스스로 생각하고 판단하는 능력이 자연스럽게 생기게 되는 것이죠. 이는 학원에 가서 배울 수 있는 능력이 아닙니다.

청소년기는 자신의 생각을 단단하게 만들어야 하는 시기입니다. 수없이 떠오르는 질문을 하나 잡아 답을 찾아가는 과정이 바로 지식을 습득하고 생각의 중심을 단단하게 키워가는 과정입니다.

관련 책을 읽고 정리하고 쓰기를 반복하기는 지금 여러분이 꼭 해야 하는 훈련입니다. 어른이 되어 주위 상황에 휘둘리지 않고 스스로 자신의 길을 뚜벅뚜벅 갈 수 있도록 해주는 근원이 바로 생각의 힘이거든요. 지금 여러분의 머리에 떠오르는 질문은 무엇인가요.

5

메타버스에서도 글쓰기가 필요해

디지털 시대가 활짝 열리면서 새로운 기술이 현실 세계와 접목해서 나타나고 있습니다. 메타버스*가 대표적인 사례이지요.

처음에는 게임과 비슷한 수준으로 여겼지만 경제 활동까지 연결되면서 현실을 가상 세계로 옮겨놓은 새로운 디지털 경제 플랫폼으로 자리잡아가고 있습니다. 음성과 영상 콘텐츠로 이루어진 가상의 공간인 메타버스에서도 글쓰기는 유용한 기술입니다.

멋진 글을 쓸 수 있는 사람이 부러움의 대상이 되는 현상은 가상 공간에서도 벌어지지 않을까요. 가상 공간에서 멋지게 꾸민 아바타도 중요하지만 품격과 교양을 갖춘 사람들의 대화 기법이나 잘 쓴 글이 인

> **메타버스**
> '~너머, ~위에'라는 의미의 접두사 'meta'와 '세계'라는 뜻을 지닌 'universe'의 합성어.
> 과학자 출신 SF 작가 닐 스티븐슨이 장편 소설 「스노 크래시」(1992)에서 처음 쓴 말이다. 가상현실(VR), 증강현실(AR)을 뛰어넘어 현실과 가상이 혼재된 세계라는 의미로 쓰이고 있다.

기를 끄는 요소가 될 것입니다.

인간이라면 누구나 자신의 존재를 드러내고 자신의 생각을 많은 사람과 공유하면서 친분을 쌓아가려 하지요. 사이버 공간이라고 해서 변하지 않습니다. 미래의 메타버스에는 전문가들이 지식을 발표하고 공유하는 공간도 있을 겁니다.

아무리 온라인이라 해도 전문적인 공간에서는 공식적인 언어로 문법에 어긋나지 않는 글을 쓸 수 있어야 합니다. 인류의 역사와 문화 그리고 교양이 하루아침에 사라지거나 쉽게 변질되기 어렵기 때문이죠. 물론 언어의 변화는 시대의 흐름에 따라 바뀌는 게 자연스럽습니다. 다만 온라인에서든 오프라인에서든 교육과 학습의 언어는 올바른 문장으로 이루어져야 한다는 점은 크게 바뀌지 않을 것입니다.

✍️ 발전하는 SNS, 외로워지는 사람들

인간에게는 소통의 욕구가 있습니다. 사람은 한순간도 소통하지 않고는 살 수가 없어요. 본능이니까요. 인간이라면 자신의 머릿속에 떠오른 생각을 다른 사람과 나누고 공감을 받고 싶어 합니다. 언어는 생각과 감정 그리고 의견을 공유하는 필수 도구이지요.

6,000여 년 전 문자가 만들어지기 전까지 인류는 소리 혹은 이미지로 소통을 해왔습니다. 구석기 시대 동굴 벽화가 대표적인 사례이지요. 2018년 인도네시아 보르네오섬에서 5만 2,000여 년 전에 그린 인류 최초의 벽화가 발견되었어요. 벽화에는 야생 소로 보이는 동물과 사람의 손바닥 모양이 찍힌 장면이 나타났어요. 벽화에는 그들의 삶이 그대로

나타나 있습니다.

문자가 만들어진 이후부터 인간은 언어로 소통하며 마을을 이루고 살았습니다. 그러면서 고대 국가가 형성되었지요. 고대 국가의 단위 마을에 인구의 규모는 어느 정도였을까요. 약 100명에서 150명 정도라고 합니다. 한 명의 지도자가 이끌 수 있는 마을의 크기가 이 정도였다는 의미이지요.

영국의 인류학자이자 옥스퍼드대 교수인 로빈 던바는 1992년 논문 한 편을 발표합니다. 영장류가 사회적 관계를 안정적으로 유지할 수 있는 숫자가 150명이라고 말했지요. 대뇌피질의 크기와 소통 집단의 크기가 비례한다는 근거로 제시한 주장입니다.

원시부족들을 관찰해 보니 평균 150명 정도가 모여 살았다고 하네요. '던바의 법칙' 혹은 '던바의 숫자'로 불리는 150명은 지금도 통하고 있어요. 군대 조직의 규모를 보면 중대의 크기가 약 150명 정도라고 하지요. 가장 효율적으로 소통할 수 있는 숫자가 자연스럽게 우리 사회에도 적용되고 있다니 놀랍지요.

그렇다면 가상의 세계는 어떨까요. '좋아요'를 눌러주는 친구 숫자의 범위는 한계가 없습니다. 천만 명 친구를 자랑하며 가상 세계에 영향력 있는 인물이 된 사람도 많지요. 하지만 사회관계망서비스(Social Network Service, SNS)에서 '좋아요'를 통해 받는 호감과 친밀감은 현실 세계에서 엄지척을 받고 손바닥의 온도를 느끼며 악수하는 순간과는 분명히 다르겠지요.

오늘날 많은 사람들이 SNS를 이용합니다. 외로워지지 않기 위해서이지요. 세리 터클 MIT 교수는 『외로워지는 사람들』에서 "사람들은 외로워지게 되면 스스로를 믿지 못하게 된다"고 우려합니다. 결국 자신을 믿지

필터 버블

알고리즘에 의해 걸러진 비슷한 정보만 흡수하게 되는 일종의 정보 검열 현상으로 심리학의 확증편향, 선택적 인지와 유사한 용어이다.

못한 채 다른 사람들의 언어를 찾아 떠돌게 됩니다. 엄지족이 되어 웹서핑에 많은 시간을 보내게 되지요.

스마트폰의 온갖 앱을 접속하며 정처 없이 떠다니면서 특정 사람의 주장에 이끌려 무비판적으로 정보를 받아들이는 현대인의 정보 편향성을 '필터 버블*' 이라는 용어로 정의하기도 하지요.

시민단체 '무브온'의 엘리 프레이저 이사장이 『생각 조종자들』에서 처음 쓴 말입니다. 거대 IT기업들이 개발한 알고리즘에 의해 걸러진 정보만 보면서 정처 없이 떠다니는 모습이 곧 터질 것 같은 비누 거품 속에 갇혀 있는 형국이라는 것이죠.

여러분은 가상의 세계와 현실의 세계를 넘나드는 시대를 살고 있습니다. 미래 사회에는 가상의 세계가 더욱 확산될 것입니다. 자칫 분노와 외로움에서 벗어나기 위해 가상의 세계에 더욱 몰입하는 은둔자가 될 수도 있습니다.

✍ 연대와 소통의 도구

외로워지지 않으려면 어떻게 해야 할까요. 논리 정연한 생각의 힘을 기르고 사람들과 연대하며 소통해야 합니다. 그 과정에 글쓰기가 좋은 도구가 될 수 있습니다.

글쓰기는 생각하는 힘을 길러준다고 했으니 기초 지식과 같다고 해야겠죠. 몸이 약하면 병에 걸리기 쉽습니다. 체력을 키우기 위해 몸을 쓰며 근력을 만들어야 하듯이 생각의 힘을 기르기 위해서는 글쓰기에 익숙해져야 합니다.

'글은 쓴 사람을 닮아 있다'는 말이 있습니다. 자신의 개성이 글에 스며들어 있기 때문입니다. 세상에 똑같이 생긴 사람은 없습니다. 쌍둥이라고 해도 자라면서 환경에 적응하며 외모가 조금씩 달라지게 마련입니다.

글쓰기는 자신의 정체성을 키워가는 기술입니다. 성장해 가면서 정체성이 곧 자신의 얼굴이 되는 셈이지요. 매 순간 여러분의 정체성도 자라고 있습니다.

정체성을 찾아가고 자신의 생각을 많은 사람과 공유하는 데 글쓰기만 한 게 없지요. 올바르게 쓴 글로 나의 가치관을 바로 세우고, 더 나아가 나는 세상에 필요한 사람이라는 자신감을 얻을 수 있습니다. 나를 표현하는 데 이보다 더 가성비가 높은 능력은 없는 것이지요. 지금 당장 글쓰기 공부를 시작해 보세요. 나를 발견하게 될 테니까요.

나만의 가치관은 때로 독창성이 될 수 있으며, 하나의 완성된 인간으로 성장하게 하는 밑거름이 됩니다. 더불어 나와 다른 사람의 가치관이 공감을 이뤄갈 때 살아 있음을 느끼게 됩니다.

배우는 과정에서 글쓰기가 지식을 갈무리해 준다면, 배움을 실천하는 사회에서의 글쓰기는 스스로를 돋보이게 하면서 다른 사람과 더불어 살아가며 좋은 세상을 만들어가는 실천적 덕목이 된답니다.

6

디지털 미디어
그리고 글쓰기

'완전 싸구려 물건!'

인터넷에서 쇼핑하고 누군가가 남긴 사용 후기 중 일부입니다. 디지털 환경에서는 앞뒤 가릴 필요 없이 짧은 문장으로 자신의 생각을 편하게 표현할 수 있습니다. 형식은 물론이고 직설적으로 의미를 전달할 수도 있어요. 형식 파괴, 의미 파격, 전달 충격으로 압축할 수 있습니다.

인터넷을 검색하면 모든 정보를 다 찾을 수 있는데 왜 디지털 미디어 시대에도 글쓰기가 필요할까요. 여러분은 이른바 '정보의 바다'로 불리는 인터넷에서 자유롭게 헤엄치고 있나요? 혹시 정보의 홍수에 휩쓸려 어디로 가고 있는지도 모른 채 허우적거리고 있는 건 아닌가요? 정보가 많다고 해서 모두가 내 것이 아닙니다. 찾아서 갈무리해 둔다고 모든 지식이 내 것이 될 수는 없지요.

✍️ 디지털 문해력이 최하위로 떨어진 까닭은?

개인이 누릴 수 있는 정보가 지금보다 더 많았던 시대는 인류 역사에서 없었습니다. 방대한 양의 지식을 흡수하고 소화해 내는 과정은 디지털 시대에 더욱 중요해지고 있습니다.

엄청난 양의 정보를 흡수하기 위해 걸러내는 과정에는 시간이 필요합니다. 이에 앞서 어떤 기준으로 걸러낼지를 정하는 것도 개인의 몫이지요. 자칫 인터넷에 있는 정보가 진실이라고 생각해 인용했다가는 잘못된 정보를 사용할 수도 있습니다. '복사해서 붙이기 기능을 이용하면 아주 쉽게 글쓰기 한 편을 뚝딱 써낼 수 있다'는 그릇된 생각을 할 수도 있습니다.

언어의 의미를 정확하게 파악하는 데에도 시간이 걸리는데 시간은 유한한 자산입니다. 나에게 주어진 시간 내에 수많은 정보를 걸러내고 흡수하기에는 우리의 뇌가 따라주지 않는다는 것도 문제입니다.

인간의 뇌에서 사고력을 관장하는 영역은 전두엽입니다. 얼굴을 기준으로 뇌의 앞부분에 해당합니다. 시각적인 정보를 판단하는 영역은 후두엽인데요. 인지과학자들은 디지털 정보를 이용할 때 전두엽보다 후두엽이 더욱 활성화된다는 사실을 밝혀냈습니다. 눈으로 들어오는 정보가 지나치게 많을 때는 뇌가 전두엽을 활성화하는 데 한계가 있다는 의미이지요.

즉, 눈으로 정보가 밀려들면 우리 뇌는 신속하게 생각을 할 수 없게 됩니다. 자신이 읽고 있는 정보의 의미를 판단하는 데 한계가 있을 수밖에 없겠지요. 눈으로 정보를 보고는 있지만 의미를 파악하지 못한다는 말입니다.

잘못된 판단을 할 수도 있습니다. 즉, 문해력이 떨어진다는 의미이지요. OECD의 조사에 따르면 우리나라 청소년들의 디지털 리터러시*가 37개 회원국 중 최하위를 기록했습니다. OECD가 2021년 5월에 발표한 「21세기 독자(21st-Century Readers)」 보고서에 따르면 정보의 주관성, 편향성 식별률 조사에서 우리나라 청소년들의 식별률(25.6%)이 OECD 회원국 평균 식별률(47%)에 한참 뒤처진 것으로 나타났어요.

하지만 OECD가 조사하는 국제 학업성취도 평가에서 청소년들의 읽기 능력은 다른 결과를 보이고 있습니다. 우리나라 청소년들의 읽기 능력은 조사 대상 37개국 중 5위에 이르렀습니다. 그런데도 디지털 리터러시가 떨어지는 이유는 무엇일까요. 관련 교육이 부족하다는 지적도 있습니다. 왜 디지털 리터러시가 떨어지는지를 따지기에 앞서 디지털 매체의 특성을 짚고 넘어가겠습니다.

디지털 리터러시

디지털 환경에서 펼쳐지는 다양한 미디어를 이용해 정보를 찾고 내용을 평가하고 비판해서 걸러낸 후 다시 조합해 새로운 아이디어를 만들거나 문제를 해결하는 능력을 의미한다.

하이퍼텍스트

1960년대 사회학자 겸 철학자인 테오도르 넬슨이 처음 고안한 개념으로 '초월(hyper)'과 '문자(text)'의 합성어다. 단어 혹은 문서 간의 참조(hyperlink)를 통해 하나의 문서에서 다른 문서로 클릭해 즉시 옮겨갈 수 있는 기술을 의미한다.

 몰입을 방해하는 하이퍼텍스트

디지털 정보는 인간의 몰입을 방해합니다. 인터넷을 구성하는 기능 중에 하이퍼텍스트*가 있습니다. 디지털 문서에 링크를 걸어 관련 정보로 쉽게 옮길 수 있도록 해줍니다. 필요한 정보를 더욱 깊이 그리고 다양하게 찾을 수 있도록 해주는 유용한 기능이지요.

하지만 단점도 있습니다. 지식에 몰입하는 데 방해가 됩니다. 현재 찾고자 하는 정보 외에 다른 정보로 옮겨가기가 쉬워서 한 가지 정보에 몰입해 원하는 정보를 진득하게 찾아내기가 쉽지 않습니다. 게다가 상업적인 포털 사이트는 각종 광고를 화면에 노출해 이용자들이 광고를 클릭하게 유도합니다.

인간의 정보 습득 능력은 아날로그와 디지털 환경에서 서로 다르게 나타납니다. 아날로그 환경에서는 정해진 텍스트에 비교적 쉽게 몰입할 수 있습니다. 하지만 디지털 화면에서 정보를 읽을 때는 분명 뉴스를 읽기 시작했는데 웹툰이나 쇼핑몰 페이지, 게임 사이트로 넘어가 있기 십상입니다.

아날로그 텍스트인 종이책을 읽을 때와 환경이 다르기 때문입니다. 엄지로 슥슥 밀어가면서 화면을 전환하는 터치스크린 기술은 천천히 읽어 내려 가면서 생각하는 시간을 단축시킵니다. 그렇게 온갖 하이퍼링크를 클릭해 관심 영역으로 넘어가다 보면 뉴스와는 거리가 먼 사이트로 가버리게 되지요.

텍스트를 읽는 방식도 다릅니다. 디자인 컨설턴트인 제이컵 닐슨이 인터넷 사용자 232명을 대상으로 조사한 결과 '인터넷을 이용할 때 시선을 추적하는 실험에서 문서를 스캐닝하듯이 읽는다'는 사실을 밝혀냈습니다. 책을 읽을 때에는 글자를 한 자 한 자 읽어나가지만 인터넷을 이용할 때에는 페이지 왼쪽에서 아래쪽으로 시선을 옮겨 힐끔거리며 비선형적 방식으로 문장을 읽어나간다는 것이죠.

『생각하지 않는 사람들』의 저자 니콜라스 카는 "디지털 시대에 개인은 지식을 함양하는 존재에서 데이터라는 숲의 사냥꾼 혹은 수집가로 전락하고 있다"고 우려했습니다. 세상의 지식을 곱씹어 내 것으로 만들지 않고 네트워크를 떠돌아다니는 지식을 사냥하고 수집해 진열만 해두었다는 의미이지요

✍️ 디지털 리터러시 외면하면 눈 뜨고 코 베일 수도

그렇다면 문제는 무엇일까요. 보이스 피싱과 같은 디지털 세상에서 벌어지는 신종 범죄의 피해자가 될 수 있습니다. 판단력이 부족해 다른 사람이 시키는 대로 하다가 낭패를 보게 되지요. 정보의 편향성에 노출될 수도 있습니다.

독일 동화 『피리 부는 사나이』가 생각나네요. 피리를 불어 마을에 쥐를 없애주겠다고 제안했던 한 사나이의 이야기이지요. 사나이는 마을의 골칫거리였던 쥐를 피리 소리로 꾀어 모두 없앴지만 사람들은 약속한 대가를 지불하지 않았지요. 그러자 사나이는 아이들을 피리 소리로 꾀어 모두 데리고 어디론가 가버렸다는 이야기입니다. 판단력이 부족했던 아이들은 피리 소리에 홀린 듯 사나이를 따라가버린 거죠.

판단력은 생각에서 나옵니다. 디지털 시대에서 눈 뜨고 코 베이지 않으려면 나만의 '생각의 힘'을 길러야 합니다. 모르는 사람이 디지털 기술로 홀린다 해도 단호히 대처해 나가려면 말입니다.

특히 가상의 세계가 펼쳐지는 미래 사회에서는 디지털 리터러시가 부족하면 여러 문제에 노출될 수 있습니다. 소통 부족으로 오해가 빚어져 다툼이 벌어지거나 판단에 장애를 겪거나 금융 사기를 당할 수도 있습니다. 정보의 맥락 이해가 부족해서입니다. 대면보다 텍스트로 질문을 하는 경우가 더 늘어나는데 상대방이 보낸 문자를 이해하지 못해 실수를 저지를 수 있습니다.

디지털 시대일수록 글쓰기를 멈춰서는 안 됩니다. 스스로 생각하고 그 생각을 압축해서 표현하는 글쓰기는 지금부터 길러야 할 능력이자 기술입니다.

4차 산업혁명 시대를 맞아 사이버 공간이 확장되고 있습니다. 태어나면서부터 디지털 환경에 익숙한 청소년들에게 부담 없이 글쓰기를 실험할 수 있는 무대가 펼쳐져 있습니다.

디지털 환경 아래에서 익명으로 쓸 수 있는 공간도 적지 않지요. 커뮤니티 공간의 게시판, 뉴스의 댓글 등에 굳이 자신의 이름을 밝히지 않고 닉네임으로 글을 쓸 수 있습니다. 자신을 드러내지 않고 글을 쓸 수 있으니 좀 더 자유롭고 비판적으로 글을 쓸 수 있는 장점이 있습니다.

그래서 글쓰기를 가르치고 연구하는 전문가들은 새로운 세대의 사고 방식에도 큰 변화가 오고 있다고 말합니다. 더욱 기발한 발상의 힘이나 비판력을 키울 수 있는 장점이 있다고 하죠. 그러나 막무가내로 쓰기만 하면 비판이 아닌 비난이 될 수 있고, 공유가 아닌 폭력이 될 수 있습니다.

디지털 시대의 글쓰기는 어떻게 해야 할까요. 간결하면서도 논리가 서 있는 글을 전개해 나가야 합니다. 자신의 의견을 간결하게 표현하지만 메시지는 명확해야겠지요.

나의 생각을 정리하는 과정을 거쳐 명확한 메시지를 전달할 수 있다면 디지털 시대에도 글쓰기 실력은 계속 향상될 것입니다.

태초에 그림이 있었다

고대 원시 시대 소통의 흔적은 동굴 벽화에서 엿볼 수 있습니다. 2018년 인도네시아 보르네오 섬에서 발견된 벽화는 5만 2,000여 년 전의 것으로 인류 최초의 벽화로 추정됩니다. 벽화에는 야생 소로 보이는 동물의 모습이 발견되었습니다. 판화처럼 찍어놓은 듯한 사람의 손바닥 모양도 선명하게 보입니다.

벽화는 이름 그대로 벽에 그린 그림입니다. 수렵 생활을 했던 원시인들은 짐승의 다리와 뿔 등을 그리면서 풍요로운 사냥을 기원했다고 합니다.

그림은 인류가 글자를 발명하기 이전까지 중요한 소통 수단이었습니다. 중세 시대 교회에서는 대중을 교화하기 위해 성경 속 이야기를 교회 곳곳에 그림으로 남겼어요. 글자를 모르는 사람도 감동받고 마음을 깨끗이 해 믿음을 가질 수 있도록 하기 위해서죠. 르네상스 시대에도 미켈란젤로와 같은 이탈리아 대표 화가들이 교회를 장식하는 그림을 그렸지요.

디지털 시대에는 어떨까요. 오디오와 비디오 등으로 정보를 수집하고 그것을 학습 자료로도 이용합니다. 일찍부터 스마트 기기와 함께 성장한 여러분은 텍스트보다 이미지에 더욱 익숙할 겁니다. 소설 대신 웹툰으로, 영상으로 흥미진진한 서사를 따라가는 시대입니다.

하지만 텍스트로 흡수하는 지식의 중요성은 부정할 수 없습니다. 뇌의 활성화 과정과 결과가 다르기 때문입니다. 엄청난 양의 오디오, 비디오 정보가 뇌로 밀려올 때 뇌에서는 후두엽이 주로 활성화됩니다. 반면 소설과 같은 텍스트를 읽을 때에는 후두엽은 물론 사고력을 관장하는 전두엽 등 뇌의 전 영역이 골고루 활성화된다고 합니다.

뇌의 활성화는 사고력과 창의력으로 연결됩니다. 혼자 생각하고 결론을 내릴 수 있는 힘이 길러진다는 의미입니다.

오디오, 비디오 등 시지각을 동원해 정보를 수집할 때 우리 뇌는 너무 많은 정보가 밀려들어오기 때문에 생각할 여유가 없답니다. 반면 텍스트를 기반으로 한 정보는 스스로 속도를 조절할 수 있을 뿐 아니라 저자가 하고자 하는 주장을 행간에서 읽어낼 수 있습니다.

19세기	20세기	21세기
▶ 텍스트를 읽고 쓰는 능력 ▶ 주로 '문학에 익숙한' 혹은 '교육을 잘 받은' 등을 의미	▶ 특정한 분야의 과업을 수행할 수 있는 지식과 역량	▶ 특정 주제나 상황을 이해하고, 해당 주제와 상황에서 직면하는 문제 해결을 위해 매체·정보·지식을 활용할 수 있는 종합적인 능력

리터러시 개념의 변화

텍스트 읽기는 리터러시 강화에도 도움이 됩니다. 19세기에는 리터러시가 '글자를 아는' '문학적인'의 뜻이었는데 21세기에 와서는 '문제 해결 능력'의 의미로 확장되었습니다. 여러 매체와 정보 지식을 활용할 수 있는 능력은 중요합니다.

리터러시 강화를 위해서는 먼저 텍스트 읽기 훈련이 선행되어야 합니다. 충분한 텍스트 읽기 훈련이 된 다음에는 오디오, 비디오 등 다양한 매체를 자유자재로 이용할 수 있는 단계로 넘어가게 됩니다. 텍스트를 읽는 단계에서는 읽기와 쓰기를 통해 자신의 생각을 정리하는 먼저 길러야 한답니다. 리터러시는 결국 읽고 쓰는 힘에서 출발합니다.

· · · · · · · · · · · ·

· · · · · · · · · · · ·

· · · · · · · · · · · ·

· · · · · · · · · · · ·

2장

글을 쓰기 전에
알아두어야 할 것들

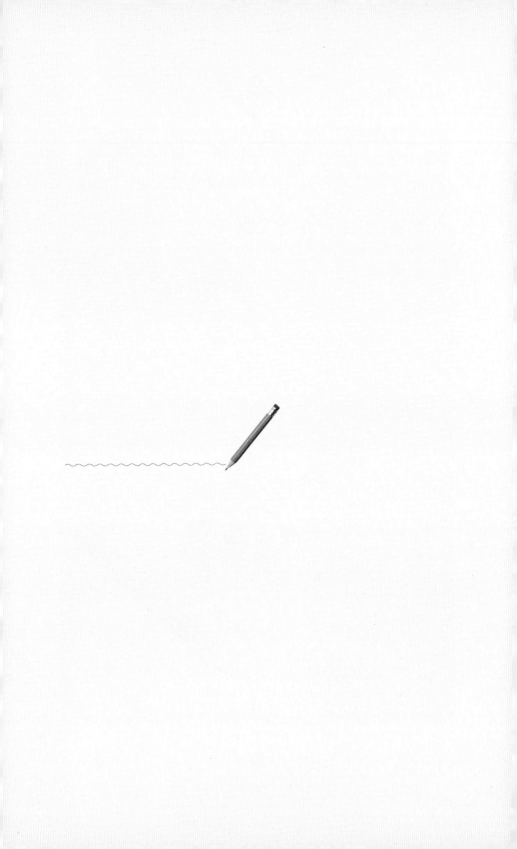

1
문학부터 비문학까지, 다양한 글의 종류

13인의 아해(兒孩)가 도로로 질주하오./(길은 막
다른 골목이 적당하오.)/제1의 아해가 무섭다고 그
리오./제2의 아해도 무섭다고 그리오./제3의 아해
도 무섭다고 그리오./제4의 아해도 무섭다고 그리
오./(중략)/제13의 아해도 무섭다고 그리오./13인
의 아해는 무서운 아해와 무서워하는 아해와 그렇
게뿐이 모였소./(다른 사정은 없는 것이 차라리 나았
소.)/(하략)

천재 시인 이상˚이 1934년 《조선중앙일보》에 연재
한 시 「오감도」의 일부입니다. 30회 연재를 기획했으

이상

일제 강점기 조선을 대표하
는 근대 작가이자 건축가.
경성고등학교 건축부를 수
석으로 졸업해 조선총독부
내무국 건축과에서 근무하
면서 조선건축회 정회원이
되기도 했다.
1930년 잡지 《조선》 국문판
에 장편 소설 「12월 12일」을
연재하면서 작가로 활동을
시작했다. 1933년 폐결핵이
악화되면서 요양을 하게 되
는데, 이때부터 작가로 본격
적인 작품 활동에 들어갔다.
주요 작품으로 「오감도」, 「건
축무한육면각체」 등이 있다.

나 도통 알아먹을 수가 없다는 요지로 독자들의 빗발치는 비난에 15회로 마무리되었다지요.

이상의 시는 지금도 많은 사람들의 궁금증을 낳고 있습니다. 해석도 분분하지요. 글을 잘 써보고 싶은 마음에 글쓰기 공부를 시작하려는 초심자라면 이상의 시는 우리를 주눅들게 합니다. 분명 한글인데, 무슨 뜻인지 이해할 수 없는데, 문학의 최고봉이라는 시(詩)라니 말입니다.

하지만 걱정하지 않아도 됩니다. 글쓰기에는 여러 종류가 있으니까요. 앞서 글쓰기는 자신을 표현하는 가성비 높은 방법이라고 했습니다. 자신을 표현하는 글쓰기 방법은 정해져 있지 않습니다. 글의 종류에 따라 쓰는 과정도 다르니까요.

그럼 글쓰기는 어떻게 구분할까요. 형식이나 내용 등에 따라 글쓰기의 종류를 나누는 법이 다양하지만 여기서는 문학 글쓰기와 비문학 글쓰기 두 가지로 구분해서 설명하겠습니다.

문학 글쓰기는 다른 말로 창작 글쓰기라고도 합니다. 문학 글쓰기를 제외한 모든 글쓰기를 비문학 글쓰기입니다. 비문학 글쓰기는 실용 글쓰기라고 부르기도 합니다.

✐ 작가의 고유한 상상력과 감성으로 창작하는 문학 글쓰기

문학 글쓰기는 시나 소설과 같은 문학적 창작물을 만들어내는 작업을 말합니다. 문학 글쓰기는 타고난 감수성을 필요로 합니다. 누구나 소설을 쓰고 싶은 욕망이 있는 건 아니지만, 성인이 되어 각자의 전문 영역에서 일을 하면서 글을 쓰기 시작해 멋진 작가가 된 사람도 있지요.

+ 더 알아보기   인류 역사상 가장 많이 읽힌 소설은 무엇일까요?

     기네스북에 오른 기록에 따르면 전 세계인의 사랑을 받은 작품 1위는 찰스 디킨스의 『두 도시 이야기』(1859)로 약 2억여 권이 팔렸다고 하네요. 비슷한 수치로 독자들의 사랑을 받은 소설은 생텍쥐페리의 단편소설 『어린왕자』(1943)로 역시 2억여 권이 판매된 것으로 기록되어 있습니다. 3위는 조앤 롤링의 판타지 소설 『해리포터와 마법사의 돌』(1997)이며 1억 2천만 권 판매되었습니다. 애거사 크리스티의 추리 소설 『그리고 아무도 없었다』(1939)가 1억여 권으로 4위에 올랐으며, 이어 중국 작가 차오쉐친의 소설 『홍루몽』이 1억 권으로 5위에 올랐습니다.

     유럽 최초의 베스트셀러라는 수식어가 따르는 『돈키호테』는 작가들이 선정한 역사상 최고의 소설입니다. 2002년 54개국 100명의 작가를 대상으로 실시한 설문조사에서 미셀 데 세르반테스가 쓴 『돈키호테』를 위내한 작품으로 꼽았답니다.

     세계적인 베스트셀러 『코스모스』를 쓴 천문학자 칼 세이건은 우주를 향한 끝없는 궁금증과 관심을 담은 소설 『콘택트』를 썼습니다. SF소설 『중력의 노래를 들어라』를 쓴 남세오 작가는 한국핵융합에너지연구원에서 근무하는 공학도이지요.

     기자가 작가가 된 사례도 적지 않습니다. 『톰 소여의 모험』으로 유명한 마크 트웨인은 《뉴욕타임스》 기자였답니다. 우리나라에도 작가 출신 기자가 있지요. 『칼의 노래』로 스타 작가가 된 김훈, 『댓글부대』를 쓴 작가 장강명은 기자로 사회생활을 시작했습니다. 이처럼 다른 직업을 가지고 있으면서 작가의 꿈을 꾸는 경우도 적지 않습니다.

창작 글쓰기 중 소설의 본질은 문학적인 감성과 상상력을 자신의 단어와 문장을 통해 서사로 만들어나가는 데 있습니다. 작가가 되기 위해서는 관심 있는 주제에 대한 리스트를 만들고 계통을 세워 독서를 꾸준히 하며 인문학적 토대를 단단히 쌓아나가야 합니다. 병원을 배경으로 한 추리 소설이라면 의학, 생리학 등에 대한 지식을 이해해야 하며 그들의 직업 언어를 습득해야 한답니다. 작가로서 자신의 문장을 연마하는 시간도 필요하지요.

서사*를 완성해 나가기 위해서는 이야기를 단계별로 전개시켜야 합니다. 플롯*을 구성하고 단어와 문장을 선택하는 능력, 그리고 이야기를 흥미진진하게 이끌어가는 힘이 필요하지요. 새로운 이야기를 재미있게 이끌기 위해 에너지와 역량을 쏟아 한 편의 글을 완성하기란 쉽지 않은 일입니다.

시도 마찬가지입니다. 자신의 생각과 깊은 감성을 함축적인 문장과 운율을 통해 표현하는 일은 매우 어렵지요. 중국의 명문장가가 일필휘지하며 한 장의 멋진 시서화를 그려내는 장면을 상상할 수 있습니다. 하지만 일필휘지하기까지의 수고와 노력은 다른 사람들의 눈에 보이지 않습니다. 좌절을 거듭하며 포기하지 않고 훈련한 끝에 이뤄낸 문학적 성과이지요.

미술을 예로 들어볼까요. 구상미술*과 추상미술* 두 가지로 구분해 놓고 보면 구상미술을 이해하기가 훨씬 쉬워요. 그 이유는 묘사한 대상이 구체적이고 실제적이기 때문이지요. 하지만 추상미술은 작가의

서사
단순한 자음과 모음으로 이루어진 글자의 나열이 아니라 사건이나 행위의 일관성, 연속성을 유지하면서 전개해 나가는 방식을 이야기한다. 서사의 대표적인 양식으로 소설이 있다.

플롯
소설의 기본 요소 중 하나로 사건의 인과관계를 중심으로 한 논리적 패턴과 배치를 의미한다.

구상미술
현실 세계에 존재하는 대상을 사실 그대로 묘사하는 미술.

추상미술
대상의 구체적인 형태를 벗어나 점, 선, 면, 색 등 조형 요소로 작가의 정신 세계를 표현한 미술.

의도를 이해하기가 쉽지 않지요. 피카소의 입체파 그림이 처음 소개되었을 때 평론가들은 일제히 비난을 퍼부었습니다. 이전에 볼 수 없었던 기괴한 그림이었기 때문이지요. 하지만 지금 피카소는 새로운 미술 영역을 만들어낸 인물로 평가받으면서 그의 그림은 고가에 거래되고 있어요.

소설이 구상미술이라면 시는 추상미술이라고 할 수 있습니다. 서사가 친절하게 글로 묘사된 소설은 읽기만 하면 내용을 이해할 수 있는 장르이지요. 반면 짧은 몇 줄의 문장으로 이루어진 시 중에는 작가의 의도를 이해하기 어려운 작품도 제법 많답니다.

일상과 함께하는 비문학 글쓰기

반면 비문학 글쓰기 즉, 실용 글쓰기는 자신의 수준에 맞게 시작해 능력을 키워나갈 수 있습니다. 전문가들은 소설과 시와 같은 문학 글쓰기 외의 모든 글쓰기를 실용 글쓰기라고 합니다.

여러분이 어릴 때 썼던 일기는 물론 서평, 자기소개서, 보고서, 안내문 등 비문학 글쓰기의 종류는 참으로 많습니다. 비문학 글쓰기의 대표 글로 기사가 있습니다. 기사는 신문, 잡지 등에 소식을 알리는 글이지요.

기사를 비문학 글쓰기의 대표 주자라고 부르는 이유는 내용을 익숙하면서도 쉽게, 그리고 논리적으로 전개해 나가기 때문입니다. 짧은 문장 몇 줄로 세상에서 벌어지는 수많은 사건 사고를 알리고, 대중을 계몽하기도 하고 여론을 조성할 수도 있으니까요. 무엇보다도 사람들의 눈길을 사로잡을 수 있는 글이 기사입니다.

기사는 글의 논리성, 압축성, 간결성 등을 배울 수 있는 좋은 도구이지요. 기사로 글쓰기를 배우면 서평, 자기소개서, 보고서, SNS 단문, 안내문, 요리법 등 다양한 글쓰기를 다룰 수 있게 됩니다. 이를테면 논점을 끄집어내서 중요한 순서대로 배치한다거나, 문단 사이의 흐름을 자연스럽게 이끈다거나, 복문으로 꼬이기 쉬운 문장을 짧고 간결하게 정리해 간결하게 메시지를 전달할 수 있는 능력이 생기게 됩니다.

✏️ 비문학 글쓰기의 필수 조건, 논증력

비문학 글쓰기는 글을 쓰기에 앞서 먼저 자신의 주장을 논리적으로 증명해 나가는 데 집중해야 합니다. 논리적 증명, 즉 논증(論證)이란 특정 결론을 내리고자 할 때, 그 결론을 뒷받침하는 근거나 증거를 제시하는 것을 의미합니다. 여기서 중요한 것은 근거를 제시해서 특정한 견해를 뒷받침하려는 시도입니다.

근거가 명확할수록 견해와 주장이 단단해집니다. 논증은 어떤 주장이 더 올바른지 혹은 어떤 주장이 허술하거나 빈약한지를 알아내는 방식이기도 합니다. 근거를 단단하게 뒷받침해서 최종 결론에 도달하게 되면 논증의 과정은 다른 사람을 설득하는 힘이 됩니다.

훌륭한 논증은 나의 견해를 반복해서 주장하는 것이 아니라 다른 사람들이 나의 견해를 스스로 판단할 수 있도록 유도하는 것입니다. 앞으로 여러분이 쓰게 될 대부분의 글은 여러분의 견해를 전개하고 이를 옹호할 근거를 제시하라고 요구할 것입니다.

논술, 보고서, 중수필 등 평가를 받기 위해 써야 하는 글은 논증이 명확해야 합니다. 그렇지 않으면 궤변과 다름없게 되겠지요. 논증의 방

귀납법

추론·추리 방법 중 하나로 특수한 개별의 사실이나 현상을 모아 보편적인 결론으로 이끌어낸다. 전제가 결론의 개연성을 뒷받침하여 결론에 이르도록 한다. 만약 개별의 사실 중 하나라도 다른 결과가 나온다면 결론이 달라질 수 있다.

예)
아프리카에 사는 백조는 하얗다.
유럽에 사는 백조는 하얗다.
대한민국에 사는 백조는 하얗다.
따라서 백조는 하얗다.

연역법

자연법칙과 같이 일반적으로 알려진 이론을 특수한 현상에 대입해 결론을 도출하는 추론 추리법이다.

예)
모든 사람은 죽는다.
아리스토텔레스는 사람이다.
아리스토텔레스는 죽는다.

법은 여러 가지가 있습니다. 귀납법*, 연역법* 등이 대표적인 논증법이지요.

논증은 전제와 결론으로 이루어져 있습니다. 전제가 자신의 견해라면 근거를 제시해 자신의 견해가 옳다는 것을 증명해 결론에 이르게 됩니다. 이때 전제는 참이어야 합니다. 참이란 보편타당한 진리라는 의미입니다. '해가 동쪽에서 떠서 서쪽으로 진다' '지구상의 모든 생명체는 태어나 죽는다' 등과 같은 자연현상이 대표적입니다.

전제가 참이라는 사실을 밝혀내기 위해 필요한 과정이 있습니다. 근거를 찾기 위한 자료 조사입니다. 도서관에서 책을 찾거나 신문, 잡지, 논문 등을 관련 자료를 찾아야 합니다.

다른 사람의 연구에서 검증된 내용을 바탕으로 자신의 전제가 참이라는 근거를 하나씩 추가해 나가다 보면 결론에 이르게 됩니다. 이 과정이 논증의 과정입니다.

논증하는 과정은 생각하는 힘을 기르는 데도 효과적입니다. 논리적인 글을 쓸 수 있는 조건을 갖추게 되는 것이지요. 자신의 글을 논리적으로 전개할 수 있는 힘이 생길 뿐 아니라 다른 사람이 쓴 글이 논리적인지 비논리적인지도 가려낼 수 있는 힘이 생기게 되지요.

2

글의 뼈대를 잡아주는 구조 짜기

중고등학생을 대상으로 한 글쓰기 강의를 할 때 학생들에게 긴장하는 이유를 물어보았습니다. "뭘 써야 할지 모르겠다" "어떻게 시작할지 모르겠다"와 같이 글쓰기 원칙을 잘 모르는 경우가 있는가 하면 "부끄럽다" "자신이 없다"며 정서적인 불안과 낯섦을 호소하기도 했습니다. 하지만 글을 잘 쓰고 싶은 욕심이 있어서 수업에 참석했음을 알 수 있었지요.

그렇다면 잘 쓴 글이란 어떤 글일까요. 상대방이 이해하기 쉽게 쓴 글입니다. 물론 쉽게만 쓴다고 잘 쓴 글이라고 단정 짓기는 어렵습니다. 복잡하고 전문적인 글을 쓰기까지는 오랜 훈련을 거쳐야 하지요. 하지만 글쓰기를 까다롭고 어렵게만 여기고 시작조차 하지 않는다면 여러분은 글쓰기가 주는 여러 장점을 알지 못하게 됩니다.

우리는 누구나 처음에는 글을 잘 쓰지 못합니다. 그래서 글쓰기의 공포를 없앨 수 있는 첫 단계로 쉬운 글부터 써보자고 제안을 하는 겁니다. 우리가 아기 때 쉬운 말부터 차근차근 배웠던 것처럼요.

✏️ 말과 글의 차이

아기가 태어나 생후 6개월이면 말을 이해하게 됩니다. 옹알이를 하고 앵무새처럼 반복적으로 주위 사람들의 말을 따라 하기를 거쳐 단어의 뜻을 터득하고 난 뒤 자신의 어휘력으로 문장을 만들어내는 단계에 이르게 됩니다. 아기가 언어를 배우는 과정에서 먼저 배우는 것이 바로 말이지요.

하지만 말과 글은 다릅니다. 어떻게 다를까요. 음성 언어인 말은 발성기관(혀, 치아, 입술)을 이용해 터져 나오는 소리의 진동이 음파를 타고 귀에 전달됩니다. 듣는 사람은 청각기관인 귀를 거쳐 뇌에 이른 진동을 말로 인식하고 난 뒤 뜻을 이해하게 되지요. 글은 이해하는 구조가 다르지요. 문자와 문법으로 이루어진 텍스트를 눈으로 읽어 뇌가 이해하는 과정을 거치게 됩니다.

말은 입에서 내뱉는 즉시 공기 중으로 흩어져버리지만 글은 기록으로 남게 되지요. 고대의 기록에서 말이 남아 있는 경우는 없습니다. 하지만 문자가 발명된 후 글은 인류가 살아온 흔적으로 남아 있습니다.

특정한 장애가 없다면 말은 자연스럽게 배우게 되지만 글은 문자와 문법을 익혀야만 터득할 수 있는 학습의 과정이 선행되어야 합니다. 그래서 말하기와 쓰기는 구분해서 가르치기도 하지요.

글은 말보다 형식도 더 까다로워요. 이유는 간단합니다. 말은 문법적으로 틀려도 알아들을 수 있기 때문입니다. 또 상대방이 잘 알아듣지 못하면 다시 고쳐서 말할 수 있는 기회가 대부분 주어집니다.

하지만 글은 단어 사용이나 문법에서 틀리면 의미를 정확하게 전달하지 못하게 됩니다. '쓰레기를 길거리에 버리는 것을 지양해야 한다'라는 문장에서 만약 비슷한 단어로 착각해서 '지양(止揚)' 대신 '지향(志向)'을 쓴다면 정반대의 의미가 될 수도 있습니다. 이처럼 글을 정확하게 쓰기 위해서는 단어, 문법 등 규칙을 배우고 익혀야 합니다.

읽는 사람이 쉽게 이해할 수 있는 글은 어떻게 써야 할까요. 몇 가지 방법을 알려드릴게요.

구조는 어떻게 짜나요?

두괄식으로 쓰자

미디어가 디지털 환경으로 바뀌면서 정보의 양이 폭발하고 있습니다. 읽어야 할 정보도 많아졌어요. 이러한 환경에서 효율적으로 의견을 전달하려면 요점을 가장 먼저 쓰기를 권합니다. 바로 두괄식입니다. 두괄식은 결론부터 써 내려가는 글의 형식이지요. 역피라미드 형식이라고도 합니다.

디지털 시대에 특히 통하는 글쓰기로 평가받기도 합니다. 특히 두괄식은 비문학 글쓰기에서 효과적으로 쓸 수 있습니다. 대표적인 두괄식 글쓰기의 표본은 뉴스 기사입니다. 전달하고자 하는 내용을 첫 문단에 쓰는 형식으로 글의 양이 증가해도 많은 정보를 흡수하는 데 유용하게

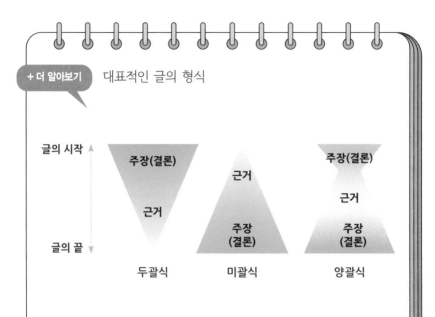

대표적인 글의 형식

글의 형식에는 두괄식 외에도 미괄식, 양괄식 등이 있습니다. 두괄식이 앞부분 즉 도입부에 결론을 쓰는 형식이라면, 미괄식은 마지막에 결론을 내리며 글을 마무리하는 형식입니다. 피라미드 형식이라고 합니다. 양괄식은 도입부에 결론을 내리며 글을 시작하고 마지막 부분에 결론을 다시 한번 강조하면서 끝내는 형식입니다.

해주는 글의 형식이지요.

뉴스 기사에 두괄식이 적용된 것은 기술 발전의 미완성 탓이기도 합니다. 새뮤얼 모스가 전신을 발명하고 1844년 뉴욕과 워싱턴DC를 연결해 데이터를 전송한 이후 1846년 신문사와 방송사가 연합한 《AP통신(Associate Press)》이 설립되었습니다. 《AP통신》은 우리나라의 《연합뉴스》처럼 신문사와 방송사에 속보를 제공하는 역할을 했지요.

도시마다 건설된 전신주를 타고 뉴스가 본격적으로 AP통신에 전송되기 시작했지만 전신이 자주 끊겨 뉴욕의 사무실에서는 현장에서 기자가 보낸 뉴스를 한번에 전송받기 어려웠어요. 그때부터 중요한 내용부터 먼저 보내라는 《AP통신》 뉴욕 사무실의 요청에 따라 기자들은 본론부터 쓰게 되었답니다. 두괄식 글쓰기가 정착된 배경이기도 합니다.

두괄식 글쓰기는 자기소개서는 물론 칼럼, 서평 등 비문학 글쓰기에도 유용하게 쓸 수 있습니다. 꼭 써야 하는 글이나 평가를 받아야 하는 글이라면 더욱 두괄식 글쓰기를 선택하라고 권합니다.

그 이유는 간단합니다. 읽어야 하는 글이 많은 평가자에게 중요한 핵심부터 먼저 전달한다면 자신의 주장을 더욱 돋보이게 할 수 있으니까요. 보고서도 마찬가지입니다. 결론부터 먼저 제시한 후 관련 근거 자료를 첨부하는 것이 시간을 절약하면서 자신의 의사를 제대로 전달하는데 효과적인 방법입니다.

육하원칙을 기억하자

'육하원칙'이란 문장을 쓸 때 지켜야 하는 기본 원칙으로 '누가, 언제, 어디서, 무엇을, 어떻게, 왜'와 같은 질문의 여섯 가지 요소입니다. 영어로는 Who(누가), When(언제), Where(어디서), What(무엇을), Why(왜), How(어떻게)이므로 '5W 1H 원칙'이라고도 하지요.

육하원칙은 잘못된 문장을 쓰지 않기 위한 비법 중 하나로 손꼽히지만 초등학교 때 처음 배우고 대부분 그 중요성을 잊어버립니다. 육하원칙의 힘은 의외로 강력합니다. 문장을 쓸 때 육하원칙을 떠올리며 글을 쓰다 보면 잘못된 문장을 쓰는 실수를 줄일 수 있습니다. 뿐만 아니라 논리적으로 설명할 때에도 논점을 흐리지 않고 자신의 주장을 차분히 설명할 수 있습니다.

육하원칙은 신문이나 방송 뉴스에 실리는 보도기사를 쓸 때 꼭 지켜야 하는 원칙 중 하나입니다. 육하원칙으로 이루어진 문장 하나로 복잡한 사건의 핵심을 구체적으로 전달할 수 있기 때문입니다.

육하원칙은 평가를 받아야 하는 글이나 남에게 보고를 하기 위해 쓰는 글에도 적용할 수 있습니다. 자기소개서를 예로 들어볼까요.

✏️ 예시

저는 작가와의 만남에 참가해 작가의 꿈을 꾸게 되었습니다.

언제 어떤 작가의 강의를 듣게 되었는지 정확하지가 않아요. 육하원칙에 맞춰서 고쳐볼까요.

→ 저는 2021년 10월 15일 학교 도서관에서 열린 '○○○ 작가와의 만남'에 참가했습니다. 어릴 때부터 작가가 되고 싶다는 막연한 생각을 확인하고 싶어서였어요. 그 강의는 제가 작가의 꿈을 꾸게 된 계기가 되었습니다.

이처럼 평소에도 육하원칙에 맞춰서 상황을 기록하는 습관을 들인다면 글의 내용을 더욱 선명하게 전달할 수 있습니다.

3
한눈에 쏙 들어오는 문장 쓰기

청소년기 특히 고등학교에서 배우는 지식의 수준은 예전과 비교할 수 없을 정도로 어려워지고 양도 대폭 늘어나지요. 다양한 분야의 지식을 한꺼번에 익혀야 하는 시기입니다. 영어, 한자는 물론 제2외국어까지 언어 능력도 향상시켜야 하죠.

누구나 글을 쓸 때에는 배운 지식을 총동원하게 마련입니다. 여기서 문제가 생깁니다. 여러 지식과 온갖 아름다운 묘사법을 동원하다 보면 문장이 길어지게 됩니다. 아는 지식을 나열하려고 하다 보면 주어와 서술어가 뒤죽박죽이 되어버리기도 하죠. 문장 하나로 원고지 한 장을 가득 채울 수도 있답니다.

'문장이 되다'라는 말은 문법에 맞게 쓴 문장이라는 의미입니다. 이론적으로는 누구나 알고 있지만 막상 글을 써놓고 나면 문법에 맞지 않게 쓴 글을 발견하게 됩니다. 글의 주제와 생각의 얼개를 짜놓은 후에 글을 쓴다고 해도 문장으로 옮기는 과정에서 실수를 저지르게 되지요. 이렇게 문법에 맞지 않는 문장을 비문이라고 합니다. 비문을 피해 문장을 잘 쓰는 방법 몇 가지를 소개할게요.

문장을 잘 쓰는 방법

문장을 짧게 쓰자

글을 잘 쓰는 사람들은 늘 간결하게 쓰라고 권합니다. 간결하게 쓴다는 말은 글의 주제가 머릿속에서 정리가 되어 있다는 뜻이기도 합니다.

글쓰기 초보 단계 때는 머릿속 생각을 정리하지 못한 채 마구잡이로 글을 쓰게 되지요. 문장이 길어지면 자칫 문장의 형식이 뒤엉키고 주어와 서술어가 짝을 이루지 못해 이해하기 어려운 문장이 나옵니다.

간단한 이야기를 길게 늘어뜨리는 사람을 보면 갑갑한 느낌이 들듯이 글도 마찬가지입니다. 자신이 말하고 싶은 주제를 글로 간결하게 표현해야 읽는 사람이 쉽게 이해하고 공감할 수 있습니다. 문장은 짧을수록 힘이 강합니다. '나는 간다' '나는 너를 좋아한다' 등 주어(명사)와 술어(동사) 그리고 목적어가 간결하게 적혀 있는 글이지요.

 예시

내가 살아보고 싶은 일상을 글로 표현하는 것을 특히 즐기는 이유는 어려서 매일 저녁마다 쓰던 일기 쓰기가 하나의 습관으로 자리 잡았고 사실 같지만 작가의 상상력이 가미된 드라마에 흥미가 생겨서 소소하게 시나리오 쓰는 취미를 가지게 되었기 때문이다.

→ 내가 살아보고 싶은 일상을 글로 표현하기를 즐긴다. 그 이유는 어릴 때 저녁마다 쓰던 일기 쓰기가 습관이 되었기 때문이다. 시간이 지나면서 현실에 상상력이 가미된 드라마에 흥미가 생겼다. 일기 쓰기에서 시작한 글쓰기로 시나리오 쓰기라는 취미를 얻게 되었다.

✏️ 예시

한 가지 분명한 것은 대회에서 정다운 선생님을 만난 그날 이후부터 나의 진정한 배움이 시작되었다는 것이다.

→ 정다운 선생님을 대회에서 만난 날부터 진정한 배움이 시작되었다.

문장이 길어지면 나눠서 쓰세요. 어느 정도가 적당할까요. 적당한 문장의 길이가 정해져 있지는 않지만 평균적으로 30~50자 정도가 적당합니다. 한 문장은 최대 60자를 넘지 않도록 하세요. 컴퓨터로 글을 쓴다면 워드 프로세서(A4) 기준으로 2줄을 넘지 않게 쓰기를 권합니다.

물론 모든 문장을 이 기준에 맞춰서 쓸 수는 없겠지요. 경우에 따라 긴 문장을 쓸 때도 생깁니다. 주어+동사로 된 단문으로만 계속 쓴다면 읽는 맛(가독성)이 떨어지게 됩니다. 읽는 맛이 나는 글이 되려면 리듬이 있어야 합니다.

귀에 꽂히는 음악의 리듬을 잘 들어보면 강약중강약이 적절하게 배치되어 있지요. 글도 마찬가지입니다. 짧은 문장과 긴 문장 그리고 중간 정도의 길이가 적절하게 배치되어야 읽는 맛이 난답니다. 읽는 맛이 나는 글은 독자들이 글을 흥미롭게 끝까지 읽을 수 있도록 해주는 힘이 됩니다.

주어와 술어가 일치하는지 확인하자

흔한 비문 중에는 주어와 술어가 일치하지 않는 문장이 많아요. 이럴 때는 어떻게 하면 좋을까요. 한 문장에 한 가지 생각만 담아보세요. 머릿속에 떠오르는 생각을 단위 문장으로 설명하는 습관을 들이세요.

다음은 두 가지 이상의 내용을 한 문장에 담아내려고 하다가 벌어지는 실수입니다. 어떤 내용이 들어 있는지 나눈 다음에 고쳐볼까요.

🖊 예시

동생이 집에서 급히 나오다가 문턱에 받쳐둔 고리에 발이 걸려 넘어지면서 부서졌다.

① 동생이 집에서 급히 나오다 넘어졌다.

② 문턱에 받쳐둔 고리에 발이 걸렸다.

③ 고리가 부서졌다.

→ 동생이 집에서 급히 나오다가 문턱에 받쳐둔 고리에 발이 걸려 넘어졌다. 그 바람에 고리가 부서졌다.

🖊 예시

재민이와 영철이는 학교 가던 길에 한 친구가 돈을 주웠다.

→ 재민이와 영철이는 학교 가던 길이었다. 둘 중 한 친구가 돈을 주웠다.

수동태는 멀리하자

수동태를 쓰면 어떤 동작을 하는 사람이 빠져 있거나 감춰져서 문장 전체의 의미가 모호해져 버립니다. 글의 의미를 정확하게 전달하기도 어렵게 됩니다. 물론 수동태 문장이 유용할 때도 있습니다. 그러나 자신의 주장을 강력하게 펼치고자 한다면 수동태*보다는 능동태*로 쓰기를 권합니다.

능동태와 수동태를 결정하는 품사는 동사입니다. 동사는 사물이나 사람의 동작이나 작용을 나타내는 품사이지요. 능동태 문장에서는 주어가 어떤 행동을 하고 있고, 수동태 문장에서는 주어가 어떤 행동을 당하는 형태입니다. 앞에서도 말했지만 수동태 문장에서는 행위자의 초점이 흐려져 주체와 객체가 명확하게 드러나지 않습니다. 그래서 논리적 근거가 다소 미흡하거나 굳이 행위의 주체를 밝히고 싶지 않을 때 수동태를 선택하게 됩니다. 따라서 자신의 주장을 펼쳐야 하는 글을 쓸 때에는 수동태보다는 능동태에 힘이 더 실립니다.

그러면 우리가 일상적으로 접하는 수동태 문장을 능동태 문장으로 바꿔볼까요.

수동태
주어가 어떤 동작이나 행위를 당하는 경우에 표현하는 서술어의 형식. 이때 동사는 '~게 되다' '~어 지다' 등으로 변형된다.

능동태
주어가 어떤 동작이나 행위를 스스로 하였을 경우에 표현하는 서술어 형식. 이때 동사는 '~하다' '~되다' 등으로 쓰인다.

🖉 예시

• 나는 부모님으로부터 공부하도록 강요당했다.
→ 부모님이 나에게 공부하라고 강요했다.

• 회의는 운영진에 의해 준비되어졌다.
→ 운영진이 회의를 준비했다.

• 그 사업은 나에 의해 이끌어졌다.
→ 그 사업은 내가 이끌었다.

- 나무는 사람들에 의해 밑둥까지 잘려나갔다.
→ 사람들이 나무를 밑둥까지 잘랐다.

- 여행을 떠나는 첫날이 정말 기다려진다.
→ 여행을 떠나는 첫날을 손꼽아 기다린다.(혹은 기다리고 있다.)

글을 잘 쓰는 사람들은 한결같이 능동태의 장점을 말합니다. 정확한 글쓰기를 해야 하는 기자들 또한 수동태는 우회적인 표현으로 글의 초점을 흐려놓기 때문에 피해야 한다고 주장하지요.

하지만 수동태가 글에서 효과적으로 쓰일 때도 있습니다. 예를 들면 행위자가 누군지 알 수 없을 때나 굳이 언급하고 싶지 않을 때, 행위자가 사람이 아닐 때 등이지요.

📝 예시

- 식당은 가까이 있는 항구에서 싱싱한 해산물을 공급**받고** 있었다.
- 박물관 안에는 고향의 역사와 유물에 관한 다양한 자료가 전시**되어** 있었다.
- 내 친구가 사고를 **당한** 날은 잊을 수가 없다.
- 연탄이 불완전연소할 때 발생하는 일산화탄소에 중독**되면** 제대로 서지 못하고 비틀거리며 구토를 하거나 극렬한 두통을 호소하기도 한다.

수동태를 멋지게 쓰고 싶다면 아래의 예시를 참고하세요.

저무는 해가 마지막 노을에 반짝이던 물비늘을 걷어가면 바다는 캄캄하게 어두워갔고, 밀물로 달려들어 해안 단애에 부딪치는 파도 소리가 어둠 속에서 뒤채었다. 시선은 어둠의 절벽 앞에서 꺾여지고, 목측目測으로 가늠할 수 없는 수평선 너머 캄캄한 물마루 쪽 바다로부터 산더미 같은 총포와 창검으로 무장한 적의 함대는 또다시 날개를 펼치고 몰려온다. 나는 적의 적의敵意의 근거를 알 수 없었고 적 또한 내 적의의 떨림과 깊이를 알 수 없을 것이다. 서로 알지 못하는 적의가 바다 가득히 팽팽했으나 지금 나에게는 적의만이 있고 함대는 없다.

(출처: 김훈, 『칼의 노래』)

김훈 작가의 대표작 『칼의 노래』 도입부에서는 엄중한 상황을 설명하기 위해 주위 환경이 어떠한지를 수동태와 능동태를 절묘하게 사용해 표현하고 있습니다. 고초 끝에 의금부에서 풀려나 성치 않은 몸으로 전투를 치러야 하는 이순신 장군의 절박한 심정을 빗대어 묘사하고 있습니다. 전체 문장을 수동태로 써서 묘사하기는 어렵지만 때로는 수동태가 더욱 상황을 구체적으로 설명할 수도 있습니다.

번역투 문장을 피하자

'언어란 한 시대를 드러내는 문화의 이정표이자 당대 사람들의 의식이 담긴 그릇'이라고 합니다. 그래서일까요? 다문화, 다국어 세상을 살고 있는 요즘 사람들이 말하고 쓰는 것을 보면 우리글이 맞나 싶을 정도로 다양한 나라의 단어가 뒤섞여 있습니다. 문장 또한 외국의 문법을 따른 듯한 것이 많습니다.

글쓰기에서는 외국어, 외래어 어휘를 무분별하게 사용하는 것도 문제지만 번역투 문장은 특히나 문제입니다. 정확한 글쓰기와 의사소통에 걸림돌이 되기 때문입니다. 글쓰기에서 흔히 문제가 되는 일본어와 영어의 잘못된 번역투를 몇 가지 살펴봅시다.

📝 예시

일본어 번역투

① ~의
나의 살던 고향 → 내가 살던 고향
저 깊은 산속의 스머프의 집 → 저 깊은 산속 스머프가 사는 집

② ~경우에는
배가 다시 아플 경우에는 → 배가 다시 아프면/배가 다시 아플 때

③ ~에 달하는
수천억 원에 달하는 현금 → 수천억 원에 이르는 현금

④ ~을(를) 요하는
창의력 계발을 요하는 교육 → 창의력을 계발해야 하는 교육

⑤ ~에 있어서
과학과 기술 분야에 있어서 → 과학과 기술 분야에서

영어 번역투

① ~로부터
이탈리아로부터 온 명품 → 이탈리아에서 제작한/수입한 명품

② ~에 의해/의한
인간에 의해 초래된 생태계의 변화 → 인간이 초래한 생태계의 변화

자기주도 학습 목적에 의한 학생들의 자발적 참여

→ 자기주도 학습을 하고자 하는 학생들의 자발적 참여

③ ~에 관한

새로운 정책 개발에 관한 문제점이 많다.

→ 새로운 정책 개발에/새로운 정책을 개발하는 데에 문제점이 많다.

④ ~을(를) 가지다

유익한 시간을 가지다. → 유익한 시간을 보내다.

나는 여행에 관심을 가졌다. → 나는 여행에 관심이 있다/있었다.

⑤ ~고 있다

태풍이 상륙할 것으로 예상되고 있다. → 태풍이 상륙할 것으로 예상된다.

비판적인 목소리가 나오고 있다. → 비판적인/비판하는 목소리가 나온다.

사실 이러한 번역투 문장들은 TV나 신문에도 자주 등장합니다. 언론에서 쓰는 표현이라고 다 올바른 우리말이 아닙니다. 바르지 않은 말을 굳이 따라 할 필요는 없겠지요.

정확한 단어를 사용하자

틀린 한자 표현으로 비문이 되거나 뜻이 달라져버리는 사례입니다.

✎ 예시

노사 양측은 임금 **보존** 문제를 놓고 줄다리기를 하고 있다. (X)

건강을 위해서는 금연을 **지양**해야 합니다. (X)

보존(保存)은 '온전하게 보호하여 유지함'이라는 뜻의 명사로 유물 보존, 종족 보존, 공문서 보존 기간 등처럼 쓸 수 있습니다. 위 문장의 의미는 임금 협상을 두고 줄다리기를 하고 있다는 뜻인데, 보존을 쓰는 바람에 지금의 임금을 그대로 길이길이 유지하자는 뜻이 되었습니다.

이때 써야 할 단어는 보전(補填)입니다. 보전은 '부족한 부분을 메우거나 채우다'는 뜻의 명사입니다. 남들과 다르게 쓰고 싶은 마음에 선택한 단어가 오히려 독이 되어버렸습니다.

두 번째 문장에 나오는 한자 지양(止揚)은 '높이 오르기 위해 하지 말아야 하는'이라는 의미의 명사입니다. 뜻풀이를 해보면 건강을 위해서 금연을 하지 말아야 한다는 말이 되어버립니다.

저자는 지향(志向)이라는 단어를 생각하지 않았을까요. 지향이란 '어떤 목표를 달성하기 위해 의지를 한곳으로 집중한다'는 의미입니다. 지향과 지양은 비슷한 단어처럼 보이지만 그 뜻은 되레 반대입니다.

이처럼 단어의 뜻을 정확하게 알지 못하고 썼다가는 전달하고자 하는 핵심을 놓치는 것은 물론 실력마저 의심받을 수도 있습니다.

전자상거래가 흔해지면서 구매자의 사용 후기가 상품의 가치를 평가하는 기준이 되기도 합니다. 편하게 쓰다 보니 잘못된 표현을 쉽게 찾을 수 있습니다.

🖉 예시

지금껏 구매한 상품 중 최고 압권입니다. **과유불급**입니다. 너무 좋아서 매일매일 쓰고 싶네요.

어느 쇼핑몰에 올라온 구매자의 후기 중 한 대목입니다. 논어 선진편

(先進篇)에 나오는 '과유불급(過猶不及)'은 '정도가 지나침은 부족함보다 못하다'는 의미입니다. 자주 쓰겠다고 하면서 굳이 과유불급이라는 한자를 한글로 써놓은 이유가 궁금해지더군요.

유식해 보이려고 쓴 글이 되레 웃음거리가 될 수도 있답니다. 이처럼 한자의 뜻을 정확히 알지 못한 채 어설프게 쓰다 보면 자칫 자신이 주장하고자 하는 내용에 반대되는 의미로 글이 전개될 수 있다는 점 잊지 마세요.

부문(部門)/부위(部位)/부분(部分)을 예로 들어볼까요. 비슷한 단어처럼 보이지만 세 단어의 의미가 다르답니다. 부문은 일정 기준에 따라 분류하거나 나눠놓은 낱낱의 범위를 의미하고 부위는 전체 중에서 특정 부분이 차지하는 위치를 뜻합니다. 또 부분은 전체를 이루는 작은 범위, 또는 전체를 나눈 것 중의 하나를 가리키지요. 간단한 예시를 살펴볼까요.

✏️ 예시

- 아카데미상에는 작품, 감독, 배우, 촬영, 녹음 등 25개 **부문**이 있다.
- 모세혈관이 파괴된 **부위**가 하얀 점으로 나타났다.
- 노조가 지난해 말 시작한 잔업거부와 **부분**파업 모두 철회했다.

어려운 단어를 쓰고 싶을 때에는 단어의 의미를 정확하게 알아야 합니다. 사전을 찾을 수 없는 상황에서 글을 써야 한다면 자신의 어휘력 내에 있는 단어를 골라 써야 합니다. 어려운 한자나 전문 용어를 써야 유식해 보인다는 생각은 착각입니다.

한때 글쓰기는 고고한 지식인들이 주로 하는 일이었던 시대가 있었습니다. 그러나 이제는 누구나 글을 쓰고 또 마음만 먹으면 포털과 같은 디지털 플랫폼을 이용해 언제든 발표할 수 있습니다. 글을 잘 쓰려면 복잡하고 어려운 내용을 쉽게 그리고 차분하고 정확하게 전달해야 합니다.

표준어를 사용하자

'표준어는 교양 있는 사람들이 두루 쓰는 현대 서울말로 정함을 원칙으로 한다.'

우리말의 표준어에 대한 규정 제1항입니다. 새로운 기술이 등장하면 전 세계에 통용될 수 있도록 표준을 정해두듯이 우리말이 우리나라에서 기준이 되기 위해서는 표준이 되는 언어가 있어야 합니다. 대한민국의 수도가 서울이기에 자연스럽게 표준어의 기준은 서울 사람이 쓰는 말이 되었습니다.

표준어는 매년 개정되고 보완됩니다. 특정 세대에서만 쓰는 언어를 표준어라고 정하기 어렵습니다. 인터넷에 익숙한 세대가 쓰는 '열공(열심히 공부하다)' '부캐(부캐릭터)'와 같은 말은 표준어가 아닙니다. 표준어로 인정되려면 사회적인 공감대를 충분히 얻어야 하며, 이에 대한 실태 조사를 거쳐 언어의 공적인 사용에 적합하다는 결정이 나야만 합니다.

기성 세대에 익숙한 단어 중에 표준어가 된 것도 많지 않아요. '푼수데기(생각이 모자라고 어리석은 사람을 낮잡아 이르는 말)' '마수하다(처음 물건을 팔다)' 등이 대표적입니다.

4

말과 글의 법칙,
정확한 문법 익히기

"버려진 섬마다 꽃이 피었다."

김훈의 장편 소설 『칼의 노래』의 첫 문장입니다. 김 작가는 처음에는 '~꽃은 피었다'로 써놓았다가 오랜 고민 끝에 '~꽃이 피었다'로 바꿨다고 하지요.

우리말의 문법에서 가장 큰 특징 중 하나는 조사(助詞)에 있습니다. 조사란 체언이나 부사, 어미 따위의 뒤에 붙어, 그 말과 다른 말과의 문법적 관계를 나타내거나 그 말의 뜻을 도와주는 품사입니다. '은, 는, 이, 가' 등이 조사에 속합니다.

김 작가는 "조사를 무엇으로 선택하느냐에 따라 문장이 품고 있는 느낌이 완전히 달라진다"고 말합니다. '꽃이 피었다'가 식물의 생태를 사실적으로 진술하는 문장이라면 '꽃은 피었다'는 말하는 자의 정서와 의견을 서술하는 문장이 된다는 것, 조사 한마디에 따라 묘사하고자 하는 세계가 달라진다는 게 그의 설명입니다. 김훈 작가의 글쓰기 원칙과 고민을 엿보면서, 우리도 우리말의 문법을 제대로 알고 있는지 점검이 필요하다는 생각이 들었습니다.

✏️ 문법을 잘 알고 있나요?

청소년들은 모국어로 한글을 깨쳐 일상의 언어로 쓰고, 또 10여 년 넘게 배우고 있으니 우리말의 문법은 잘 알고 있다고 생각하기 쉬워요. 대개 초등학교 국어 시간에 기초 문법을 배우지요. 하지만 중고등학교에 진학하면 국어를 하나의 암기 과목으로 인식하며 학습하게 됩니다. 그러다 보면 문법의 의미와 중요성을 깊이 고민하기가 어렵게 되지요.

언어학자들은 오랜 연구 끝에 인간이 쓰는 언어가 복잡하다고 일찌감치 증명해 냈습니다. 조리 있게 말하기는 물론 글을 쓰는 것이 그리 녹록지 않은 일이라는 의미이지요. 그러니 글을 잘 못 쓴다고 주눅들 필요가 없겠지요. 하지만 문법을 알면 글쓰기가 훨씬 쉬워집니다.

그렇다면 왜 문법을 잘 알아야 할까요. 문법이란 복잡한 언어 현상을 체계적으로 설명해 놓은 법칙입니다. 언어 자체의 기초적이고 본질적인 패턴을 객관적으로 설명할 수 있도록 체계화해 놓은 것이 바로 문법이지요.

'문법을 알고 있다'는 말에는 그 언어를 잘 다룰 수 있는 도구를 가지고 있다는 의미가 담겨 있습니다. 지도를 보면 길을 찾아갈 수 있듯이 문법이라는 도구가 있다면 모국어 쓰기의 차원을 높일 수 있습니다. 문법은 또 언어 사용자의 문해력을 키우고 외국어 학습에 쉽게 접근할 수 있도록 해주는 주요한 인류의 지적 자산입니다.

문법의 기본 단위는 단어와 문장입니다. 단어는 한 문장을 구성하는 독립된 단위이지요. 여러분은 얼마나 많은 단어를 알고 있을까요. 연구조사에 따르면 중학교 수준이면 3만 개 정도의 단어를, 고등학교 수준이면 5만 개 정도의 단어를 배우게 된다고 합니다.

문법의 또 다른 기본 단위인 문장도 여기서 짚고 넘어갈게요. 입 밖으로 혹은 글자로 표현된 글에서는 모두 문장이라는 기본 단위가 연속적으로 이어집니다. 한 문장은 단어가 모여 이루어지게 되지요.

모든 문장에는 구조가 있습니다. 언어의 세계에는 별만큼 많은 문장이 있지만 구조별로 따져보면 몇 개의 유형으로 나눌 수 있습니다. 그중에서 기본은 주어와 서술어로 이루어진 주술 구조입니다. 아무리 복잡한 문장이라도 분해하고 해체하면 주어와 술어만 남기 때문입니다. 주술 구조에 수식어와 수식구 등을 보태어 복잡한 현상을 설명할 수 있게 해주지요.

✏️ 품사, 단어의 성질 파악하기

품사란 같은 성질의 단어끼리 구분해 놓은 묶음입니다. 우리 말의 품사는 모두 아홉 가지입니다. 단어의 뜻과 모양 그리고 역할에 따라 갈래를 지어둔 것이죠. 다음의 표를 함께 볼까요.

분류 기준	형태 변화에 따라	기능에 따라	공통된 의미에 따라
단어	불변어	체언	명사
			대명사
			수사
		수식언	관형사
			부사
		관계언	조사
		독립언	감탄사
	가변어	용언	동사
			형용사

품사의 종류

품사는 '형태'에 따라 구분할 수 있습니다. 낱말의 형태가 변하지 않고 유지되는 불변어와 낱말의 형태가 변하는 가변어로 나누는 것이지요.

불변어에는 명사, 대명사, 수사, 관형사, 부사, 조사, 감탄사가 있습니다. '컴퓨터, 냉장고, 희망, 자유, 나, 너' 등등의 단어는 형태가 변하지 않지요. 한편 '달리다, 달렸다, 달리는' 혹은 '예쁘다, 예쁜, 예뻤고'와 같은 동사와 형용사는 문장에 따라 형태가 달라질 수 있어요. 우리는 이것을 가변어라고 부릅니다.

문장에 쓰일 때 '기능'이 어떠한가를 기준으로 품사를 나눌 수도 있습니다. 명사, 대명사, 수사는 모두 명사류에 속하는 품사로, 한국어 문법에서는 이를 하나의 부류로 묶어 체언이라고 합니다. 체언은 변형하지 않으면서 사물이나 개념을 직접 지시하거나 가리키거나, 수와 관련된 뜻을 지니며 주어의 기능을 하지요.

동사와 형용사는 문장에서 주어를 서술하는 기능을 지니는 용언입니다. 관형사와 부사는 각각 체언과 용언 등을 수식하는 수식언, 조사는 체언에 붙는 관계언, 감탄사는 독립언입니다.

낱말이 지닌 뜻이 무엇인지, 즉 낱말의 '의미'를 기준으로 명사, 대명사, 수사, 관형사, 부사, 조사, 감탄사, 동사, 형용사로 나눌 수 있습니다. 그래서 9품사라고 하죠.

조금 어려운가요? 그럼 이제부터 9품사를 하나하나 들여다보며 자세히 공부해 봅시다.

명사

사람, 사물, 장소 등 대상의 이름을 나타내는 말로, 특성에 따라 여러 종류가 있습니다. 같은 속성을 지닌 대상에 두루 적용되는 명사인 보통명사, 특정한 하나를 다른 것과 구분하기 위해 붙인 이름을 뜻하는 고유명사가 있습니다. 또 눈에 보이지 않는 추상적인 개념 등을 나타내는 추상명사와 구체적인 형상이 있는 대상을 나타내는 구상명사가 있습니다. 이외에도 홀로 쓰일 수 있는 자립 여부에 따라 자립명사, 의존명사로 구분하기도 합니다.

🖉 예시

명사의 종류	구상명사	추상명사	보통명사	고유명사
대상	사물	개념	집합	개체
예시	돌, 컴퓨터, 산, 냉장고	희망, 자유, 평화, 평등	여자, 남자, 사람, 꽃, 물고기	강철수, 서라벌대학교, 팥쥐, 세종

명사의 종류

대명사

사람이나 사물 등의 명칭을 대신 뜻하는 말을 대명사라고 합니다. 사람을 대신할 때는 인칭대명사, 사물이나 장소를 대신할 때는 지시대명사로 구분합니다.

🖊 예시

- 인칭대명사: 저, 너, 너희, 우리, 자네, 누구
- 지시대명사: 이것, 그것, 저것, 무엇(사물)

  여기, 거기, 저기, 어디(방향)

수사

수를 나타내는 품사로 사물의 양이나 순서를 나타냅니다. 수나 양을 나타내는 기수사(基數詞)와 순서를 나타내는 서수사(序數詞)로 구분할 수 있어요.

🖊 예시

- 기수사: 하나, 둘, 셋, 넷, 다섯, 여섯, 일곱, 여덟, 아홉, 열
- 서수사: 첫째, 둘째, 셋째, 넷째, 다섯째, 여섯째, 일곱째, 여덟째, 아홉째, 열째

동사

사람 혹은 사물의 움직임이나 작용을 나타내는 품사입니다. 주어의 상태를 풀어서 설명해 주는 역할을 합니다. 동사는 어간에 여러 어미가 붙으면서 모양이 자유자재로 바뀝니다. 형용사도 그렇습니다.

동사와 형용사가 헷갈릴 수도 있어요. 동사를 공부할 때에는 한 가지만 기억하면 됩니다. 동사는 움직이느냐 아니냐에 따라 구분할 수 있어요. 단어의 뜻 안에 움직임이 있어야만 동사라고 할 수 있답니다.

형용사

사물의 성질이나 상태를 설명합니다. '아름답다, 푸르다, 춥다, 즐겁다, 슬프다, 행복하다, 기쁘다, 착하다, 예쁘다, 아프다, 시리다' 등입니다. 동사와 달리 형용사는 사용할 수 없는 형태가 제법 있어요. 명령형, 청유형, 현재형으로는 쓸 수 없습니다.

 예시

- 상태: 저 바다는 푸르다.
- 감탄형: 저 바다는 푸르구나!
- 현재형: 저 바다는 푸르른다. (X)
- 청유형: 저 바다는 푸르자꾸나. (X)
- 명령형: 저 바다는 푸르러라. (X)

관형사

명사 앞에서 명사의 뜻을 한정하는 기능을 가진 품사입니다. 명사의 접두어처럼 사용되다가 그 역할이 제한되면서 관형사가 된 경우가 있어요.

예시

고 유가시대 / **본** 논문에서는 / **구** 시가지

관형사는 앞에서 내용을 자세히 꾸며주는 역할을 합니다. 주어의 성질이나 상태 혹은 정도를 분명하게 설명해 줍니다. 이를테면 '순 살코기' '한 사람' '새 옷' '모든 부모'처럼 말이죠. 관형사를 연달아 쓰기도 하는데, 순서를 지켜야 합니다.

✏️ 예시

그 새 옷 / 이 헌 가구

부사

관형사가 명사와 같은 체언을 도와주는 품사였다면 부사는 형용사나 동사와 같은 용언을 또렷하게 해주는 역할을 합니다. 부사의 예로는 '잘' '매우' '가장' '과연' '아주' 같은 말이 있습니다. 부사는 서로 친해서 다른 부사나 관형사를 꾸며주거나 문장 전체를 수식하기도 합니다.

문장 속에서 부사의 위치를 잘못 잡으면 문법적으로 오류를 일으키거나 의미가 잘못될 수 있으니 주의해야 합니다.

✏️ 예시

유진이만 그 일을 **잘** 해낼 수 있다. (O)

유진이만 **잘** 그 일을 해낼 수 있다. (X)

잘 유진이만 그 일을 할 수 있다. (X)

감탄사

말하는 사람의 감정을 실어 놀람, 느낌, 부름, 대답을 나타내는 성질을 가진 역할을 합니다. '아' '오호라' '아이고' 등 말하는 사람의 느낌이나 의지를 특별한 단어에 의지하지 않고 직접적으로 나타낼 수 있어요.

감탄사는 말하는 사람의 의지나 혼잣말을 독립적으로 표현할 수 있습니다. 형용사나 동사처럼 모양이 변하지도 않아요.

조사

문장 속에서 다른 품사의 단어를 '돕는 말'을 의미합니다. 그래서 홀로 쓰일 수는 없고 다른 말에 붙어 있어요. 문법을 연구하는 학자들 중 일부는 조사가 독립적인 어절을 구성할 수 없다는 이유로 독립된 품사로 인정하지 않기도 합니다. 그들은 조사를 명사의 기능을 나타내는 접사로 정의하기도 합니다.

조사의 종류로는 격조사, 접속조사, 보조사 등이 있는데 다음의 표를

종류	역할과 예시
격조사	역할: 문장 속에서 자신의 앞에 오는 체언(명사, 대명사, 수사)에 자격을 준다. 예시: 내가(주격) 그에게(부사격) 명령을(목적격) 하였다. 그녀는(주격) 나의(관형격) 친구이다.(서술격) 새끼 고양이는 어미가(보격) 된다.
접속조사	역할: 문장 속에서 두 단어를 같은 자격으로 이어준다. 예시: 하늘과 강은 자연이다. 너와 나는 학생이다.
보조사	역할: 앞에 오는 말에 특별한 뜻을 더해준다. 예시: 우리 동네에서는 쓰레기를 버리면 안 된다.(강조) 친구마저 그녀를 떠나버렸다.(하나 남은 마지막)

조사의 종류와 역할

보면 쉽게 이해할 수 있어요.

격조사는 체언의 격을 표시하는 조사입니다. 격이란 체언이 문장에서 서술어 등 다른 단어와 맺는 관계를 표시하는 문법 용어로 주격(주어), 목적격(목적어), 보격(보어), 관형격(관형어), 부사격(부사어), 서술격(서술어), 호격(독립어)으로 나눕니다. 괄호 안에는 문장 성분을 표시해 두었습니다.

학자들의 엇갈리는 견해와 상관없이 우리말은 조사가 아주 발달된 언어입니다. 조사를 잘 쓰면 문장의 달인이 될 수 있다는 의미이기도 하지요.

인간의 위대한 발명품인 언어가 탄생한 이래로 가장 먼저 인식한 단위는 문장입니다. 고대 그리스인들은 문장이 주어와 서술어로 나뉜다는 문법론을 전개했습니다. 이 같은 사유의 과정을 거쳐 단어를 집합으로 분류한 것이 품사입니다. 언어마다 조금씩의 차이는 있지만 모두 품사에 따라 언어를 구분하는 공통점이 있지요.

우리말의 품사 명칭은 한글로 적혀 있지만 따지고 보면 모두 한자입니다. 품사의 기능과 형식을 직관적으로 이해하기 어려운 이유이기도 합니다. 한자어를 풀어서 곱씹어 해석해 보면 아홉 개의 품사를 이해하고 또 제대로 활용할 수 있답니다.

인위적으로 구분해 붙인 명칭과 그 쓰임을 정리한 문법을 반드시 학습해야 제대로 쓰고 말할 수 있습니다. 국어 시간에 모두 배운 문법이지만 다시 한 번 확인한다면 글을 쓸 때 정확하게 우리말을 쓸 수 있게 된답니다.

헷갈리는 맞춤법과 띄어쓰기

온라인에 쉽게 글을 쓸 수 있는 환경이 되면서 맞춤법과 띄어쓰기를 고려하지 않는 경우가 있습니다. '말만 통하면 되지 좀 틀리면 어때서'라는 단순한 생각에서죠. 그럴 수 있습니다. 자신을 드러내지 않고 글을 쓸 수 있는 곳이면 더더군다나 신경 쓰지 않게 되죠.

하지만 공식적인 글쓰기에서는 글의 정확성에 문제가 생기고 평가를 받아야 하는 글쓰기에서는 감점의 대상이 된다는 점을 잊어서는 안 됩니다. 복잡한 부분이 없지 않지만 간단히 몇 가지만 짚어볼까요. 먼저 맞춤법부터 시작할게요.

✏️ 맞춤법

한글 맞춤법

한글 맞춤법은 1988년 고시되었고, 그 해설은 1988년에 함께 제시되었다. 현행 한글 맞춤법은 2018년 국립국어원이 개정하였다.

'맞춤법은 표준어를 소리대로 적되, 어법에 맞도록 함을 원칙으로 한다' 한글 맞춤법* 제1항에 적힌 규정입니다. 간단해 보입니다. 표준어로 적고, 소리 나는 대로 적고, 어법에 맞게 쓰면 되니까요. 하지만 예외 조항이 많아 실수를 하기 쉬워요.

꽃을 예로 들어볼까요. '꽃'이라는 단어를 소리 나는 대로 쓰면 꽃, 꼿, 꼳 등 여러 가지로 쓸 수 있습니다. 그러나 세 가지 글자를 써놓으면 그 의미가 제각기 달라집니다.

✏️ 예시

- 꽃: 꽃(식물이 열매를 맺기 위해 피우는 기관)
- 꼿: 꽂다(내리박다)
- 꼳: 꼿꼿이(똑바로 힘주어)

여기에 조사 혹은 다른 명사가 붙으면 꽃은 여러 가지 소리를 내게 됩니다. '꽃이[꼬치]' '꽃은[꼬츤]' '꽃잎이[꼰니피]' '꽃도[꼳또]'처럼 말이죠.

어떤가요. 소리 나는 대로 써놓으니 제각기 다른 의미가 될 수도 있습니다. 표음 문자인 한글을 소리 나는 대로 썼더니 의미가 혼란스러워졌죠. 그래서 뒤늦게 한글 맞춤법을 정하게 되었답니다. 언어 사용의 표준을 정해 효율성을 높이기 위해서입니다. 틀리기 쉬운 맞춤법을 아래에 정리해 두었습니다. 주의해야 할 점 몇 가지만 소개할게요.

같은 뿌리에서 나온 말은 같은 형태로 쓴다

[반드시]로 소리 나는 단어를 쓰는 방법은 두 가지입니다. '반듯이'와 '반드시'이지요. 그러나 이 두 단어의 뜻은 다릅니다. '반듯하다'라는 의미로 쓸 때에는 어근 '반듯'을 살려야 합니다.

'지긋하다'라는 단어를 쓸 때에도 마찬가지입니다. '지긋하다'는 '나이가 제법 들었다'는 뜻입니다. 이 의미를 살릴 때에는 '지긋'이라는 어근을 살려야 합니다. 헷갈릴 때에는 어근에 '~하게'를 붙여보면 됩니다. '반듯하게' '지긋하게'처럼 말이죠.

그런데 '지그시'는 '슬며시 힘을 주는 모양'이라는 전혀 다른 의미가 됩니다. 따라서 내가 어떤 의미를 살리려고 하는지를 먼저 생각해 보면 쉽게 이해할 수 있습니다.

✏️ 예시

- **반듯이** 줄을 긋다.
- **반드시** 9시까지 마쳐라.

- **지긋한** 반백의 신사
- **지그시** 바라보다.

줄임말의 원형을 살린다

실수가 잦은 맞춤법 실수 중 하나입니다. 줄임말이 표준이 될 때에는 원래의 형태를 유지하는 게 한글 맞춤법의 원칙입니다. 이를테면 '밭사돈' '왠지'는 '바깥' '왜인지'와 같은 형태가 줄어든 단어입니다. 즉 '밭사돈(바깥사돈)' '왠지(왜인지)'라는 원형을 줄여 쓰다가 표준말이 되었지요.

따라서 '밧사돈' '웬지' 등은 틀린 표기법입니다. 여러분이 헷갈려하는 '웬'은 '어찌 된'이라는 뜻의 관형어로 왠지(왜인지)와는 완전히 다른 단어입니다.

✏️ 예시

• 오늘은 **왠**지

• **웬** 날벼락? / **웬** 낯선 자

줄어서 형태가 바뀌었다면 바뀐 대로 쓴다

'되'와 '돼', 역시 헷갈리는 맞춤법 중 하나입니다. '내일 뵐게요.' 문자 말미에 잘 쓰는 표현입니다. 잘못된 맞춤법이지요. '뵐게요'가 맞는 표현인데 '뵈다(웃어른을 대하여 보다)'를 더욱 정중하게 쓰는 표현입니다. '뵐게요'는 잘못된 표기법입니다.

'되'+'~었다'가 줄어 '됐다'가 됩니다. '됐다'와 '됬다' 중 무엇이 정확한 표기법인지 헷갈릴 수 있습니다. 풀어 써보면 금방 알 수 있습니다. '되었다'는 의미가 맞다면 '됐다'로 써야 합니다. 만약 풀었을 때 어색하다면 맞춤법에 어긋나는 표기법이랍니다.

✏️ 예시

• 내년이면 대학생이 **돼**(되어 O)

• 우리 모두 훌륭한 사람이 **되**자.(되어자 X)

• 손으로 턱을 **괘**(괴어 O)

• 바람을 **쐤**다.(쐬었다 O)

사이시옷 제대로 쓰기

'절댓값' '꼭짓점'은 사이시옷이 들어가는 표준어로 최근에야 자리 잡았습니다. '시냇가' '바닷바람' '나뭇잎' '툇마루' '기댓값' '등굣길' '성묫길' 등 사이시옷이 들어간 단어입니다.

사이시옷은 말과 말 사이에 적는 'ㅅ'이라는 의미인데요. 어디에 넣어야 하는지 익숙하지 않은 단어가 제법 있습니다.

사이시옷을 넣는 기준은 순우리말 또는 순우리말과 한자어가 결합한 합성어 중 '절댓값' '꼭짓점' '시냇가' 등과 같이 뒷말의 첫소리가 된소리로 나는 경우입니다.

또는 '아랫니' '잇몸' '콧날'처럼 뒷말의 첫소리 'ㄴ' 'ㅁ' 혹은 모음 앞에 'ㄴ' 소리가 덧나는 경우입니다.

하지만 '한자어+한자어' '외래어+고유어'는 제외입니다. '이비인후과' '핑크빛' 등에 사이시옷이 없는 이유이지요.

원형을 밝혀 적는 경우를 알아두자

명사나 혹은 용언의 어간 뒤에 자음으로 시작된 접미사가 붙어서 된 말은 그 명사나 어간의 원형을 밝혀 적습니다. 예를 들면 '값지다' '넋두리' '빛깔'을 비롯해 '낚시' '덮개' '넓적하다' '굵직하다' '늙수그레하다' 등이 있지요.

한편 원형을 밝히는 대신 소리 나는 대로 적는 예외도 있습니다. 시간이 흘러 본뜻에서 멀어졌거나 어원이 불분명한 경우입니다. '넙치' '납작하다' 등이 있습니다. 또 겹받침의 끝소리가 드러나지 않는 경우입니다. '얄따랗다' '널따랗다' '널찍하다' '짤따랗다' 등이지요.

✏️ 띄어쓰기

'문장의 각 단어는 띄어 씀을 원칙으로 한다.'

한글 맞춤법 제2항에 명시된 띄어쓰기 규칙입니다. 하지만 실제 규칙에서 이 원칙에 어긋나는 경우가 적지 않아요. 이를테면 조사는 단어로 인정하면서 앞말에 붙여 씁니다. 이를 위해 한글 맞춤법 제41항에 '조사는 앞말에 붙여 쓴다'는 별도 조항을 마련해 두었죠. 몇 가지 규칙을 소개할게요.

자립어는 띄어 쓰고 의존어는 붙여 쓴다

띄어쓰기를 할 때에는 단어가 아닌 의미의 독립성이 기준이 된다고 이해하는 편이 더 쉽습니다. 단독으로 소리 내서 쓰는 말을 자립적이라 하고 그렇지 못한 경우를 의존적이라고 합니다.

의존적인 요소로는 조사, 접사, 어미 등이 있습니다. 의존적인 요소가 분명하기 때문에 붙여 쓰는 게 맞습니다.

> ✏️ 예시
> - 조사: 내가 / 그에게 / 명령을 / 나의
> - 접사: 개살구 / 들볶다 / 맨손 / 풋사과
> - 어미: 떠난다 / 떠날래 / 떠날게

띄어 쓰는 경우

예외가 있습니다. 의존명사 중에서 띄어쓰기를 하는 경우가 있습니다.

✏️ 예시

참을 ˅수가 없다/시험에 안 ˅됐다/졸업한 ˅지/더할 ˅나위 없이/
너˅ 따위가/제 ˅딴에는/어찌할 ˅바를/아는 ˅척/나 ˅때문이다

관형사 띄우기도 헷갈리는 맞춤법 중 하나입니다. 자주 실수를 하는
띄어쓰기 중 하나이니 확인하세요.

✏️ 예시

각 ˅학교/만 ˅나이/매 ˅경기/별 ˅사이/몇 ˅명/새 ˅식구/갖은 ˅양념

퀴즈 하나 낼게요. 아래 문장에서 잘못된 맞춤법과 띄어쓰기를 모두
골라보세요.

✏️ 예시

넙적한 도다리는 봄철 한반도 인근에서 많이 잡히는 생선이다.
회로 즐기기도 하지만 익혀서 먹어도 일품이다. 가자미과 생선인
도다리는 봄에 지천으로 돋아 나는 쑥을 곁들여 국을 끓여 먹기
도 한다. 쑥내음과 부드러운 도다리 살이 어울어져 새로운 맛을
즐길 수 있다. 마치 겨울내 추위로 얼었던 마음이 눈녹듯 입안에
서 부드럽게 녹아내리는 듯한 감칠맛이 따뜻하게 전해진다. 춥고
더운 기운이 뒤섞인 봄날에 감기라도 걸렸다면 도다리쑥국 한그
릇 어떨까. 감기가 싹 낳아버릴테니.

넓적한 도다리는 봄철 한반도 인근에서 많이 잡히는 생선이다. 회로 즐기기도 하지만 익혀서 먹어도 일품이다. 가자밋과 생선인 도다리는 봄에 지천으로 돋아나는 쑥을 곁들여 국을 끓여 먹기도 한다. 쑥 내음과 부드러운 도다리 살이 어우러져 새로운 맛을 즐길 수 있다. 마치 겨우내 추위로 얼었던 마음이 눈 녹듯 입 안에서 부드럽게 녹아내리는 듯한 감칠맛이 따뜻하게 전해진다. 춥고 더운 기운이 뒤섞인 봄날에 감기라도 걸렸다면 도다리쑥국 한 그릇 어떨까. 감기가 싹 나아버릴 테니.

어때요. 모두 맞혔나요? 쉬운 듯 어려운 맞춤법과 띄어쓰기. 그러나 걱정하지 않아도 됩니다. 한두 번만 확인하면 그 원리를 쉽게 터득할 수 있답니다. 다만 마지막까지 공들여서 꼼꼼하게 확인하는 습관을 들여야 하니 그때까지 긴장의 끈을 놓아서는 안 된답니다.

✏️ 꾸준한 연습만이 좋은 글을 만든다

"전문가만 글을 잘 쓸 수 있나요?"

글쓰기를 잘하고 싶은 청소년이 조심스럽게 건넨 질문입니다. 절대 아닙니다. 글쓰기는 누구나 할 수 있는 자기 표현법 중 하나입니다.

공부의 양이 늘어나고 질적으로도 어려워지는 중고등학교 시기가 되면 글쓰기 활동이 대폭 줄어듭니다. 그런데 입시를 준비하면서 자기소개서, 논술 등을 써야 하니 갑자기 막연한 두려움이 밀려들지요. 글쓰기는 소수의 재능을 갖춘 사람들의 전유물로 오해하게 됩니다.

실용글에서 좋은 글이란 어려운 내용도 쉽게 풀어 쓴 글입니다. 현재 자신의 어휘력과 문장력으로 독자의 눈높이를 살펴 쓴 글이라면 멋진 글이라고 할 수 있습니다.

초등학교 때부터 익히고 써왔던 우리말이라서 잘 알고 있다고 생각하지요. 국어 시간에 배운 문법이지만 다시 한 번 확인하세요. 글을 쓸 때 자신감이 생깁니다. 까다로운 단어는 사전을 찾아 확인하는 습관을 기르세요. 글을 다 쓴 후에는 띄어쓰기, 맞춤법, 철자법이 맞는지도 점검해야 한답니다.

우리말 맞춤법에 예외가 많아서 혼란스러울 수 있습니다. 그러나 전체적으로 한 번만 확인해 두면 실수를 최소화할 수 있습니다. 자세한 한글 맞춤법은 국립국어원 홈페이지(www.korean.go.kr)에서 내려받을 수 있습니다.

6 글쓰기 전 준비운동

'글을 잘 쓴다'는 말에는 여러 가지 뜻이 담겨 있습니다. 소설과 같은 이야기를 잘 쓰는 경우도 있지만 광고 문구와 같은 짧고 간결하면서도 사람들의 시선을 끄는 글을 잘 쓰는 경우도 있습니다. 마라톤 선수, 역도 선수… 제각기 종목은 다르지만 모두 운동을 잘한다고 하지요. 두 가지 운동에서 본질이 같은 한 가지를 찾는다면 준비운동일 겁니다. 그렇다면 글을 잘 쓰기 위해서는 어떤 준비를 해야 할까요.

기자가 기사 하나를 마무리하기까지 전체 시간을 놓고 본다면 기사 쓰는 시간은 1시간 내외로 끝난답니다. 대신 사람을 만나고 사건의 현장을 확인한 후, 사실 관계를 파악하고 사건의 맥락을 이해하는 데 더 오랜 시간이 걸리죠. 기사도 잘 써야겠지만 취재 과정이 더욱 중요하답니다.

기자의 자질 중 하나는 호기심이라고 생각합니다. 호기심은 취재 과정에서 더 많은 정보를 찾아내게 하고 사건의 맥락을 구체적으로 이해하도록 돕는 원동력입니다.

기자는 전공 분야를 벗어난 영역을 취재하는 경우도 자주 있습니다. 또 취재하는 기간도 상황에 따라 다릅니다. 짧게는 하루 만에 취재가 끝나기도 하지만 때로는 복잡하고 심각한 사안을 오랜 시간 공들여 취재하는 탐사보도를 하기도 합니다. 상황이 복잡하고 사회적인 주목을 끄는 주제일수록 확인하는 데 시간이 더 많이 걸리겠지요.

취재 과정에서 호기심을 발휘해 끝까지 질문하고 확인을 한다면 기사를 쓸 때 사건을 다면적으로 바라보면서 해석할 수 있습니다. 따라서 수박 겉 핥기 식의 보도가 아니라 독자가 알고 싶어 하는 내용을 보다 구체적으로 전달할 수 있습니다. 모든 글감을 찾아내고 부족한 부분을 보충하고 주제에 맞게 설계하는 과정을 거친 후에 비로소 글을 쓰지요.

글을 쓰기 전에 해야 할 일 중에 중요한 몇 가지만 소개하겠습니다. 기자들이 기사를 쓰는 과정을 예로 들지만, 이는 많은 글쓰기 과정에도 적용되는 내용입니다.

✏️ 질문하기

"사건에 연루된 것이 사실입니까?"

심각한 사건의 용의자로 수사선상에 오른 사람이 경찰이나 검찰에 출두하면 기자들이 출구에 몰려들어 질문을 합니다. 기자는 사실과 정보를 파악하고 분석해 언어로 전달하는 전문가입니다. 실제 기사를 쓰거나 영상 매체 보도에 집중하는 시간보다 취재가 더 오래 걸립니다. 사실 관계를 확인하는 과정에서 자신의 궁금증 해소에 그치지 않고 독자들의 의문을 풀어주는 역할을 해야 합니다.

평소 기자들은 예정된 인터뷰에 쓸 질문지를 준비합니다. 인터뷰 현장에서 짧은 시간에 많은 정보를 수집하고 확인하기 위해서이지요. 질문지를 준비하는 동안 '왜'라는 한마디가 꼬리에 꼬리를 물고 따라다닙니다. 상대방에게 무엇을 어떻게 물어야 할지를 고민하는 것이지요.

같은 질문을 에둘러 다시 묻기도 하고, 직설적으로 물어 상대방을 당혹스럽게 하기도 합니다. 때로는 이미 다 알고 있는 내용이라도 다시 묻기도 하지요.

같은 내용이라도 다른 말로 물어볼 때 상대방은 같은 대답이 아니라 더 포괄적이거나 혹은 아예 다른 답을 하기도 합니다. 이렇게 질문을 다각도로 던져서 얻은 답을 바탕으로 사건 사고의 전후 사정은 물론 상황의 심각성과 맥락을 파악합니다. 질문은 사건의 본질에 다가가기 위한 수단이자 상대방과 맞수를 둘 수 있는 무기이기도 합니다.

'워터게이트*' 사건으로 사임한 리처드 닉슨 미국 제37대 대통령이 국민에게 사과하도록 이끌어 큰 반향을 일으킨 토크쇼 진행자 데이비드 프로스트의 에피소드에서 확인할 수 있습니다.

영화 〈프로스트 vs 닉슨〉(2008)은 닉슨이 사임한 지 3년이 지난 1977년, 프로스트가 닉슨에게 거금의 출연료를 미끼로 인터뷰를 제안해 성사시킨 이야기를 담고 있습니다.

워터게이트 사건

1972년부터 1974년 사이 미국에서 베트남 전쟁을 반대했던 민주당을 막고 공화당 출신 닉슨 대통령의 재선을 꾀하는 과정에서 도청, 불법 침입 등 부정행위가 벌어졌다. 이를 은폐하려 했던 정치 스캔들을 뜻한다. 미국 워싱턴 DC에 위치한 워터게이트 빌딩에서 벌어진 사건으로 이후 정치적 스캔들을 'ㅇㅇ 게이트'라고 부르는 계기가 되었다. 사건의 전모가 밝혀지면서 닉슨 대통령의 탄핵안이 의회를 통과하는 단초가 되었다.

정계 복귀를 노리던 닉슨은 워터게이트 관련 질문을 하지 않는 것을 조건으로 네 번의 인터뷰에 응합니다. 닉슨은 세 차례 인터뷰에서 자신이 기획했던 대로 치적을 홍보하는 데 열을 올리고 민감한 질문은 얼렁뚱땅 길고 지루하게 대답하면서 시간을 끌었죠.

마지막 인터뷰는 달랐습니다. 프로스트가 워터게이트 관련 자료를 모두 뒤져서 알려지지 않은 내용까지 파악해 질문을 준비합니다. 마지막 인터뷰에서 프로스트는 닉슨에게 지금까지 보도되지 않은 질문 공세를 퍼붓습니다.

당황한 닉슨은 일그러진 표정으로 "대통령이 하면 죄가 아니다"라는 말을 해버립니다. 프로스트는 "국민은 (대통령의 해명과 사과를) 들을 필요가 있다"면서 닉슨을 압박합니다. 심각한 표정을 짓던 닉슨은 "끔찍한 실수를 했다. 대통령으로 해서는 안 될 일을 했다. 난 친구들을 실망시켰고, 나라를 실망시켰다. 가장 나쁜 건 정부 체계를 망친 거다. 난 그 짐을 평생 지고 가야 한다. 내 정치 생명은 끝났다"고 사과합니다. 신문사들이 대서특필한 인터뷰 내용은 미국 전역으로 퍼져 나갔습니다.

실화를 바탕으로 만든 이 영화에서 프로스트는 질문의 힘을 보여줍니다. 처음에는 TV에 닉슨을 출연시켜 흥행을 노리고 돈을 벌어보겠다는 계산으로 인터뷰를 기획했지만, 프로스트는 꼼꼼하게 준비한 질문 하나로 범죄를 저지르고도 당당했던 대통령에게 공개적인 사과를 받아내면서 미국 언론계에 이름을 남겼습니다.

기자는 취재할 영역이 정해지는 경우가 많습니다. 이때 구체적으로 어디에 가서 누구를 만나야 하는지를 고민하고 연락하고 직접 확인하는 과정에서 독자 혹은 시청자가 알아야 할 내용을 추출합니다. 마치 압축기로 과일의 단맛을 뽑아내듯이 말이죠. 이렇게 사건의 본질을 명확하게 파악해야 기자로서 갖춰야 하는 능력을 키울 수 있습니다.

기자로서 글을 쓸 때에는 우리 사회의 문제를 극복하고 개선하기 위해 잘못된 부분을 명확하게 지적하는 데 집중해야 합니다. '과연 이것이 지금 이 순간에 독자와 시청자들이 알아야만 하는 주제인가' 기삿거리가 되는지를 고민할 때 늘 스스로에게 던지는 질문입니다. 이것이 곧바로 뉴스의 글감이 됩니다.

일반적인 글쓰기도 예외는 아닙니다. 무엇을 쓸 것인가를 고민하는 과정에서 끊임없이 질문해야 합니다. 과제로 써야 하는 글은 글감이 이미 주어지지만 그렇지 않은 경우에는 난감합니다. 이때 질문하기는 글감을 찾는 좋은 방법입니다. 자신이 좋아하는 분야를 관찰하면서 질문을 만들어보세요.

'무엇을 쓸 것인가?' '왜 쓰려고 하는가?' 등 구체적인 질문을 던지면서 꾸준하게 관찰하는 과정에서 글감을 찾을 수 있습니다. 질문하기는 남들과 다른 관점을 키우는 데에도 도움이 됩니다.

평소에 문득 생기는 궁금증을 지워버리지 마세요. 궁금증의 실마리를 찾아가 보세요. 작은 궁금증에 대한 답을 찾는 과정에서 자신이 무엇을 좋아하고 있는지를 발견할 수도 있습니다. 그것이 바로 자기 자신을 찾아가는 과정이기도 합니다.

평소에 꼼꼼히 메모하기

번뜩이는 아이디어는 갑자기 찾아옵니다. 샤워하는 동안, 화장실에서 일 보는 중에, 혹은 멍하니 바깥을 쳐다보고 있는데 느닷없이 머리에 전기가 통한 것처럼 아이디어가 떠오르는 것이지요.

그 아이디어를 잡기 위해서는 적어놓아야 합니다. 섬광처럼 스쳐 지나간 생각은 말보다도 휘발성이 더 강합니다. 나중에 기억을 더듬어보면 때로는 어떤 아이디어가 떠올랐는지 생각나지 않는 경우도 있어요. 메모의 힘은 의외로 강력합니다. 찰나의 순간을 잡아둘 수 있는 메모법을 알려드릴게요.

먼저 키워드와 기호를 이용하는 메모법입니다. 키워드를 중심으로 써놓고 뒤에 물음표(?)나 느낌표(!) 등의 기호를 사용하는 방법입니다. 의문점을 정리할 때는 물음표, 강조하고 싶을 때는 느낌표를 사용하는 식입니다. 이렇게 해두면 키워드를 쓸 때 자신의 느낌과 감정을 표시할 수 있답니다.

앞 글자만 따서 간략하게 메모할 수도 있습니다. 영어의 경우 사람(P), 매출(S), 책(B)과 같이 첫 문자만 쓰는 형식이죠. 메모를 할 때에는 주로 명사와 숫자 중심으로 기록하는 습관이 중요합니다. 그리고 논쟁이 벌어진 상황에서는 찬반 의견을 중심으로 기록해 두어야 합니다.

늘 손에 쥐고 다니는 스마트폰을 이용하세요. 메모판에 생각이 떠오를 때마다 아이디어를 적어놓으세요. 메모판에 적어놓은 키워드는 떠올랐던 아이디어를 다시 살려냅니다. 여기서 그치지 않고 이를 문장으로 써놓는다면 상상력을 구체화할 수 있지요.

그림과 도표를 이용할 수도 있습니다. 간결한 그림을 옆에 그려놓으면 나중에 창의적인 사고를 해낼 수도 있답니다. 숫자가 많이 나올 때는 재빠르게 도표를 그려두면 다시 볼 때 추가적인 해석도 할 수 있습니다. 다만 그림과 도표는 평소 메모를 많이 하는 사람이 활용할 수 있는 방법이니 미리 자주 연습해 두는 것도 도움이 되겠지요.

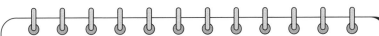

+ 더 알아보기 역사 속 메모의 달인

'근면과 인내로 생쥐는 돌을 뚫으며, 밧줄을 갉아 두 동강을 낸다.'

미국 건국의 아버지 중 한 명인 벤저민 프랭클린이 시간의 중요성과 성실하고 근면한 생활 방식을 강조하면서 남긴 명언 중 하나입니다. 헌법의 기초를 세운 정치인이자 피뢰침, 다초점 렌즈 등의 발명가로도 유명했던 그는 대통령이 아닌데도 미국 지폐(100달러)의 모델이 된 인물이기도 하지요.

유럽의 과학자들에게 큰 영향을 받았던 프랭클린은 성공한 사업가이자 사회개혁가로 '가장 지혜로운 미국인'이라는 평가를 받기도 했습니다.

그는 이상적인 생활 규범을 13가지로 정해두고 평생 습관으로 만들기를 원했어요. 프랭클린은 실천력을 높이기 위한 방법으로 메모의 기술을 선택했어요. 습관을 들이기 위해 한 번에 하나씩 집중해서 노력하는 과정에서 스스로 잘했는지 못했는지를 항상 기록하고 확인했답니다.

그의 메모 습관은 책의 저자가 되는 데에도 큰 역할을 했습니다. 프랭클린의 자서전은 성공을 꿈꾸는 현대인에게도 관심을 끌어 스테디셀러에 이름을 올렸답니다. 그가 늘 지니고 다녔던 수첩을 착안해 만든 프랭클린 플래너는 일정 관리 수첩의 대명사로 불리기도 하지요.

메모는 시간을 절약하는 방법입니다. 평소 책을 읽을 때 감동적인 문구를 독서 노트에 적어둔다면 글을 써야 할 때 필요한 인용문을 재빨리 찾을 수 있고, 새로운 글감을 발견할 수도 있습니다. 독서 노트에 적힌 문구 하나가 글의 주제가 되기도 하니까요. 굳이 책을 다시 읽지 않아도 근사한 인용문을 자신의 글에 녹여낼 수 있답니다.

✒️ 신문 기사 정독하기

뉴스 정독하기는 장점이 많은 글쓰기 밑천 중 하나입니다. 정치, 경제, 사회, 문화 등 국내 뉴스는 물론 주요 외신까지 포괄적으로 제공하는 매체인 뉴스 정독하기는 시사에 밝아지는 지름길입니다.

신문이나 방송으로 전달되는 뉴스는 취재기자, 데스크, 편집기자, 교열기자 등 여러 전문가의 손을 거쳐 다듬어진 글이기 때문에 실용 글쓰기를 자연스럽게 익히는 방법이 될 수 있습니다.

뉴스 정독하기에 앞서 매체를 선정하는 과정이 필요합니다. 매체별로 성향이 다르기 때문에 꼼꼼히 따져보고 서로 다른 성향의 매체 두 가지를 골라 비교하면서 읽어보세요.

뉴스 정독에 시간을 많이 보낼 수는 없겠지요. 매체별로 하루에 한 꼭지씩 매일 3개월만 정독해 보세요. 여러분이 기대하지 못했던 수준까지 글쓰기 실력이 자라날 테니까요.

뉴스를 정독하는 과정에서 다양한 분야의 지식을 통해 나를 둘러싼 한국 그리고 더 넓게는 지구촌이 움직이는 이치를 알게 됩니다. 아울러 짧은 시간 내에 글의 행간의 의미를 이해하고 맥락도 파악할 힘이 생깁니다.

국어 비문학 부문에 정치, 경제, 사회, 문화, 예술, 과학 등 다양한 분야의 글이 나오기 때문에 평소 신문을 읽어둔다면 이를 이해하는 데 많은 도움이 됩니다.

✏️ 친구와 지식 나누기

시험을 앞두고 공부를 할 때면 늘 급한 마음에 교과서와 참고서에 밑줄을 쳐가며 외웁니다. 하지만 급하게 외운 지식은 이내 사라집니다. 뇌의 기억력은 한번에 생기지 않아요. 기억하려면 뇌에 저장이 되어야 합니다. 오래 기억하려면 뇌에 잠시 기억된 단기 기억을 장기 기억으로 전환해야 합니다.

대부분의 사람은 하루가 지나면 한 번 들었던 것의 80퍼센트는 잊어버리게 됩니다. 이것이 바로 단기 기억입니다. 단기 기억은 뇌의 신경세포(뉴런) 사이에 새로운 회로가 만들어지지 않아요. 다만 뉴런 끝부분에서 신경전달물질이 조금 더 많이 나와서 잠시 기억할 뿐입니다.

단기 기억이 장기 기억으로 바뀔 때에는 신경세포에서 유전자 스위치가 켜져 새로운 신경회로망을 만들게 됩니다. 반복해서 듣거나, 학습의 정도에 따라 장기 기억으로 뇌에 저장되지요. 장기 기억에는 용량 제한이 없습니다. 또 한 사람의 정체성을 이루는 바탕이 되기도 하지요.

글을 잘 쓰려면 장기 저장 기관에 켜켜이 쌓여 있는 지식이 풍부해야 합니다. 여러 지식을 압축하고 재조정하는 과정에 쓰이기 때문이지요. 평소에는 머릿속에 작은 조각으로 쌓여 있던 조각이 글감이라는 새로운 자극에 반응하면 마치 직소퍼즐 그림처럼 하나의 완성된 모습으로 바뀌게 된답니다. 지식은 나만의 독특한 해석으로 장기 기억에 저장되기 때문에 글감을 풍부하게 하고 독창적으로 글을 쓸 수 있게 하는 밑거름이 되지요.

장기 저장을 강화하는 방법 중 하나로 친구에게 설명해 주기가 있습니다. 무조건 외우다시피 공부한 대목을 친구에게 설명하다 보면 정제

된 언어로 조리 있게 말하고 있는 자신을 발견하게 될 겁니다. 친구가 알 아듣게 설명하기 위해서 단기 저장 기관에 있던 지식을 끄집어내 되뇌면 서 설명하고 나면 지식은 자연스럽게 장기 저장됩니다.

이 과정이 반복되면 공부하는 습관이 바뀔 뿐 아니라 논리적인 생각 도 강해지게 됩니다. 급하게 외운 지식은 안갯속에 가려진 듯 희미하게 뇌에 보관되었다가 사라지고 말지요. 그렇지만 친구에게 설명하는 과정 에서 안개가 걷히고 학습한 지식이 또렷하게 드러나게 되지요.

친구와 짝을 지어 서로에게 설명해 보세요. 친구에게 설명하는 과정 에서 스스로 이해하지 못한 부분을 알아차리게 됩니다. 부족한 부분을 알게 된다면 그 부분을 채우면 되겠지요. 자기가 무엇을 알고 모르는지 를 확인하면 효율적인 공부는 물론 효율적인 글쓰기에도 큰 도움이 된 답니다. 다른 사람에게 설명해 주는 방법으로 공부와 글쓰기 모두 잘할 수 있다는데 지금 당장 해야 하지 않을까요.

독서하기

'밑천이 두둑해야 성공할 수 있다.'

새로운 일을 할 때 계획이든 자본이든 철저하게 준비해야 불확실한 미 래에 대처할 수 있다는 의미입니다. 글쓰기에도 밑천이 필요합니다. 독서 입니다.

어릴 때부터 독서의 중요성은 귀에 딱지가 앉을 만큼 많이 들었지요. 재미있어서 혹은 칭찬받고 싶어서 열심히 책을 읽으려고 노력했을 겁니 다. 하지만 중학교에 입학하면서 늘어난 교과목을 학습하는 데 시간을 쏟고 시험 준비를 하다 보면 독서에 소홀하게 됩니다. 또 고등학교에 진학하면 어떨까요. 입시 준비를 우선하다 보니 독서와 조금씩 더 멀어지게 됩니다.

이때부터 책을 읽는 학생과 읽지 않는 학생이 나뉘게 됩니다. 꾸준하게 책을 읽는 학생은 대학생의 독서 목록을 넘보며 다양한 장르의 책을 읽으니 독서 수준이 높습니다. 하지만 책을 읽지 않는 학생은 초등학생 독서 수준에 머물고 맙니다. 마치 사회에 부의 양극화가 심화되듯이 독서의 수준도 양극화할 수 있습니다.

독서의 여부는 문해력에도 영향을 줍니다. 문해력은 글자를 '보는' 것이 아닌 문장을 '읽고 이해하는 능력'입니다. 문해력이 떨어지면 글을 읽고 난 후에도 의미를 정확하게 파악하지 못하게 됩니다.

거창하게 사회적 문제를 따지기에 앞서 여러분의 발등에 떨어진 불부터 꺼야겠지요. 최근 몇 년 사이에 수능 시험이 끝나고 나면 '과학인가 국어인가 알쏭달쏭한 지문' '비문학 과학 지문 빨리 읽는 법'과 같은 기사가 온라인에 속속 올라오더군요. 지문을 이해하지 못해서 과학이나 수학 문제를 풀기 어려워하는 학생들이 많아진 것이지요. 문해력이 떨어진 것입니다.

한 걸음 더 나아가 문해력은 다른 사람과의 소통을 더욱 쉽게 해주는 능력이기도 합니다. 성인들은 재택근무가 늘어나면서 이메일, 메시지 등으로 업무를 지시하거나 업무 결과를 전달하는데 문해력이 떨어진다면 엉뚱한 일을 할 수도 있겠지요. 비대면 수업의 상황도 마찬가지입니다.

문해력을 높이기 위한 지름길이자 누구나 할 수 있는 방법 중 하나는 독서입니다. 독서는 글쓰기의 밑천일 뿐 아니라 공부의 밑천이 되기도 합니다. 한 걸음 더 나아가 새로운 세상을 간접적으로 체험할 수 있는 효과적인 방법이며 성숙한 민주주의 시민으로 성장하는 밑거름이 되기도 합니다.

독서의 장점으로 수백 가지를 들 수 있겠지만 여기서는 딱 세 가지만 소개할게요.

독해력 향상

독해력은 한마디로 글을 읽고 이해하는 능력입니다. 독해는 특정한 글이 담고 있는 핵심 메시지를 파악하고 논리적으로 이해하며 마음이 움직이는 단계에 이르는 과정을 말합니다. 때로는 맥락에 따라 해석할 수 있는 능력을 포괄적으로 독해력이라고 합니다.

탄탄한 독해력을 갖춘 사람은 정해진 시간 안에 다른 사람보다 더 많은 분량의 글을 이해할 수 있습니다. 교과목 학습의 차원에서 본다면 같은 시험지를 받고도 지문을 읽고 이해하는 속도가 남들보다 빠릅니다. 답을 구하는 시간을 더 벌 수 있는 장점이 있겠지요.

요즘은 수학, 과학 등 이과 과목의 지문이 상당히 길어서 읽는 데 시간이 한참 걸리죠. 다 읽고 난 후에도 출제자의 의도를 파악하기 어려워 정해진 시간 내에 정답을 찾지 못하는 경우도 있잖아요.

탄탄한 독해력은 문해력의 한 부분이기도 합니다. 문해력은 영어로 '리터러시(literacy)'라고 합니다. 19세기, '문학을 이해하다' '글자를 이해하다'라는 의미로 쓰였던 리터러시는 20세기에 들어서는 특정 분야의 과업을 수행할 수 있는 지식과 역량이라는 의미로 확장되었습니다. 21세기에는 특정 주제나 상황을 이해하고, 해당 주제와 상황에서 직면하는 문제를 해결하기 위해 매체·정보·지식을 활용할 수 있는 종합적인 능력 등 복합적인 의미로 변했습니다.

결론적으로 리터러시는 텍스트를 읽고 의미를 파악한 뒤 현재 해결해야 할 문제를 풀어내는 능력을 말합니다. 여기에서 독해력은 단순히 글자를 아는 수준을 넘어서 문장을 이해하고 맥락을 파악하는 단계를 의미합니다.

디지털 환경에 노출된 시간이 많아지는 만큼 디지털 문해력이 떨어져 보이스피싱과 같은 사이버 범죄에 속아 넘어가기 쉽습니다. 뿐만 아니라 정보의 편향성을 가려내지 못해 자신의 주관을 잃어버리는 심각한 상황이 일어날 수도 있습니다.

독서는 자연스럽게 문해력을 키우는 방법이기도 합니다. 재미있는 소설 한 편을 읽었을 뿐인데 문해력이 덤으로 좋아지니 얼마나 즐거운 일인가요.

어휘력 향상

책은 저자가 오랜 시간 고민해 온 주제 의식을 논리적으로 펼쳐나가며 지식과 교양을 한 곳으로 끌어모아 정교한 언어로 묘사해 놓은 한 권의 언어집입니다. 지식과 교양의 확장은 물론 정교하고 정확한, 때로는 감칠맛 나는 언어를 따로 외우지 않고도 익힐 수 있지요. 책을 읽는 과정에서 어휘력이 자연스럽게 쌓이게 됩니다.

어휘력이 언어 학습에 중요하다는 사실은 대부분 알고 있습니다. 그래서 단어만 정리해 놓은 참고서를 준비해 외우며 어휘력을 키우려고 애쓰지요. 하지만 어휘력 강화를 위해 마치 암기 과목처럼 외우면 쉽게 지칩니다.

독서는 독해력과 더불어 자연스러운 어휘력 강화에 효과적인 방법이지요. 특히 우리나라 소설가들의 작품을 읽어나가다 보면 고품격 우리

말이 자연스럽게 쌓이게 됩니다. 소설가들은 스토리 전개에 필요한 상황을 세밀하게 묘사하기 위해, 가장 정확한 단어를 고르기 위해 밤낮으로 고민합니다.

그들의 노력으로 태어난 한 편의 소설을 읽으면서, 흥미진진한 이야기를 따라가며 맥락을 이해하는 독해력이 생기는 거지요. 그뿐인가요. 특별한 순간에 써야 하는 적절한 단어를 선택할 수 있는 능력이 생겨납니다. 흥미로운 이야기도 읽고 덤으로 어휘력도 키울 수 있으니 책을 가까이 해야 할 이유로 충분하지 않나요.

시야의 확장

독서는 많은 사람의 지적 세계를 엿보는 과정입니다. 한 사람이 평생 직접 체험할 수 있는 경험의 양은 정해져 있습니다. 시간과 돈과 같은 자원은 한정되어 있기 때문이지요. 하지만 독서는 다른 사람의 경험, 생각, 판단 등을 간접적으로 느끼고 이해할 수 있게 해주지요. 그만큼 세상을 이해하는 눈이 넓어집니다.

책으로 세계를 체험할 수 있으니 책은 새로운 세계를 깨는 '도끼'에 비유되기도 합니다. 이렇게 책으로 간접 경험을 쌓아나가면 나와 처지가 다른 수많은 사람들을 이해하게 됩니다. 이해는 공감에서 비롯되지요.

마음이 움직이면 비로소 상대의 세계가 눈에 들어옵니다. 책으로 세상을 판단하는 가치관을 키워나가며 많은 사람과 공감하면 자신의 견해가 선명해지고 생각하는 힘이 강해집니다. 스스로 판단하고 결정해 행동할 수 있는 사람이 되는 것이지요.

독서는 훌륭한 글을 쓰는 데 더할 나위 없이 효과적인 방법입니다. 세상을 주도적으로 살아갈 수 있는 막강한 힘이 독서에서 나온다는 사실 하나만 붙들고 여러분도 꾸준하게 책을 읽어나가기 바랍니다.

성격에 맞는 글쓰기 훈련법이 따로 있다면?

글을 잘 쓸 수 있는 성격이 따로 있을까요? 어느 정도는 연관성이 있겠지만 누구나 자신의 부족한 부분을 찾아내 보완한다면 글쓰기 스트레스를 극복하고 잘 쓸 수 있답니다. 한편 개인의 성격에 따라 선호하는 글쓰기 방법은 달라질 수도 있겠지요.

성격이란 유전적으로 물려받은 성향과 자라난 환경 그리고 학습을 통해 형성되는 인간의 자질을 말합니다. 성격은 긍정적, 부정적 특성과 같은 좁은 의미를 포함해 한 개인을 타인과 구별해 주는 개념으로서의 넓은 의미까지도 일컫습니다. 1930년대 이후 심리학계에서는 성격을 과학적으로 연구하기 시작했고 이제는 연구의 한 분야로 자리를 잡았지요.

개인의 성격을 잘 이해하면 부정적인 부분은 통제하고 긍정적인 부분은 계발하여 삶의 질을 높일 수 있다는 논리가 학습 방법에도 많이 적용되고 있답니다. 그래서 성격을 검사하는 방법이 많이 개발되었답니다.

널리 알려진 성격 유형 검사로 MBTI(The Myers-Brigges Type Indicator)

가 있습니다. 캐터린 브리그스와 이사벨 마이어스 모녀가 1921년 처음 개발해 연구와 보완을 거듭하면서 오늘에 이르렀습니다. MBTI 검사는 아이들이 어릴 때 자신이 잘하는 것을 알아차리고 평생 그 분야에 집중한다면 삶의 만족도가 높아질 뿐 아니라 그 분야의 전문가가 될 수 있겠다는 발상에서 탄생하였습니다.

사람은 개별적으로 다르지만 공통된 특징에 따라 묶을 수 있다는 전제에서 출발한 MBTI 검사는 4가지 척도에 따라 사람의 성격을 16가지 유형으로 분류하고 있지요. 에너지 방향에 따라 외향(E)과 내향(I)으로, 인식 기능에 따라 감각(S)과 직관(N)으로, 판단 성향에 따라 사고(T)와 감정(F)으로, 생활양식에 따라 판단(J)과 인식(P)으로 선호 경향을 구분합니다.

첫 번째 에너지 방향 기준(E/I)에 따른 외향형(E)은 계획없이 쓰기를 좋아하고 창의적인 글쓰기에 성취감을 느끼는 반면, 내향형(I)의 경우 혼자서 쓰기를 좋아하면서 설명문 작성에 흥미를 보인답니다.

두 번째 인식 기능 기준(S/N)에 따른 감각형(S)은 증명할 수 있는 자료를 바탕으로 쓰기를 좋아한다면, 직관형(N)은 복잡한 사건을 풀어 쓰는 글쓰기를 좋아한다고 합니다. 또 간단한 과제에도 지나치게 독창성을 추구한답니다.

세 번째 판단 성향으로 본 기준(T/F)을 근거로 사고형(T)은 범주를 명확하게 정하고 글쓰기를 하려는 성향이 짙다면, 감정형(F)은 독자들이 좋아할 만한 단어를 찾아서 자신의 관점을 과장하려는 경향이 짙다는군요.

생활양식에 따른 기준(J/P)을 근거로 판단형(J)은 글쓰기 목표와 자료 수집 방향을 정한 후 글을 쓰고, 쓰면서 틀린 문장을 자주 고치는 성향이 있다는군요. 인식형(P)은 정보를 수집하는 데 시간을 많이 쓰고, 지나치게 긴 초고에 아주 많은 내용을 담아 철저하게 쓰려는 경향이 있다는군요.

이처럼 성격의 특징에 따라 글쓰기 태도가 조금씩 차이를 보인다는 사실을 알 수 있습니다. 그러나 글쓰기에 완벽하게 맞는 성격 유형은 없어 보입니다. 성장하면서 MBTI 성격 유형도 바뀐다고 하니 글쓰기 태도 역시 변하겠지요.

심리학 전문가들에게 MBTI는 학문적·과학적으로 근거가 부족하다는 비판을 받고 있지만 세계의 유명한 기업들은 MBTI를 활용해 교육과 트레이닝을 하고 있답니다. 흥미와 재미로 시작해 자신을 긍정적으로 발전시킬 수 있다는 희망을 키워주기 때문이라는군요.

MBTI 성격 유형을 알고 있다면 나는 어떤 유형의 글쓰기를 잘하는지 확인해 보는 건 어떨까요. 다만 재미와 흥미에서 출발하되, 끊임없이 연습해야 한다는 점 잊지 마세요.

(참고문헌: 이명미. 2013. "대학생의 성격유형에 따른 글쓰기 양상 연구 - MBTI 성격유형 중 감각 인식 기능을 중심으로".)

3장

실전 글쓰기:

어떻게 쓸까?

1
구상하기

"글을 쓰려고 하면 아무 생각이 나지 않아요."

글을 쓸 때 가장 난감한 상황이지요. 머릿속에는 주장과 근거가 가득차 있어도 막상 컴퓨터 앞에 앉으면 머릿속이 하얘집니다. 그래서 껌뻑이는 커서만 멍하니 쳐다보며 한 자도 쓰지 못한 채 시간을 보내기도 합니다. 어떻게 써야 할지 생각은 나지 않고 초조함만 가득한 감정을 빗대어 커서증후군*이라는 말이 나올 정도이지요.

커서증후군을 극복하려면 어떻게 해야 할까요. 먼저 구상을 해야 합니다. 구상이란 한 편의 글을 쓰기 위해 전체적인 윤곽과 흐름을 잡는 과정입니다.

흔히 글쓰기를 건축에 비유합니다. 집을 짓듯이 '글을 짓는다'는 표현을 쓰는 이유도 여기에서 비롯되었

> **커서증후군**
> 마감을 앞두고 써야 할 글이 쌓여 있지만 워드 프로세서를 켜놓은 채 한 줄도 쓰지 못하고 껌빡이는 커서만 쳐다보면서 불안해하는 현상.

지요. 튼튼하고 멋진 집을 짓기 위해 설계도가 필요하듯이 군더더기 없는 한 편의 글을 쓰기 위해서는 글의 설계도가 있어야 합니다.

구상하기는 건축에서 건물의 골격을 세우는 과정에 해당합니다. 철근과 콘크리트로 뼈대를 세우는 기초 공사를 튼튼히 하지 않는다면 붕괴의 위험이 늘 주변을 맴돌게 되겠지요. 글을 쓰기 전에 구상을 해놓으면 막연했던 글쓰기의 윤곽이 드러나게 됩니다. 글의 설계도를 만들기 위한 구상, 지금부터 해볼까요.

🖋 주제 선정하기

구상하기의 첫 단계는 주제 선정하기입니다. 무엇에 대해 쓸 것인가를 정하는 과정이지요. 비문학 글쓰기의 경우 읽히고 싶은 글, 즉 상대방에게 주장을 알리거나 설득하기 위해서 혹은 평가받기 위해서 쓰는 경우가 많아요. 글을 쓰는 목적이 비교적 분명합니다.

초등학교에 입학하면서 여러분들이 자주 접하고 시도한 비문학 글쓰기로는 독후감, 논술, 교내외 활동 후기 쓰기 등이 있습니다.

같은 책을 읽어도 쓰고자 하는 그 '무엇', 즉 주제는 달라질 수 있습니다. 많은 청소년들이 처음 글을 쓸 때 멋진 글, 잘 쓴 글을 상상하면서 거창한 주제를 떠올리려고 애를 씁니다. 하지만 주제는 구체적일수록 좋습니다. 주제가 거창하다고 해서 멋진 글이 나오지는 않거든요.

멋진 글은 주장과 근거가 조화를 이루어야 한답니다. 내가 감당할 수 있는 범위 내에서 주제를 정하고 조사하여 근거를 찾아내는 것이 안전합니다. 가장 쉽게 주제를 찾는 방법은 내 주변 관찰하기입니다. 나의 일상에서 주제를 찾아 주장과 근거를 뒷받침하는 것이 글쓰기의 부담을 줄여주는 방법입니다.

이를테면『프랑켄슈타인』을 읽고 서평을 쓴다고 가정해 볼까요. 소설을 읽고 나서 서문, 역자가 쓴 후기, 그리고 작가의 이력을 살펴봅니다. 또 감동을 받은 장면도 책에 표시해 둡니다.

서평이라는 글쓰기 목적이 정해졌으니 내가 쓰고자 하는 주제를 구체화해야 합니다. 가장 먼저 눈을 감고 떠오르는 이미지를 정리해 보는 겁니다.

주인공 빅터가 괴물을 만드는 역겨운 장면, 생명을 부여받은 괴물이 달아나는 장면, 끔찍한 외모를 한 괴물을 보고 사람들이 도망가는 장면, 괴물이 빅터의 주위를 맴돌면서 자신과 같은 여자 괴물을 만들어 달라고 제안하는 장면 등 수많은 장면 중에서 특히 더 뚜렷하게 생각나는 장면을 생각나는 대로 모두 빈 종이에 적습니다.

이 단계부터 각자 떠올리는 장면이 다를 겁니다. 이유는 읽을 때 감동을 받거나 나쁜 느낌을 받은 장면이 각자 다르기 때문입니다. 이 단계를 거치면 자신이 쓰고자 하는 주제가 더욱 선명하게 됩니다.

어떤 내용을 중점적으로 쓰고 어떤 내용을 부수적으로 쓸지에 대해 생각하면 글의 형식도 대략 잡힙니다. 괴물이 살인을 저지르는 것에 대해 어떤 생각이 드는지, 정당한지 부당한지 등에 대한 생각이 꼬리에 꼬리를 물면서 떠오르게 되지요.

만약 마음에 들지 않는 대목이 있다면 그것도 적어둡니다. 등장인물 중에서 감정이입을 하는 대상은 사람마다 다를 수 있습니다. 생명을 창조한 과학자인 빅터 프랑켄슈타인에 공감할 수도 있고, 엄청난 괴력을 타고났지만 흉악한 외모로 따돌림과 공포의 대상이 되어버린 괴물에 마음이 쏠릴 수도 있습니다.

눈을 감고 생각나는 장면을 모두 써봅니다. 꼭 문장으로 쓰지 않아도 됩니다. 키워드만 뽑아내도 됩니다. 생각나는 모든 단어 혹은 사건을 적으세요. 그러면 소설의 한 대목이 마치 영화의 한 장면처럼 스쳐 지나가게 됩니다.

다음 단계는 적은 단어 중에서 가장 강력하게 이끌리는 단어 하나만 고르세요. 이어 그 단어가 왜 떠올랐는지 그 이유를 세 가지로 정리해보세요.

🖉 예시

1. 괴물: 책을 읽기 전까지는 프랑켄슈타인을 괴물의 이름으로 착각하고 있었다. 괴물을 만든 프랑켄슈타인 박사는 왜 괴물에게 이름을 지어주지 않았을까.

2. 이름: 괴물에게는 끝까지 이름이 없었다. 그는 왜 이름을 가지고 싶어 했을까.

3. 가족: 괴물은 프랑켄슈타인의 주위를 맴돌고 그가 사랑하는 사람들을 죽이며 함께 살 수 있는 여자 괴물을 만들어달라고 요청했다. 왜 그는 여자 괴물을 만들어달라고 했을까.

이렇게 정리해 보면 내가 쓰고자 하는 서평의 구상을 어느 정도 완성할 수 있습니다.

🖋 브레인스토밍

처음 글을 쓰는 초보자를 위해서 구체적으로 주제를 선정하는 방법을 소개합니다. 셀프 브레인스토밍입니다.

브레인스토밍은 뇌에 폭풍우가 휘몰아치듯 터져나오는 아이디어를 모으는 방법입니다. 20세기 초 미국의 광고계에서 활동했던 알렉스 오스번이 1953년에 그의 저서 『응용된 상상력(*Applied Imagination*)』에 처음 쓰면서 널리 알려진 용어입니다. 문제 해결을 위한 창의적인 아이디어 도출법으로 널리 사용되고 있어요.

어원을 따져 거슬러 올라가보면 브레인스토밍은 1860년대 신경정신계 질환을 의미하는 말이었습니다. 사람들이 헛것을 보고 흥분해 발작을 일으키는 현상을 빗대 쓰는 비공식적인 용어였지요.

20세기 산업 발전으로 대량 생산의 시대가 열리면서 브레인스토밍의 뜻이 변하게 됩니다. 새로운 아이디어를 얻으려면 발상의 전환이 필요하다는 차원으로 변화하게 되었죠. 이제는 학교, 회사 등에서 회의를 하거나 생각을 할 때 자유롭게 새로운 아이디어를 내놓는다는 의미로 자주 쓰이죠.

브레인스토밍 기법을 활용하기 위해서는 다음 4가지 규칙을 알고 있어야 해요.

질보다는 양

아이디어는 많을수록 좋습니다. 문제를 해결할 수 있는 아이디어를 쏟아내는 게 중요합니다. 아이디어가 많을수록 효과적인 아이디어가 나올 확률이 높아진다는 논리입니다.

비난 금지

아이디어를 쏟아낼 때 '이건 될까?' '사람들의 웃음거리가 되면 어떻게 하지'라는 자기 검열을 하지 말아야 합니다. 처음에는 무조건 아이디어를 쏟아내는 것이 중요합니다. 뇌를 자유롭게 내버려두고 뇌에서 생각나는 모든 아이디어를 쏟아내는 데 집중해야 합니다. 이 단계에서는 주위의 눈치를 볼 필요가 없습니다. 다른 사람의 아이디어를 비판해서도 안 됩니다. 브레인스토밍에서 모든 아이디어는 소중하기 때문이지요.

엉뚱할수록 좋다

세상에 아이디어는 차고 넘칩니다. 그중에서 특이한 것을 찾으려면 엉뚱한 생각이 발상의 전환을 가져올 수도 있습니다. 그래서 브레인스토밍에서는 엉뚱한 아이디어가 칭찬받습니다. 틀에 박힌 환경에서는 나오기 어려운 아이디어가 오히려 자유로운 아이디어 쏟아내기를 권장하는 브레인스토밍에서 나올 수 있지요.

아이디어 더하고 빼기

쏟아진 아이디어 중에서 더할 수 있는 것은 더하고 뺄 수 있는 것은 빼는 과정입니다. 1+1의 답이 2가 아니라 10이 될 수 있는 아이디어가 나올 수도 있습니다. 나온 아이디어에 연결고리를 찾아 서로 연계한다면 더 뛰어난 아이디어가 나올 수 있으니까요.

보통 브레인스토밍은 여러 사람이 모여서 다양한 아이디어를 쏟아내게 하는 데 목적이 있지요. 글쓰기에 브레인스토밍 기법을 적용할 때에는, 글의 주제는 정해졌는데 무엇을 어떻게 써야 할지 감을 잡지 못할 때 유용하게 쓸 수 있습니다. 친구들과도 할 수 있지만 혼자서도 할 수 있습니다. 브레인스토밍을 혼자 할 수 있는 방법을 알려드리겠습니다.

먼저 종이를 펼쳐놓으세요. 아무렇게나 생각나는 대로 쓸 수 있는 큰 종이를 추천합니다. A3 크기 정도가 좋겠네요. 다음은 색연필과 같이 다양한 색깔을 쓸 수 있는 필기도구를 준비하세요.

종이 한 장을 펼치고 생각나는 대로 쓰는 방법입니다. 먼저 글의 주제를 정한 뒤 머리에 떠오르는 생각을 종이에 적어보세요. 공책을 이용해도 좋습니다. 생각이 흐르는 대로 마구잡이로 쓰면 됩니다. 하루에 3장 정도 써보세요.

주의할 점을 알려드릴게요. 컴퓨터 대신 손으로 쓰세요. 컴퓨터로 쉽게 쓰는 유혹에 빠질 수 있지만 손으로 브레인스토밍을 해보면 뇌와 손이 연결되는 느낌을 받게 됩니다. 더 많은 생각이 떠오르는 효과를 거둘 수 있습니다.

이때 어떤 내용을 써야 하는지 정해진 규칙도 없습니다. 무엇보다 중요한 것은 부정적인 생각 하지 말기입니다. '난 이걸 할 수 없을 거야' '별다른 효과를 얻지 못할 거야'와 같은 생각은 처음부터 하지 마세요.

시간을 정해놓고 매일 일주일만 해보세요. 주제에 대해 다양한 생각이 머리에서 솟아난다는 사실을 확인할 수 있습니다. 주제에 대한 여러 생각을 정리할 수 있어 구상하기에도 효과적입니다.

준비물이 갖춰졌다면 써야 할 과제를 생각합니다. 독후감, 수필, 보고서 등 제출해야 할 과제가 무엇인지 살펴야겠지요.

독후감을 쓴다고 예를 들어볼까요. 셀프 브레인스토밍은 책을 다 읽고 나서, 그리고 독후감을 쓰기 전에 합니다.

책에서 특별하게 기억나는 부분의 키워드만 적어 내려갑니다. 뇌에서 아이디어가 샘솟는 것을 막지 말고 다 적어 내려갑니다. 브레인스토밍의 원칙을 따라야겠지요. '이건 될까' '남들이 웃는 건 아닐까'와 같은 생각은 하지 말고 생각나는 대로 키워드를 모두 도출해 내는 데 집중하세요.

어느 정도 키워드가 모두 나왔다고 느끼면 이제 적은 키워드를 살펴보세요. 비슷한 의미 혹은 맥락이 연결되는 키워드를 같은 색깔의 연필로 묶으세요. 동그라미, 세모 등 스스로 알아볼 수 있도록 하면 됩니다.

그 과정에서 무엇을 쓸지에 대한 윤곽이 나오게 됩니다. 스케치북에 같은 색으로 묶은 키워드를 보면서 최종적으로 글의 방향을 정할 수 있습니다.

🖋 마인드맵

아이디어를 이미지로 만들어낼 수도 있습니다. 바로 마인드맵입니다. 아이디어 발상법이자 생각 정리법으로 널리 알려진 마인드맵은 글쓰기에도 아주 유용합니다.

이러한 마인드맵을 개발한 사람은 영국의 언론인이자 교육학자인 토니 부잔입니다. 종이에 펜으로 쓰고 그리는 것이 기본이자 전부입니다. 종이의 중앙에 핵심 단어와 이미지를 넣고 방사형으로 뻗어 나가면서 핵심 단어나 기호를 써넣거나 간단한 그림을 그려넣습니다. 방사형 구조를 쓰는 이유에 대해 토니 부잔은 "대자연의 구성 원리와 같고 뇌의 뉴런과 닮아 있다"고 말했습니다. 마인드맵 그리기의 준비물은 A3 크기의 종이, 세 가지 이상의 색깔 펜입니다.

작성 원칙 7가지

1. 중심에서 시작한다.

2. 이미지나 사진을 이용해서 핵심이 되는 생각을 그린다. (3가지 이
   상의 색깔)

3. 색깔을 사용한다. (범주별로 같은 색상을 쓴다.)

4. 중앙에 그린 핵심 이미지에 굵은 가지를 연결한다. 굵은 가지에 가
   는 가지를 연결한다. 그리고 가는 가지에서 더 가는 가지로 연결한
   다. (방사형 구조)

5. 구부려 흘러가게 가지를 만든다.

6. 가지마다 단어는 하나만 쓴다.

7. 되도록 이미지를 많이 사용한다.

그리는 순서

1. 종이를 가로로 길게 놓는다.

2. 중심에 가장 핵심이 되는 단어를 넣는다.

3. 중심 이미지를 컬러로 그려넣는다.

4. 주요 주제에 대한 생각을 가지마다 한 개의 단어씩 넣고 떠오르
   는 이미지를 그린다. 가지는 중심에서 굵게 시작해서 퍼져 나갈
   수록 가늘어지게 그린다.

5. 가지를 계속 이어간다.

6. 다음 주제를 계속 써넣는다.

7. 가지 수를 계속 늘려간다.

셀프 브레인스토밍과 마인드맵은 발상법으로 비슷하지만 다른 점도 있습니다. 비슷한 점은 키워드를 제시하면서 하나의 주제를 찾아간다는 점입니다.

차이점이라면 셀프 브레인스토밍은 마구잡이로 키워드를 끄집어낸 다음 주제어를 묶어서 정리하는 과정이 중요합니다. 따라서 키워드를 많이 도출하면 할수록 글을 구성할 때 연결고리로 쉽게 묶을 수 있습니다.

반면 마인드맵은 도출한 키워드를 미리 정리한 다음 도식화하는 과정이 중요합니다. 단어의 연결고리를 그림으로 그리고 관련 이미지를 나만의 생각대로 그려보는 것이지요. 토니 부잔은 마인드맵 그리기에서 나만의 이미지 그리기를 강조합니다. 가지마다 하나의 키워드와 하나의 이미지를 그리기를 추천합니다.

왜 이미지를 강조할까요. 특정 단어에 대한 사람들의 생각이 제각기 다르기 때문입니다. 별이라는 단어를 제시하면 사람들이 그려내는 이미지는 ★, ✳, ✴ 와 같이 제각기 다르다는 것입니다. 여기서 창의적인 나만의 아이디어를 도출할 수 있다는 주장입니다. 그는 별이라는 단어를 보는 순간 머리에서 그리는 이미지가 사람의 숫자만큼 많이 나온다는 사실에 착안하여 마인드맵의 창의성을 주목했어요.

마인드맵은 초등학교 때부터 배우지만 실제 활용하는 사람은 드물어요. 평소 왜 쓰지 않는지를 물어보면 '번거롭다' '시간이 오래 걸린다' '왜 하는지 잘 모르겠다'와 같은 응답이 많더군요.

모든 새로운 지식이 그러하듯이 마인드맵을 자유자재로 활용하려면 충분히 연습해야 한답니다. '1만 번의 법칙'처럼 오랫동안 체계적이고 정밀한 연습이 필요하죠. 하지만 마인드맵과 같은 효과적인 발상법을 이론으로만 배울 뿐 익숙해질 때까지 연습은 하지 않으니 제대로 활용하기 어렵지요.

　마인드맵 그리기가 익숙해지면 복잡한 지식이나 개념도 단순화할 수 있는 나만의 비법을 갖게 된답니다. 구상 단계에서 마인드맵을 그리면 이후 개요를 짤 때 문단별로 쓸 내용을 정리하고 체계를 세우는 데 도움이 됩니다.

　'내가 좋아하는 것'이라는 주제로 마인드맵을 그려볼까요.

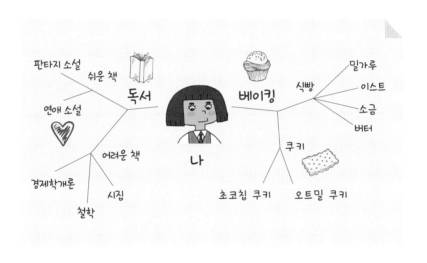

마인드맵(주제: 내가 좋아하는 것)

　큰 가지마다 색깔을 하나로 통일하면 묶음이 하나로 정리됩니다. 사이사이에 그림을 많이 넣을수록 발상이 더욱 활발해진다는 점 잊지 마세요.

+ 더 알아보기 마인드맵으로 계획표 짜기, '만다라트 표'

　　새해가 되면 계획을 세웁니다. 하지만 목표를 달성하기는 쉽지 않아요. 무턱대고 목표만 내세우는 바람에 목표에 도달하기 위해 무엇을 해야 하는지 구체적인 내용이 빠져 있는 경우가 많지요.

　　'올해는 다이어트를 할 거야' '공부를 잘할 거야' 등 목표가 막연하지요. 계획 단계부터 구체적으로 생각할 수 있는 방법 하나 알려드릴게요. 만다라트 기법입니다.

　　일본의 디자이너 이마이즈미 히로아키가 만든 발상 기법인데요. 만다라트 기법이 우리나라에 알려진 계기는 메이저리그에서 활약하는 일본의 야구 선수 오타니 쇼헤이가 고등학교 때부터 만다라트 기법으로 자신을 갈고 닦았다는 사실이 알려지면서부터죠.

　　만다라트 표는 자신의 핵심 목표를 정중앙에 놓고 핵심 목표를 이루기 위해 세부 목표 여덟 가지를 정리한 후 또다시 세부 목표를 방사형으로 나열해 나가는 형식입니다. 목표를 이루기 위한 실천 항목을 구체적으로 생각해 볼 수 있다는 점이 특징입니다.

　　만다라트 표는 핵심 목표, 세부 목표가 모두 구체적이라는 사실을 알 수 있습니다. 목표를 구체적으로 세우고 나니 목표에 도달하기 위한 실천 항목 역시 체계적이고 섬세하게 도출할 수 있습니다. 빈 칸으로 된 양식만 보면 복잡해 보이지만 오타니의 만다라트 표를 보면 어떻게 생각을 해야 하는지 쉽게 알 수가 있지요.

몸관리	영양제 먹기	FSQ 90kg	인스텝 개선	몸통 강화	축 흔들지 않기	각도를 만든다	위에서부터 공을 던진다	손목 강화
유연성	몸 만들기	RSQ 130kg	릴리즈 포인트 안정	제구	불안정 없애기	힘 모으기	구위	하반신 주도
스테미너	가동역	식사 저녁 7숟갈 아침 3숟갈	하체 강화	몸을 열지 않기	멘탈을 컨트롤	볼을 앞에서 릴리즈	회전수 증가	가동력
뚜렷한 목표와 목적	일희일비 하지 않기	머리는 차갑게 심장은 뜨겁게	몸 만들기	제구	구위	축을 돌리기	하체 강화	체중 증가
핀치에 강하게	멘탈	분위기에 휩쓸리지 않기	멘탈	8구단 드래프트 1순위	스피드 160km/h	몸통 강화	스피드 160km/h	어깨 주변 강화
마음의 파도를 안 만들기	승리에 대한 집념	동료를 배려하는 마음	인간성	운	변화구	가동력	라이너 캐치볼	피칭 늘리기
감성	사랑받는 사람	계획성	인사하기	쓰레기 줍기	부실 청소	카운트볼 늘리기	포크볼 완성	슬라이더 구위
배려	인간성	감사	물건을 소중히 쓰자	운	심판을 대하는 태도	늦게 낙차가 있는 커브	변화구	좌타자 결정구
예의	신뢰받는 사람	지속력,	긍정적 사고	응원받는 사람	책읽기	직구와 같은 폼으로 던지기	스트라이크 볼을 던질 때 제구	거리를 상상하기

오타니 쇼헤이의 만다라트 표

🖋 가끔은 책상머리를 벗어나자

구상은 굳이 책상에 앉아서 하지 않아도 됩니다. 어떤 사람은 명상을 할 때 좋은 생각이 떠오른다고 하고, 어떤 사람은 샤워를 할 때, 화장실에서 볼일을 볼 때, 잠을 자려고 누웠을 때, 산책을 할 때 좋은 아이디어가 떠오른다고 합니다. 때로는 이처럼 책상머리가 아닌 곳에서 잠시 뇌를 풀어주어야 합니다.

저는 주로 걸으면서 중요한 구상을 하곤 합니다. 외출할 때 혹은 점심 식사 후에 잠시 산책을 하면서 '첫 문장을 어떻게 쓸까?' '문단은 어떻게 연결할까?' '어떻게 마무리할까?'와 같은 질문을 떠올립니다.

조선 시대를 대표하는 학자 이황(李滉)도 그랬던 것 같아요. 어렸을 적에 그는 삼촌인 이우(李堣)와 함께 종종 낙동강 강변을 산책했습니다. 또 관직 생활을 하다가 고향으로 돌아왔을 때는 청량산 오솔길을 걸으며 상념을 정리하고 명상을 했다고 합니다. 그런가 하면 유명한 작곡가 베토벤은 오스트리아 빈에서 살 때 아침마다 산책을 하면서 악상을 떠올렸다고 합니다.

짧게 잠을 자도 좋아요. 무엇을 쓸지에 대해 생각하면서 잠시 눈을 붙이는 겁니다. 잠이 들려고 하는 순간 떠오르는 이미지나 단어가 있다면 메모해 두어요. 무엇을 어떻게 써야 하나를 고민하면서 잠시 눈을 붙이면 눈앞으로 단어들이 휙휙 지나갈 겁니다. 그냥 흘려보내지 말고 싹싹 낚아채서 갈무리해 두세요.

책상머리를 붙들고 있다고 해서 아이디어가 나오는 건 아닙니다. 너무 한 가지 생각에 매몰되어 있으면 되레 새로운 아이디어를 떠올리기 어렵게 됩니다. 가끔은 늘 하던 행동 패턴에서 벗어나 새로운 행동 해보기를 권합니다.

이를테면 따뜻한 물에 몸을 푹 담근 채 '멍 때리기'를 해보는 건 어떨까요. 고대 그리스의 과학자이자 철학자인 아르키메데스가 물체의 부피를 어떻게 측정해야 하나 고민하면서 물이 가득 찬 목욕통에 몸을 담갔다가 물이 넘치는 것을 보고 '유레카'를 외친 일화는 유명하지요.

구상을 할 때는 되도록 뇌를 번잡하지 않게 해주는 게 좋아요. 게임을 한다거나 TV를 보는 건 오히려 뇌를 번잡스럽게 하는 셈입니다. 원래 하려고 했던 생각마저 죄 잊어버리기 쉽지요.

그리고 구상 단계에서는 메모지와 필기도구를 꼭 챙기세요. 그때그때 떠오르는 생각이나 이미지를 적으세요. 두서없이 키워드만 적어도 좋아요. 때로는 스마트폰도 유용한 메모 도구가 되겠지요.

2 개요 짜기

　글쓰기에서 개요 짜기는 쓸 내용과 순서를 정하는 일입니다. 한마디로 글의 뼈대를 세우는 단계입니다. 건축을 할 때 한눈에 건축물을 볼 수 있도록 조감도를 그리듯이 글을 쓸 때에도 글 전체를 어떻게 이끌고 갈지 전체적인 계획을 세운다면 보다 간결하면서 정확하게 글을 쓸 수 있게 됩니다.

　글에 뼈대를 세운다고 해서 거창하게 생각할 필요는 없어요. 구상 단계에서 메모한 내용을 구체적으로, 체계적으로 정리하다 보면 저절로 단단한 뼈대가 생기거든요.

　논점을 배치하고 개요를 정리하는 규칙은 정해져 있지 않아요. 다만 쓰고자 하는 주제의 성격, 글의 목적과 형식, 주어진 시간, 글의 분량 등에 따라 구조가 달라지게 됩니다. 함께 알아봅시다.

🖊 이어서 질문해 나가기

쓰고자 하는 주제에 꼬리를 물면서 질문을 해나가는 방법인데요. 주제에 종속되는 형식으로 논리 구조를 배치하는 방법입니다.

『프랑켄슈타인』을 다시 한 번 예시로 들어봅시다. '인간과 괴물은 공존할 수 있을까?'라는 주제에 대한 떠오르는 질문들을 순서대로 전개해나가볼까요?

세부 논점 1) 괴물은 살인을 저질렀다.

자신의 뜻과 무관하게 만들어져 이내 버림받았기 때문에 복수하기 위한 결과였다.

세부 논점 2) 복수심에 불타면 살인을 저질러도 되나?

살인은 용납될 수 없다. 괴물이 지구별에 인간과 함께 살아가려면 인간과 타협해야 한다.

세부 논점 3) 인간과 괴물은 공존할 수 있을까?

만약 괴물을 그대로 내버려둔다면 공포와 불안이 존재하는 사회가 되어버린다. 외모는 흉측하고 기괴하지만 지성을 갖춘 괴물이기 때문에 학습을 통해 사랑의 참뜻을 가르쳐줄 수 있다. 사랑이란 모든 것을 포용하고 용서하는 데서 출발한다.

『프랑켄슈타인』에 대한 질문 전개

제목	인간과 괴물은 공존할 수 있을까?
1문단	사람을 죽인 괴물에 대한 이야기 설명
2문단	괴물이 살인을 저지르게 된 까닭과 배경 전개
3문단	괴물의 살인은 정당한가에 대한 의문 제기
4문단	살인은 정당하지 않다는 주장 전개
5문단	인간은 괴물과 공존할 수 있을까?
6문단	괴물로 하여금 학습과 사랑을 통해 깨우치게 하고 공존을 도모할 수 있다는 해법 제시

『프랑켄슈타인』에 대한 질문 전개를 바탕으로 개요 짜기

이 정도로 개요를 짜고 나면 글의 흐름이 자연스러운지 확인할 수 있습니다. 여기까지 끝났다면 이제 글 한 편을 완성하는 전체 여정 중에서 절반 이상은 지났습니다. 개요를 정리해 보니 어떻게 글을 전개해 나갈지 한눈에 들어오지요.

🖋 3단 구성법

개요 짜기의 또 다른 방법으로 3단 구성법이 있습니다. 서론, 본론, 결론으로 나눠 생각을 정리하는 방법이지요. 논술문을 쓸 때 적합한 방법입니다.

먼저 서론 부분에는 문제를 제시하고 그 문제의 현황을 알립니다. 주제를 설정하기 위해서입니다. 왜 이 글을 쓰는지, 어떤 방식으로 쓸 것인지 등을 정리해 글을 쓰는 동기와 의도를 밝히는 것입니다.

본론 부분에는 문제 해결의 방안을 제시합니다. 주제를 전개해 나가는 부분입니다. 전체 글의 분량에서 가장 많은 부분을 차지합니다. 사실을 제시하고 이에 대한 자신의 생각을 정리합니다. 자신이 제시하는 생각의 정당성에 논리적 근거를 제시하고 이를 입증해 나가는 부분입니다. 자신의 견해나 주장을 나열하고 그 까닭을 논증합니다. 본론에서는 해결 방안을 구체적으로 명시하고 현실 가능성을 증명해 보여야 합니다.

이때 자신과 다른 견해나 주장에 반박하기 위해서는 관련 주제에 대한 공식적인 언론 매체, 논문, 단행본 등 공인받은 자료를 활용하는 것이 가장 안전합니다. 만약 인터넷 블로그, 카페, 커뮤니티 등에 실린 자료를 인용한다면 출처를 다시 한 번 확인해야 합니다. 개인이나 소수의 검증되지 않은 의견을 인용한다면 논리적 근거가 미약하거나, 글의 신뢰성이 떨어질 수 있으니까요. 자세한 정보 조사 방법은 다음 꼭지 '3. 자료 조사하기'를 참고하세요.

결론 부분에서는 본론에 풀어낸 글을 압축 정리해서 글의 주제에 대한 타당성을 밝힙니다. 논리적 근거로 증명한 주제를 최종적으로 요약합니다. 이를 통해 독자의 공감을 얻고 변화나 행동을 유도하기도 하지요. 더불어 새로운 과제를 제시하거나 전망을 내비칠 수도 있습니다.

참고로 글의 구성을 서론, 본론, 결론으로 나누었을 때는 본론 부분에 분량을 많이 배정해 두는 것이 좋습니다. 왜냐하면 서론 부분에 분량을 너무 많이 배정하면 본론으로 들어가기 전에 글이 지루해져버리기 때문

입니다. 대부분의 독자는 인내심이 없다는 사실을 명심하세요. 논설문이나 설명문의 경우에도 중간 부분에 논거나 사례들을 충분히 배치하여 쓰세요. 끝 부분은 간결하게 글의 주제나 결론이 잘 드러나도록 해야 합니다.

　이제 쓰기만 하면 됩니다. '반려동물 보유세'를 주제로 글 한 편을 완성해 볼까요. 먼저 서론, 본론, 결론으로 구성하고 개요 짜기를 한 후 글을 써보겠습니다. 분량은 1,000자 내외로 써봅시다.

서론/1문단	정부가 2022년 반려동물을 키우는 가구에 보유세 혹은 부담금 부과 방안을 검토하겠다고 밝혔다. 반려동물 보유세란 무엇인가.
본론/2문단	반려동물을 키우는 가구가 2020년을 기준으로 전체 가구의 29.7%로 증가했다. 이로 인한 문제가 증가하고 있으며, 사회적 갈등도 심화되고 있다.
본론/3문단	반려동물 가구수가 증가하면서 발생하는 문제와 갈등 사례를 제시한다.
본론/4문단	반려동물 보유세를 찬성하는 측에서는 입양자의 책임감을 키우고 우리 동네를 더욱 안전하게 만들기 위해 필요한 법안이라고 주장한다. 하지만 인간의 오래된 친구이자 가족인 반려동물을 물건 취급한다고 반대하는 입장도 있다.
결론/5문단	반려동물도 생명이다. 생명에 대한 존중과 책임감을 키우기 위해서는 반려동물에 대한 의무를 주인이 책임져야 한다. 사람도 살아가는 동안 세금을 낸다는 사실을 잊지 말아야 한다.

'반려동물 보유세' 주제에 대한 개요

제목: 반려동물 보유세는 도입해야 할까?

지난 2020년 1월 농림축산식품부가 동물복지종합계획을 발표하면서 2022년부터 반려동물의 보유세를 도입하는 방안을 중장기적으로 검토하겠다고 밝혔다. 반려동물 보유세는 반려동물을 키우는 사람에게 보유세 또는 부담금 등의 형태로 부과하는 세금을 말한다.

농림축산식품부가 2020년 발표한 반려동물 양육가구수는 604만 가구로 전체 가구 중 29.7%를 차지했다. 네 집 건너 한 집에는 반려동물이 있는 셈이다. 이로 인해 반려동물 관련 사회적 비용이 증가하고 있다. 유기, 유실 동물 보호, 반려동물 편의시설 확대, 반려동물 관련 민원 해결, 의료비 부담 완화 등 각종 행정 서비스에 대한 요구가 지속적으로 증가하고 있다. 동물 보호 복지 관련 정부 예산은 2017년 16억 9,500만 원, 2019년에는 135억 원, 그리고 2022년 예산은 262억 3,400만 원으로 지속적인 증가세를 보이고 있다.

반려동물 보유세를 찬성하는 측에서는 반려동물을 키우는 사람의 책임감을 강화하기 위해 세금을 통한 규제 등 법적 조치가 필요하다고 주장한다. 앞뒤 따지지 않고 반려동물을 입양했다가 싫증난다고 버리는 무책임한 사람들이 적지 않다. 최근 10년 동안 22만 마리의 유기동물이 안락사됐다. 반려동물에 대한 학대, 유기 등이 벌어지고 있다는 사실이다.

미국, 독일 등 해외 문화선진국에서도 보유세를 도입하고 있다. 반려인들의 책임감을 강력하게 따지겠다는 배경에서다. 반려동물을 키우지 않는 사람들에게까지 비용을 부담시키는 것은 조세형평에 맞지 않고 불공정한 것이다.

하지만 반려동물이 물건도 아닌데 어떻게 세금을 물릴 수 있냐는 반대 의견도 있다. 세금에 대한 부담으로 오히려 유기동물이 증가하고 재입양도 어려워질 수 있다는 주장이다.

반려동물이 생명이라는 사실에는 틀림이 없다. 그러나 생명을 존중하기 위해서는 책임과 의무를 져야 한다. 사회 공동체의 일원으로 다른 사람에게 피해를 주어서는 안 되며 더불어 함께 살기 위해서이다. 생명에 대한 존중과 책임을 다하기 위해서는 함께 살고 있는 사람의 인식 개선이 더욱 강화되어야 한다. 마지막으로 사람도 세금을 낸다는 사실 잊지 말자.

개요를 짜면 주제에서 벗어나지 않아 전체 글의 통일성을 유지할 수 있습니다. 아울러 논리적인 흐름과 짜임새를 유지할 수 있고 글 전체의 균형도 맞출 수 있습니다.

자료 조사하기

개요를 만들고 나면 자신의 생각과 주장을 뽑아내고 주장을 뒷받침해 줄 수 있는 근거를 찾아야 합니다. 글을 쓰는 목표가 정해졌다면 관련 정보를 수집하고 정리해야 합니다. 자료가 풍부할수록 내용을 단단하게 채울 수가 있으니까요.

자료 조사를 하는 방법은 여러 가지가 있습니다. 논술, 서평, 보고서 등 글의 종류에 따라서도 조사 방법은 달라지겠지요. 논술의 경우에는 제시된 글에서 논점을 찾아서 자신의 주장을 펼쳐야 합니다. 서평을 쓴다면 책을 읽고 책과 관련된 자료를 찾아야 합니다. 보고서의 경우에는 보고하고자 하는 내용에 따라 뉴스 기사, 단행본, 정부 보고서, 논문 등을 참고해야겠지요.

뉴스를 보도하는 기자는 거의 매일 기사를 씁니다. 취재 과정에서 얼은 정보를 바탕으로 글을 쓰지요. 그리고 취재원을 통해 자료를 얻는 경우도 적지 않습니다.

그러나 책이나 논문을 쓴다고 가정하면 관련된 자료를 수집하는 데 더 많은 노력과 수고를 들여야 합니다. 몰랐던 지식을 보완하고 관련된 학회 혹은 협회 등에서 발간하는 자료 등을 찾아 읽고 자신의 견해를 구체화해야 하기 때문입니다.

본격적인 글쓰기보다 이 과정에서 시간이 더 오래 걸리기도 합니다. 하지만 자료 조사를 많이 해둔다면 자신이 쓰고자 하는 주제에 대한 논리를 펼치고 증거를 제시할 수 있는 내용이 풍부해지기 때문에 단단한 논증을 펼칠 수 있습니다. 기본적인 조사 방법을 소개하면 다음과 같습니다.

매체별 자료 조사 방법

보도기사

보도기사를 참고하면 관련 분야의 사건 사고를 파악하고 당시 여론을 확인할 수 있습니다. 간단한 통계 자료 등 주제에 대한 기초적인 자료를 찾아볼 수 있습니다. 이때 매체명, 매체의 성향, 기자 정보 등을 미리 확인하면 기사의 맥락을 이해하기 쉽고, 해당 기사가 쓰고자 하는 글의 주제를 뒷받침해 줄 수 있는지 판단할 수 있겠지요.

단행본, 정기간행물, 논문

보도기사에서 기초적인 자료를 찾았다면 단행본에서는 주제의 개념, 배경, 역사 등을 자세하게 알 수 있습니다. 이때 도서관을 활용하면 좋겠지요. 주제에 대한 구체적이고 전문적인 자료를 찾아가는 단계입니다. 내가 쓰고자 하는 주제 분야에 어떤 연구가 진행되었는지를 확인할 수 있습니다.

학자나 전문가가 쓴 최신 논문은 인터넷에 원문이 게재되어 있지 않을 가능성이 크니 국회도서관, 공공도서관을 이용하세요. 해외의 주요 학회나 협회 등에서 발간하는 정기간행물에 실린 논문의 경우에는 한국교육학술정보원, 한국과학기술정부연구원에서 운영하는 연구정보서비스를 이용하면 온라인으로 원문을 얻을 수 있습니다. 국내 석박사 학위 논문은 물론 국내외 정기간행물을 검색해서 원문까지 볼 수 있습니다. 다만 공개되지 않은 일부 자료는 이메일 등으로 원문을 신청해 우편으로 받아볼 수 있습니다.

기관명	서비스명
한국교육학술정보원	RISS(학술연구정보서비스) 주소: riss.kr
한국과학기술정보연구원	ScienceON(과학기술 지식인프라 통합서비스) 주소: scienceon.kisti.re.kr
국회도서관	국회전자도서관 주소: dl.nanet.go.kr

취재, 인터뷰, 설문조사

직접 취재를 하거나 인터뷰하거나 설문조사를 하여 자료를 수집하기도 합니다. 쓰고자 하는 글의 성격과 주제에 따라 이것이 가장 효과적인 자료 수집 방법이 될 때가 있지요.

취재는 기자의 특권이 아닙니다. 소설가, 작가 등 글을 쓰는 사람들도 취재를 하면서 자신이 쓰고자 하는 글감을 구체화합니다.

작가 조정래는 『정글만리』를 구상하면서 중국 관련 기사를 수년간 스크랩하고 관련 도서를 100여 권 가까이 읽었다고 합니다. 또 현장 취재를 위해 2년 동안 중국에 여덟 번을 다녀왔다고 하지요. 한번 가면 두 달씩 머물렀고 사람들을 만나고 취재한 수첩은 수십 권에 이를 정도라고 합니다.

소설 『티파니에서 아침을』으로 유명한 기자 출신 작가 트루먼 커포티는 1959년 11월 《뉴욕타임스》에 실린 살인 사건 관련 기사를 읽고 취재를 결심했다지요. 그는 미국 캔자스 작은 마을에서 벌어진 살인 사건의 전모를 파헤치기 위해 범인에게 접근하고 그의 친구가 되기로 결심했답니다.

그가 인터뷰한 사람만 수백 명에 이르고 기록으로 남긴 노트가 수천 장이 넘는다고 해요. 조각으로 흩뿌려져 있던 수천 개의 사실이 커포티의 취재와 필터링으로 모자이크처럼 짜맞춰져 한 편의 소설로 탄생합니다. 바로 『인 콜드 블러드』이지요. 커포티는 이 소설을 스스로 '논픽션 소설'이라고 규정했습니다.

6년여에 걸친 취재 끝에 나온 이 소설은 미디어 역사를 바꿔놓은 작품으로 찬사를 받았습니다. 객관적인 글쓰기의 대명사인 보도기사 대신, 기자의 주관적인 태도와 감정 그리고 논평 등을 반영하는 새로운 저널리즘 글쓰기의 표본이 되었다는 평가를 받고 있습니다.

인터넷 검색하기

가장 쉽게 자료를 수집하는 방법입니다. 하지만 인터넷이라는 정보의 바다에는 전문적인 것, 비전문적인 것, 신뢰할 만한 것, 신뢰하기 어려운 것 등 여러 정보와 자료가 한데 있으니 취사선택을 잘해야 합니다. 즉 자료의 출처와 함께 그 출처가 믿을 만한지 아닌지 확인을 거쳐야 합니다.

유튜브 등 영상 자료

영화를 찾을 때에는 주로 포털을 이용해 검색하는 경우가 대부분이지요. 그러나 기록영화, 예술영화 등 희귀 영상을 찾을 때에는 소장처를 찾아야 합니다. 국내의 경우 영화진흥위원회(kofic.co.kr)를 활용할 수 있습니다.

영화진흥위원회는 국내 영화의 역사를 한눈에 확인할 수 있는 자료를 보관하고 있습니다. 일부는 온라인으로 볼 수 있으며 직접 찾아가서 원본을 볼 수 있습니다. 영화를 찾을 때에는 영화 제목, 감독, 제작 연도, 배우 등을 알면 시간 낭비 없이 빠르게 찾을 수 있습니다.

유튜브는 어떻게 해야 할까요. '당신의 TV'라는 모토를 걸고 출발한 유튜브는 누구나 방송을 제작해서 올릴 수 있는 채널입니다. 자료는 매우 다양하지만 내용의 진위 여부를 파악해야 하는 것은 이용자의 몫입니다. 따라서 유튜브에 공개된 영상의 일부를 활용할 때에는 채널의 신뢰도를 파악할 수 있어야 합니다. 이를테면 주요 나라의 공공 기관 공식 채널이거나 영화 제작사에서 공개한 자료인 경우에는 믿을 만한 정보라고 할 수 있습니다.

🪶 찾은 자료 걸러내기

자료 조사가 끝나면 수집한 자료 중 나의 주장을 뒷받침할 만한 것을 골라내서 이해하는 단계를 거쳐야 합니다. 이때 필요한 능력이 독해력입니다. 내가 쓰고자 하는 글과 주제에 대해 생각하면서 수집한 자료를 읽어 나갑니다.

글을 쓸 때 필요한 자료는 따로 모아두고, 걸러낸 자료는 문서 파일을 이용해 보관해 둡니다. 인터넷에서 구한 자료는 PC에 따로 폴더를 만들어서 모아둡니다. 나중에 글을 쓸 때 이 자료들이 필요한 순간이 올 수도 있으니까요.

조사한 내용을 정리하면서 문제점에 대한 근거로 무엇을 제시할 것인지를 고민해야 합니다. 이때가 되면 무엇을 쓸지에 대해 계속 생각해야 합니다. 기자들은 취재하면서 얻은 정보와 자료를 간추려 읽은 후에도 어떻게 글을 쓸까를 두고 한참을 고민합니다. 걸어 다닐 때도 밥을 먹을 때도 사람을 만날 때도 그 한 가지 생각뿐입니다.

자료 조사를 할 때 주의할 점이 있습니다. 자료에서 원하는 내용을 발췌해 정리를 할 때 출처를 함께 메모해 두는 습관을 들이세요. 만약 내용만 정리해 두었다가 나중에 참고문헌을 정리하려면 두 번 일하게 되니까요. 심지어 어디서 인용한지 몰라서 자료를 다시 찾느라 헤매며 시간 낭비를 하기도 하죠.

조사 과정에서 사실 관계와 주장, 의견 등을 구분해서 정리하는 습관도 중요합니다. 특히 뉴스 기사의 경우 사건의 사실 관계와 기자 혹은 전문가의 견해가 뒤섞여 있을 때 이를 구분해 두면 됩니다.

유명 유튜버가 진행하는 논평의 경우도 마찬가지입니다. 자칫 그대로

받아들이면 사실과 견해가 뒤섞여 잘못된 판단을 해
버릴 수 있으니까요.

언론사의 특징과 성향을 파악해 두는 것도 큰 도
움이 됩니다. 뉴스 중에서도 해설기사*, 기획기사*
등은 사실을 근거로 해당 언론사의 견해를 반영해 쓰
기 때문에 언론사의 성향이 어떠한지를 미리 파악해
두어야 합니다.

보수적인 성향인지 진보적인 성향인지, 친기업 친
정부 성향인지 등의 기준을 정해서 언론의 성향을 파
악해 두면 기사를 깊이 이해하는 데 도움이 됩니다.
또 서로 다른 성향의 매체를 이용해 상호 확인 과정을 거쳐 논리를 정립
할 수 있습니다.

인기 유튜브 역시 진행자의 이력 등을 미리 파악해 둔다면 해당 채널
의 성향을 파악할 수 있습니다.

해설기사
사건의 내용을 간결하게
전하는 보도기사를 보완하
기 위한 기사. 사건을 심층
적으로 설명하고 배경을
알려주기 위해 작성하는
기사를 의미한다.

기획기사
시대적인 흐름이나 문제적
인 현상 등을 집중 조명하
고 새로운 시각으로 재해석
하기 위해 계획을 세워서
작성한다. 특정 기간을 정
해놓고 연재하기도 한다.

4

첫 문장, 첫 단락 쓰기

"처음에 어떻게 시작해야 할지 모르겠어요."

글쓰기 강의에서 빠지지 않고 나오는 질문입니다. 첫 문장 쓰기가 어려운 이유는 잘 쓰고 싶은 마음이 있기 때문이죠. 특히 많은 사람의 호기심을 불러일으키고 기대감을 충족시키는 멋진 글을 쓰고 싶은 생각이 가득하지요.

뉴스 기사의 경우 첫 문장이 모든 것을 말해 주기도 합니다. 그만큼 첫 문장 쓰기에 부담이 크다는 의미입니다. 그래서 기자들은 기사를 쓰기 시작하면서부터 핵심을 첫 문장에 녹여내는 훈련을 혹독하게 받지요. 복잡한 사안이라도 사건의 핵심을 파악하는 능력을 계발하게 됩니다.

그렇다면 글의 시작을 알리는 첫 문장은 어떻게 쓰면 좋을까요. 몇 가지 방법을 소개합니다.

✒️ 진리와 개념으로 정의하기: 정의

정의(定義)란 단어나 사물의 뜻을 명료하게 밝히는 것을 말합니다. 이때 변하지 않는 진리와 누구에게나 해당하는 보편타당한 도리에 대한 정의로 첫 문장을 시작할 수 있습니다. 결론을 암시하면서 시작할 때 적용하기에 좋습니다. 다만 글의 내용이 다소 무겁게 전개될 수 있습니다. 또 자신이 제시하고자 하는 근거의 설득력을 높여주어야 합니다.

✏️ 예시

- 태양은 동쪽에서 떠서 서쪽으로 진다.
- 지구상의 모든 물체는 중력의 영향을 받는다.
- 시작이 있으면 끝이 있다.

전체 내용을 압축하기: 압축

글의 전체 내용을 압축해서 쓰는 방법입니다. 독자들에게 지금부터 써 내려갈 글의 내용을 먼저 알려주는 형식이지요. 두괄식 글쓰기의 대표적인 형식이기도 합니다. 구성 단계에서 주제와 전개 방향을 결정한 후에 첫 문단에서 전달할 내용을 추리면 됩니다. 이렇게 압축해 제시하면 독자들은 첫 문단만 읽어도 글의 핵심을 파악할 수 있습니다. 그러면 보다 쉽게 독자들을 설득할 수 있지요.

예시

제목: 국립생태원 "민통선 생태계 6곳은 시급하게 보호해야 할 지역"

비무장지대(DMZ) 남쪽 민간인 통제 구역 생태계를 조사한 결과, 두루미가 찾고 사향노루·버들가지 등이 서식하는 6개 지역을 보존하는 일이 시급한 것으로 나타났다.

이에 따라 이들 지역을 습지보호구역 등으로 지정해서 관리할 필요가 있는 것으로 지적됐다.

국립생태원 박진영 보호지역연구팀장은 지난 26일 강원도 철원군 DMZ 생태평화공원 방문자센터에서 열린 'DMZ 일원 생태계·생물 다양성 보전 방안 간담회'에서 2015~2020년 민통선 이북 지역 생태계 조사 결과를 공개했다.

국립생태원은 민통선 이북 지역을 5개 권역으로 나누고, 39개 경로의 생태계를 조사했고, 생태계 우수성을 평가했다. 생태계 조사는 지뢰 매설 등으로 인해 일정한 경로를 따라 진행됐다. 그 결과 12개 경로가 우수한 지역으로 평가됐고, 26개 경로는 양호한 것으로, 1개 경로는 미흡한 것으로 평가됐다. (중략)

생태원은 이들 12개 우수 경로 가운데 6개 경로를 우선적으로 보호가 필요한 경로로 제시했다. 연천군의 중면 빙애 경로와 백학면 두현리 경로, 철원군 동송읍 토교저수지 경로는 두루미가 찾는 곳이다. 철원군의 김화읍 근북면 성제산 경로와 화천군 화천읍 고둔골 경로는 사향노루 서식지이고, 고성군 현내면 지경천 경로는 민물고기인 버들가지 서식지이다.

이에 따라 빙애 경로와 두현리 경로, 지경천 경로는 습지보호지역으로, 성제산 경로와 고둔골 경로는 생태경관보호지역으로, 토교 경로는 야생생물 특별보호구역으로 지정할 필요가 있다고 생태원은 밝혔다.

출처: 강찬수, 《중앙일보》, 2021. 10. 28.

사건 사고를 알리는 보도기사에서 쉽게 찾아볼 수 있는 글의 시작 형식입니다. 시작하는 문단인 만큼 문장이 너무 길어지면 안 됩니다. 그럼 어느 정도가 좋을까요. 대략 한두 문장으로 끝내도록 해보세요. 청소년들이 쓰는 글은 분량이 정해진 경우가 많기 때문에 시작이 너무 길어도 좋지 않습니다.

✎ 타인의 말 끌어들이기: 인용

역사적으로 유명한 사람 혹은 많은 이들에게 알려진 사람의 말이나 글을 끌어들여서 글을 전개해 나가는 방법입니다. 인용한 글이 신뢰할 만해야 주장하고자 하는 근거를 펼쳐나가는 데 효과적입니다.

✎ 예시

배우고 때때로 그것을 익히면 또한 기쁘지 않은가? 벗이 먼 곳에서 찾아오면 또한 즐겁지 않은가? 남이 알아주지 않아도 성내지 않는다면 또한 군자답지 않은가?

공자는 논어 학이(學而)편에서 이렇게 말했다고 전해진다. 배우고 익히는 기쁨 그리고 나의 마음과 통하는 친구가 삶의 오아시스와 같다는 의미이다.

읽는 이의 호기심을 불러일으키고 글의 신뢰도를 높이기 위해 인용 문구를 사용하려면 평소에 책을 읽거나 신문을 읽을 때 좋은 문장을 메모해 두세요. 인용할 때 출처를 별도로 적어놓으세요. 문장만 적어놓았다가 나중에 누가 한 말인지 알지 못한다면 인용할 수 없기 때문입니다. 그러면 헛수고가 되겠지요.

'아니 땐 굴뚝에 연기 날까' '구슬이 서말이어도 꿰어야 보배'… 익숙한 속담입니다. 누구나 알고 있는 속담과 격언으로 시작하는 것도 다른 사람의 말을 인용하면서 시작하는 방법입니다. 주의할 점은 누구나 아는 속담 혹은 격언이어야 한다는 점입니다. 또 제시하고자 하는 속담이 글의 주제를 설명할 수 있는 근거가 될 수 있는지를 살펴야겠지요.

🖋 이야기로 풀어가기: 스토리텔링

사람들은 누구나 이야기를 좋아합니다. 그리고 이야기는 누구나 할 수 있습니다. 스토리텔링은 소설과 같은 창작 글쓰기의 전유물이 아니라 사람의 마음을 얻기 위한 모든 글에 적용할 수 있습니다.

스토리텔링으로 글을 시작하려면 나의 일상 범위 내에서 소재를 찾는 것이 바람직합니다.

✏ 예시

내 이름은 신데렐라. 편의점 아르바이트를 하면서 살고 있지. 어느 날 놀라운 일이 벌어졌어. 왕궁에서 벌어지는 파티에 초대된 거야. 다양한 사람들을 만날 수 있는 기회를 얻은 거지. 그런데 어쩌지. 알바가 끝나면 파티에 너무 늦어. 아르바이트를 할까 파티에 갈까, 선택을 해야 해. 아르바이트를 하면 돈을 벌 수 있지만 노동은 고되고 힘들어. 파티에 가면 다양한 사람들과 만나 정보를 얻을 수도 있고 즐거운 시간을 보낼 수도 있지. 그래, 나를 위해 투자하자. 그런데 뭘 입고 가야 하지? 구두도 사야 해. 비용을 지불해야 되겠네.

삶은 선택의 연속이다. 합리적인 선택을 연구하는 학문이 경제학이다. 과연 신데렐라는 어떤 생각을 거쳐 합리적인 선택을 하였을까.

경제를 왜 공부해야 하는지를 설명하기 위해 신데렐라를 주인공으로 내세워 이야기를 만든 글입니다. 어렵게만 생각하는 경제를 좀 더 쉽게 풀어내 흥미롭게 접근할 수 있도록 도와줍니다.

이처럼 스토리텔링은 누구나 잘 아는 이야기 혹은 독자들의 눈높이에 맞는 일상의 이야기를 소재로 주제에 접근합니다. 구체적인 사례로 독자들의 눈길을 끌어 보편적인 법칙이나 원리를 설명할 수 있습니다. 독자가 이야기에 숨어 있는 논리를 자연스럽게 파악할 수 있도록 이끌지요.

주의할 점은 이야기와 나의 논거가 물과 기름처럼 분리되면 안 된다는 점입니다. 그러니 이어서 쓰고자 하는 근거와 자연스럽게 연결할 수 있는지를 따져봐야 합니다.

🗡️ 궁금하게 만들기: 질문

'~를 아시나요?' '~은 정당한 방법이었을까?' 등의 질문으로 글을 시작해 보세요. 읽는 사람이 궁금하도록 만드는 방식입니다. 글을 쓰는 사람이 질문을 던지고 그 질문에 답을 해나가는 형식이지요. 질문과 답으로 자신의 논리를 펼쳐나갈 수 있다고 판단이 된다면 질문하기 역시 글을 쉽게 전개해 나갈 수 있는 방법입니다.

✏️ 예시

독립운동가이자 정치가인 조소앙을 아시나요? 대한민국 임시정부의 주요 인사로 활동했지만 6·25 전쟁 중 납북되면서 그의 행적은 한동안 자취를 감췄습니다. 그렇기 때문에 치열하게 독립운동을 했음에도 제대로 된 평가를 받지 못했지요. 1980년대 냉전이 해체되면서 그의 삶이 재평가를 받게 되었습니다. 그는 민족사를 기반으로 세계의 사상과 조류를 흡수하여 한국민족운동의 이념을 체계화한 민족 지성의 전형으로 평가받고 있습니다.

5 내용 전개하기

도입부를 쓰고 나면 본문으로 자연스럽게 연결됩니다. 본문은 글의 내용을 구체적으로 펼쳐내는 부분이지요. 본문에서는 조사하고 정리한 내용을 남김없이 풀어내야 합니다. 하지만 많은 내용을 군더더기 없이 자연스럽게 쓰려면 어떻게 할지 막막할 때도 있답니다. 어떻게 전개해 나가야 할지 생각이 나지 않을 때는 다음에 소개하는 방법을 써보세요.

풀어내기

구상을 할 때 문단별로 써야 할 내용의 대강을 정리해 두었습니다. 이에 맞춰서 조사한 내용을 순서대로 정리하면 됩니다. 각 문단을 쓸 때에도 주장과 근거를 연결하면서 쓰다 보면 문장 간의 연결고리도 자연스럽게 이어집니다. 두괄식으로 쓴 보도기사를 보면 첫 문단에서부터 마지막 문단까지 내용이 자연스럽게 연결되는 모습을 볼 수 있습니다. 꼬리에 꼬리를 무는 글쓰기의 대표적인 내용 전개 방법입니다.

예시

미국 항공우주국(NASA)의 탐사선 퍼시비어런스가 지난해 **화성 표면에서 포착한 소리 분석 결과가 공개됐다.** 인류가 지구가 아닌 다른 행성에서 나는 소리를 듣게 된 것은 화성이 처음이다. 과학자들은 소리가 공기와 같은 매질을 통해 전달되기 때문에 화성의 대기와 환경을 이해할 수 있는 길이 열렸다고 보고 있다.

실제 녹음된 소리를 분석한 결과 화성에서는 고음과 저음의 속도가 다른 것으로 나타났다. 만에 하나 화성에서 오케스트라 연주회를 한다면 바이올린 소리가 먼저 들리고 더블베이스 소리는 늦게 들려 하모니를 이루기 어려운 환경인 것으로 분석됐다.

미국과 프랑스, 독일, 스페인 등 4개국 연구팀은 이달 1일 국제 학술지 《네이처》에 지난해 퍼시비어런스가 포착한 **화성 소리를 분석한 연구 결과를 공개했다.** (하략)

(출처: 서동준, 《동아사이언스》, 2022.4.11.)

지난 2021년 2월 19일, 화성에 착륙한 탐사선 '퍼시비어런스'에 관련된 기사입니다. 화성 표면에서 소리를 포착했다는 사실이 전하고자 하는 핵심 내용입니다.

첫 문장에 소리 분석 결과가 공개됐다는 사실을 밝히고 그 소리가 무엇인지를 설명하고 있습니다. 화성에서 나오는 소리를 처음으로 듣게 되었다는 사실을 전하고 있지요. 이처럼 앞 문장의 내용 즉 핵심 주제에 대한 부연 설명을 계속 이어나가면서 글을 전개하고 있습니다.

앞서 개요 짜기에서 구분한 문단에 따라 전달하고자 하는 내용을 풀어 쓰면 글 한 편이 완성됩니다.

🪶 이야기하기

서사는 단어의 의미대로 일련의 사건을 이야기처럼 재현해 내는 방법입니다. 사람 혹은 사물의 움직임을 전개하면 됩니다. 주로 소설이 서사 형식을 따르고 있습니다.

현진건의 단편 소설 『운수 좋은 날』을 예시로 들어볼까요. 1920년대 겨울, 인력거꾼 김 첨지가 빈 인력거만 지켜보며 허탕 쳤던 지난 열흘여 남짓과는 달리 유독 손님이 많은 어느 날에 벌어진 이야기입니다. 김 첨지에게 손님들이 몰리기 시작하기 전, 추운 날씨를 묘사하면서 시간 순서대로 이야기가 전개됩니다.

김 첨지는 손님을 받으면서 아파 누워 있는 아내와 어린 자식에게 맛있는 음식을 사줄 생각에 들떠 있었어요. 하지만 운수가 좋은 날 아내는 숨을 거두게 됩니다. 하루라는 짧은 시간 안에 여러 가지 이야기가 담겨 있다는 것을 알 수 있습니다.

새침하게 흐린 품이 눈이 올 듯하더니 눈은 아니 오고 얼다가 만 비가 추적추적 내리었다.

이날이야말로 동소문 안에는 인력거꾼 노릇을 하는 김 첨지에 게는 오래간만에도 닥친 운수 좋은 날이었다. 문안에(거기도 문밖 은 아니지만) 들어간답시는 앞집 마나님을 전찻길까지 모셔다 드 린 것을 비롯하여 행여나 손님이 있을까 하고 정류장에서 어정어 정하며 내리는 사람 하나하나에게 거의 비는 듯한 눈길을 보내고 있다가 마침내 교원인 듯한 양복쟁이를 동광학교까지 태워다 주 기로 되었다.

첫 번에 30전, 둘째 번에 50전…… 아침 댓바람에 그리 흉치 않 은 일이었다.

(출처: 현진건, 『운수 좋은 날』)

🖌 보이는 대로 설명하기

설명하기의 방식으로는 보이는 대로 객관적으로 설명하는 기술하기, 예술적인 관점에서 감정을 표현하는 묘사하기, 그리고 궁금증을 불러일 으킨 후 해소시켜 주는 응대하기 등이 있습니다.

기술하기

먼저 기술하기는 일정한 자리에 고정된 사물이나 대상을 있는 그대로 풀어 쓰는 방식입니다. 만약 노트북이란 사물에 대해 쓴다면 자신의 지식을 동원해서 풀이하기보다 모양, 구조, 빛깔 등 외형적 특징을 객관적으로 정리해서 쓰면 됩니다.

사물의 크기나 모습 등을 숫자로 기록하는 형식으로 제품 설명서 등을 쓸 때 자주 쓰이는 방식입니다. 사물은 물론 사람의 신상 명세서와 같은 기록도 기술 형식으로 풀어 쓸 수 있습니다.

✏ 예시

이 노트북은 직사각형 모양으로 가로는 38.1cm, 세로는 26.1cm, 무게는 약 1.2kg다. 모니터는 39cm(17인치) 크기다. 운영체제는 윈도10 홈64bit이다. LCD 해상도는 풀HD이며 HD웹캠이 장착되어 있다.

묘사하기

묘사하기는 부드럽고 섬세한 설명이라고 할 수 있습니다. 대상이나 사물, 현상 등을 구체적으로 설명해 나가는 방법입니다. 기술이 다소 딱딱한 글쓰기라면 예술로 표현하는 형식의 풀어 쓰기를 묘사라고 합니다.

묘사는 감정이나 느낌을 표현하는 데 중점을 둡니다. 단순한 기록을 위한 글이라기보다 아름다운 느낌을 이끌어내기 위해 집중해서 쓰는 방식입니다.

나의 두 손등과 손가락들에는 세 종류의 흉터가 선명하게 남아 있다.

초등학교 1학년 때 첫 소풍을 가기 전날 오후 마음이 들뜨다 못해 토방 아래에 엎드려 있는 누렁이놈의 목을 졸라대다 줄지에 숨이 막힌 녀석이 내 왼손을 덥석 물어뜯어 생긴 세 개의 이빨 자국 세트가 하나. 역시 초등학교 5학년 때쯤 남의 산으로 나무를 하러 갔다가 조급한 도둑톱질 끝에 내 쪽으로 쓰러져 오는 나무둥치를 피하려다 마른 가지 끝에 손등을 찍혀 생긴 길다란 상처 자국이 그 둘, 고등학교엘 다닐 때까지 방학이 되면 고향집으로 내려가 논밭걷이와 푸나무를 하러 다니며 낫질을 실수할 때마다 왼손 검지와 장지 손가락 겉쪽에 하나씩 더해진 낫 상처 자국이 나중엔 이리저리 이어지고 뒤얽히며 풀려 흐트러진 실타래의 형국을 이루고 있는 것이 그 세 번째 흉터의 꼴이다.

(출처: 이청준, 『아름다운 흉터』)

응대하기

응대하기는 생각이나 논리를 명확하고 알기 쉽게 풀어내는 방식입니다. 독자의 궁금증을 풀어주면서 이해를 돕는 형식으로 '왜 그런가?' '무엇인가?' 등의 물음에 답하는 방식으로 진행됩니다.

먼저, 방학 때 선행 학습을 꼭 해야 하는지에 대한 질문을 흔히 받는다. 일부 학부모들은 방학이 상급 학년에서 배울 내용을 미리 당겨서 집중 공략할 절호의 기회라고 생각한다. 선행 학습을 하지 않으면 나중에 우리 아이가 뒤처지지 않을까, 다른 아이보다 앞서갈 기회를 놓치는 건 아닐까 불안해하는 경우가 많다. 하지만 선행 학습에 대한 연구를 보면, 대부분 학생들에게 효과성이 없다고 한다. 오히려 부정적인 결과를 초래하는 경우가 많다고 한다. **왜 그럴까?**

우선 학부모들의 올바른 이해를 위해, 학습의 본질적 특성부터 설명하고 싶다. 학습은 현재 배우고 있는 내용을 자기 것으로 만들고, 이렇게 형성된 이해 기반을 바탕으로 다음 내용을 파악하는 과정이다. 이때 이미 배운 내용에 대한 온전한 이해 구조를 만들지 못한 채 빠르게 다음 내용으로 넘어가게 되면 문제가 생긴다. 바로 다음 학습 내용을 온전히 이해할 수 없는 것이다.

이런 일이 반복되면 일종의 악이 악을 구축하는 일이 학습 과정에서 발생하게 된다. 상급 학년의 내용을 당겨서 짧은 기간에 학습하는 선행 학습은 불완전한 이해 체계 내에서 다음 내용에 대한 학습이 이뤄질 가능성이 높기에 그 효과가 떨어질 수밖에 없다. 따라서 기대와 달리 성적도 오르지 않게 되고, 배우는 내용에 대한 이해를 제대로 못 하기에 학습 동기도 저하되는 것이다.

그렇다면 선행 학습은 하지 않는 것이 좋은 것인가? 그렇지는 않다. 중요한 것은 '선행의 정도'이다. 다음 학기에 배울 내용을 예습 차원에서 미리 공부하는 것은 도움이 된다. 방학 때 예습을 하고 학기 중에는 배운 내용을 확실히 자기 것으로 만드는 노력을 기울이는 것이다. 이렇게 하면 성적도 오르고 공부하고자 하는 마음도 긍정적으로 유지할 수 있다. 일반적으로, 너무 앞서가지 말고 다음 배울 내용을 준비하는 정도가 좋다. 즉, 과유불급이다.

(출처: 신종호, 《동아일보》, 2022.8.12.)

✏️ 주장을 내세우고 논리에 맞게 논증하기

자신의 견해나 주장을 내세운 뒤 논리에 맞게 서술하는 전개 방식입니다. 글쓰기의 본질은 독자에게 이해를 구하고 설득하는 데 있지요.

다만 설명이 문제 풀이 하듯이 독자를 이해시키는 방법이라면 논술은 자신의 견해를 설득하기 위해 조리 있게 근거와 주장을 제시하는 방식입니다. 주로 논평이나 칼럼 형식의 글에서 확인할 수 있어요.

앞부분 조사하기 단계에서 모아둔 객관적인 연구 자료를 이용하고, 데이터와 설문조사, 초점집단면접(FGI, Focus Group Interview)˙ 등 객관적인 조사 분석을 거치면서 논증의 결론에 이르게 됩니다.

논증하기 방식을 사용하면 글의 객관성을 유지할 수 있습니다. 이를 통해 논리의 신뢰도와 타당성을 얻게 됩니다.

초점집단면접
5~15명 정도의 피실험자를 선발하고 A와 B의 집단으로 나누어 토론을 행하게 하는 등, 어떤 주제에 대한 정보를 얻어내기 위해 사용하는 연구 방법의 일환이다.

국민 3명 중 2명은 기후 변화가 건강에 미치는 영향이 심각하다고 우려하는 것으로 조사됐다. 정부의 탄소중립정책에 대해서는 약 78%가 동의의 뜻을 표했다.

질병관리청과 대한예방의학회는 30일 서울대 암연구소에서 '2022년 기후보건 위험 인식 제고를 위한 공개토론회'를 열고 이런 내용의 설문 조사 결과를 발표했다.

넥스트리서치에 의뢰해 지난 8월 29일~9월 7일 전국 19세 이상 남녀 1천500명을 대상으로 온라인 설문 조사를 진행한 결과 '기후변화가 건강에 얼마나 영향을 미치고 있다고 생각하느냐'는 질문에 63.2%가 '심각하다'고 응답했다.

이는 기후변화에 대해 걱정하고 있다는 응답(87.4%)보다는 낮은 수준이었는데, 69.7%는 '기후변화가 건강에 미치는 영향에 대한 정보가 충분하지 않다'고 생각하고 있었다. 응답자의 78.1%는 탄소중립을 지향하는 정부 정책에 동의한다고 답했다.

(출처: 김병규,《연합뉴스》, 2022.11.30.)

나열하기

자신이 주장하는 근거에 중요도를 정하고 첫째, 둘째, 셋째와 같이 순서대로 써 내려가는 방법입니다. 글의 내용을 비교적 쉽게 풀어나갈 수 있는 방법이지요. 다만 글의 전개가 단조롭고 딱딱해지는 느낌이 있어가독성이 떨어질 수 있습니다. 이 방법을 쓸 때에는 내용의 중요도를 신중하게 정해야 합니다. 또 글의 양이 지나치게 늘어나지 않도록 주의해야 합니다. 주로 칼럼 등에서 순서대로 정리한 글을 쉽게 확인할 수 있습니다.

✎ 예시

　4700여 년 전(BC 2737년경) 고대 중국 전설에 기록된 세 임금 중 신농(神農)은 약초의 달인이었다. 본초학의 시조로 알려진 그는 산과 들에서 풀을 맛보고 약재를 찾아내는 실용적인 연구자이기도 했다. 어느 날 독초에 중독된 신농은 우연히 바람결에 날아온 나뭇잎 하나를 발견하고 씹어보았더니 해독이 되었다고 한다. 차(茶)의 발견이다. (중략)

　동양에서 차의 효능을 꼽으라면 다음과 같다. **첫째**, 병을 낫게 하는 약이었다. 몸에 스며든 병은 물론 마음이 아플 때도 차를 마시며 안정을 취했다. **둘째**, 차는 수련을 할 때 곁들이는 의식이자 문화다. 법도에 따라 차를 음용해 차도(茶道)라고도 한다. **셋째**, 차는 이상향의 상징이었다. 중국에서 시작된 차도는 도교의 영향으로 신선들의 음료로 차가 등장하였다. 그래서 산속에서 차를 달이는 신선을 묘사한 그림이 동양화에는 적지 않다. (중략) 조선 후기에 들어서면 차는 몸을 치유하는 약(藥)이자 마음을 다스리는 향(香)이었으며 평상심에 이르게 하는 도(道)가 되었다.

(출처: 장선화, 《포춘코리아》, 2022.10월호.)

6 마무리하기

근거와 이유를 조목조목 따져가면서 글의 내용까지 전개하고 나면 한 편의 글을 마무리한 듯 뿌듯해집니다. 그러나 글이 완성되었다고 말하기에는 아직 이릅니다. 시작이 있으면 끝이 있어야겠지요.

소설, 기행문, 논술문 등의 경우 마무리가 글 한 편의 최종 목적지가 됩니다. 끝이란 독자에게 하고 싶은 말을 갈무리하는 부분이라고 할 수 있습니다. 논리에 맞게 주장을 펼치는 형식이라면 최종적으로 자신의 주장을 반복하거나 강조하면서 끝내면 됩니다. 논리를 전개해 나가는 과정에서도 어떻게 글을 갈무리하면서 끝낼까를 생각해야 합니다.

펼쳐놓은 설명과 이야기를 정리하며 완성하는 데는 여러 방법이 있습니다. 결론 부분에 해당하는 마무리는 어떻게 써야 할까요. 몇 가지 방법을 소개합니다.

🖋 해결책 제시하기

문제를 해결할 수 있는 해결책을 제시하면서 마무리하는 방법입니다. 사회적인 문제를 다루는 논술의 경우 자신이 생각하는 해결책 혹은 대안을 독자들에게 소개하며 비슷한 생각을 하는 사람들을 하나로 모을 수 있습니다. 독자의 공감이 클수록 여론을 형성하는 글이 될 수 있습니다.

✏️ 예시

코로나19의 팬데믹으로 전 세계는 속수무책으로 공포에 떨기만 했다. 한때 '최대의 면역은 마스크'라는 말이 나올 정도로 공공장소는 물론 야외에서도 마스크 착용이 의무이자 필수가 되었다.

영유아를 키우는 부모들은 마스크 착용이 장기화하면서 아이들의 언어 발달에 마스크가 부작용을 일으키는 것은 아닐까 우려의 목소리를 냈다.

영국에서는 지난 3년간 분기마다 코로나 세대를 추적해 왔다. 이를 근거로 영유아는 마스크 착용 대상에서 제외시켰다. 마스크가 발달 과정에 장애가 된다는 판단에서였다. 유아기는 생애 한 번뿐이며 그 시기가 평생을 좌우하기 때문이다. **무조건적인 마스크 착용만 고집하기보다 세대별 마스크 착용의 장점과 단점을 분석하고 과학적인 연구로 미래 세대를 위한 대책을 마련해야 하지 않을까.**

✎ 의견 제시하기

자신의 의견을 제시하면서 마무리하는 방법입니다. 연설문, 에세이, 칼럼, 상황 보고서 등에 활용할 수 있습니다. 현상을 설명하고 자신의 판단을 압축해서 의견을 제시하는 형식입니다.

뚜렷한 해법이나 대안을 제시하기에는 역부족인 현상에 대한 느낌과 생각을 밝히는 것이지요. 의견을 제시할 때 결론으로 많은 사람들이 함께 행동하자는 요청을 하기도 합니다. '~해 나가야 한다' '~합시다' '~할 때입니다' 등 권유하거나 청유하면서 마무리할 수 있습니다.

📝 예시

"쾌재정 쾌재정하기에 무엇이 쾌인가 하였더니 오늘 이 자리야말로 쾌재를 부를 자리올시다. 오늘은 황제폐하의 탄신일인데, 우리 백성들이 이렇게 한데 모여 축하를 올리는 것은 전에 없던 처음 보는 일이니 임금과 백성이 함께 즐기는 군민동락(君民同樂)의 날이라 어찌 쾌재가 아닐 수가 있겠습니까. 감사 이하 높은 관원들이 이 축하식에 자리를 같이 하였으니 관민동락(官民同樂)이라 또한 쾌재가 아닐 수가 없고, 남녀노소 구별 없이 한데 모였으니 만민동락(萬民同樂)이라 더욱 쾌재라고 하리니, 이것이 쾌재정의 3쾌라 하는 것입니다. (중략) 우리 민족은 이제 모든 거짓에서 벗어나 참으로 단합해야 합니다. 거짓이 많으면 나라도 망하고 개인도 망합니다. **지금이야말로 우리 모두가 진실한 삶으로 돌아가야 할 때입니다.**

(출처: 안창호, 〈만민공동회 연설〉, 1898.7.25.)

1898년 7월 25일 평양 대동 강변에 위치한 쾌재정(快哉停)에서 독립 협회가 주관하는 만민공동회가 열렸습니다. 스무 살 청년 안창호가 연사로 나와 구름떼 같은 청중을 감동시킨 연설의 일부입니다. 그는 관리들의 부정부패를 비판하고 일본의 식민 지배를 개탄하며 독립운동에 나섰습니다. 쾌재정 연설은 그를 일약 민족의 지도자로 만든 계기가 되었죠.

🖋 인용하기

보도기사의 경우 인용으로 끝나는 경우가 많습니다. 보도기사의 내용과 관련된 관계자, 전문가의 의견을 제시해 본문 내용의 신뢰도를 높일 수 있습니다. 취재를 통해 얻은 정보를 독자에게 더욱 자세하게 전달하는 역할을 하기도 합니다.

꼭 보도기사가 아니더라도 사실을 전달하거나 주제를 논증하는 글에서 적절히 인용하기를 활용한다면 내용에 대한 좀더 구체적인 정보는 물론 공신력을 더할 수 있습니다. 단 인용을 할 때에는 타인의 권리를 침해하지 않도록 올바른 규칙과 절차를 따라야 합니다.

✎ 예시

'영국의 디즈니'로 불리는 멀린엔터테인먼트가 한국 키즈 시장 진출을 본격화한다. (중략)

미드웨이 전략 거점 도시로 서울을 선택하면서 추후 한국에도 '멀린 패스'를 도입할 예정이다. (중략) 회사가 보유한 30곳 이상의 테마파크와 어트랙션을 무제한으로 이용할 수 있는 제도다. 김영 필 멀린엔터테인먼트 미드웨이 APAC부문 대표는 **"다양한 인프라 를 기반으로 관광 클러스터를 조성하는 것이 우리의 성장 전략"**이 라며 **"임대료 등 다양한 요인을 고려해 적정 위치에 실내 테마파크 를 조성할 계획"**이라고 말했다.

(출처: 김민경, 《서울경제》, 2022.5.5.)

✎ 질문하기

독자들에게 결론을 되묻는 방법입니다. 글을 마무리하면서 독자들이 다시 글을 떠올리며 스스로 생각할 수 있도록 하는 방법이지요. 직접적 으로 청유하기보다 더 큰 반향을 불러일으킬 수 있습니다. 독자 스스로 성찰하고 주체적으로 판단할 수 있도록 도와주는 방법이지요.

✏ 예시

이미 경주 지역에서는 유리 공예품, 장식 보검 등 다양한 서역 산 유물이 출토되었다. (중략) 월성 해자에서 출토된 터번을 쓴 토 우는 6세기 것으로 추정된다. 그는 지금까지의 발견 가운데 가장 오래된 이방인이다.

(중략) 신라인에게 이방인은 두려운 존재가 아니었다. 드높은 문 화적 자긍심과 자신감으로 그들을 배척하기보다 포용했다. 일자

리를 내어주고 능력이 있으면 벼슬도 주었다. (중략)

2018년 교육 기본 통계를 보면 전국 초등학생의 100명 중 3명 이상이 다문화 학생이며 전남(4.3퍼센트), 충남, 전북, 경북, 충북 순으로 전체 학생 중 다문화 학생의 비율이 높다. (중략) 그들의 낮은 취학률, 높은 학업 중단율, 그로 인한 빈부 격차의 심화를 외면한다면 머지않아 새로운 갈등의 요소가 될 것이 확실하다.

자욱한 구름과 뽀얀 안개를 감고 덩실덩실 신비와 해탈의 춤을 추지는 않을지라도, **이제 우리 곁에 바싹 다가온 더 이상 이방인 아닌 이방인을 어떻게 마주해야 할까?**

(출처: 김별아,『월성을 걷는 시간』)

🖋 생략으로 여운을 남기기

주로 경수필과 같은 감성적인 글의 경우 여운을 남기며 마무리해 서정적인 감성을 불러일으키게 합니다. 시각적인 장면을 글로 묘사해 그 장면이 연상될 수 있도록 하는 방법입니다.

✏ 예시

강물에 마음이 홀린 사람이 물을 따라 하류로 내려갔다가 돌아오지 않는 것이 유流이고, 상류로 거슬러올라갔다가 돌아오지 않는 것이 연連이다. 맹자에 나온다. (중략) 밤섬은 여의도 개발의 제

물이 되어, 1968년 2월 10일에 폭파되었다. (중략)

밤섬은 강물 속의 섬이다. 내륙이면서도 육지가 아니다. 뭍과 매우 가깝지만, 알맞게 떨어져 있다. 밤섬은 적당한 격리감으로 아늑하다. 이 거리가 삶을 윤택하게 하고 풍속을 자유롭게 했던 모양이다. 『명종실록』에는 "밤섬의 사람들은 홀아비나 과부가 생기면 따로 혼처를 구할 필요 없이 동거하는 것을 수치로 생각하지 않는다. 배를 타고 강물을 건너 섬을 드나들 때 남녀가 서로 껴안는다"라고 기록되어 있다.

밤섬이 폭파되자 이 아름다운 섬의 후손 400여 명은 섬을 지켜주던 수호신의 사당을 앞세우고 마포구 창전동으로 이주했다. 섬은 새들의 마을이 되었다. 높은 곳이 모두 깎여나간 섬은 이제 홍수 때마다 물에 잠긴다. 상류에서 흘러내려온 퇴적물들이 이 섬에 쌓여서 섬의 토양은 새로운 활기를 찾아간다. 새들의 땅은 비옥해져가고 있다. 사람이 때려부순 섬을 흐르는 강물이 살려내고 있다.

(출처: 김훈, 『자전거 여행』)

작가 김훈이 자전거를 타고 전국을 여행하면서 느낀 소회로 써 내려간 여행기입니다. 맹자에 나오는 문장을 인용해 글을 시작한 뒤 지역의 역사를 소개하면서 자신이 쓰고자 하는 주제에 집중해 글을 풀어나갑니다.

역사 속 민중의 삶을 담담하게 풀어나가며 한국 현대사의 한 장면을 떠오르게 합니다. 글을 읽는 내내 생각을 하게 만드는 매력이 있지요.

7 퇴고하기

"제가 쓴 모든 문장이 너무 아까워서 하나도 버리지 못하겠어요."

초고를 쓴 후 글을 읽으면서 내용이나 형식의 모호함, 애매함, 불일치 등을 없애기 위한 수정 과정이 바로 퇴고입니다. 글의 완성도를 높이는 데 매우 중요한 과정이지요.

초고를 완성하기까지 쉽지 않은 과정을 거친 탓에 초고를 쓰고 나면 스스로 큰 일을 해낸 것처럼 뿌듯할 때가 있습니다. 그래서 초고를 고치는 데 인색하게 되지요. 다른 사람의 지적을 견디지 못하고 화를 내는 경우도 있답니다.

글은 고칠수록 좋아집니다. 기자들이 쓴 원고가 신문이나 방송으로 나오기까지 최소 몇 번의 수정을 거치게 될까요? 사건 사고 기사처럼 짧은 기사도 작성하고 나서 데스크, 편집기자, 교열기자 등 여러 사람들의 손을 거쳐 최소 다섯 번 이상 수정됩니다. 짧은 기사라도 독자에게 명확하고 간결하고 선명하게 전달하기 위해서이지요.

소설가도 혹독한 퇴고 과정을 거쳐 마지막 원고를 마무리하기는 마찬가지입니다. 소설가 김연수는 한 강연장에서 글쓰기에 대해서 이렇게 말했습니다. "잔소리를 들으면 들을수록, 망하면 망할수록 더 좋아진다. 다른 사람들에게 많이 보여줘라. 고치라는 말을 들으면 고쳐라. 소설 쓰기에서는 절대 실패란 없다. 더 많이 망해라. 지속적으로 후회하고 고쳐라."

퇴고를 주저해서는 안 된다는 의미입니다. 극단적인 표현이기는 하지만 망하면 망할수록 더 좋아진다고 하니 오히려 마음이 편해지지 않나요.

다만 좌절하지 않도록 주의해야 합니다. '이렇게 고칠 게 많다니! 역시 나는 안 되나 보다'라며 포기해 버릴 수도 있으니까요. 어렵게 시작한 글쓰기 공부를 마지막 단계에서 접어버린다면 등산을 할 때 정상을 앞에 두고 하산해 버리는 것과 같겠지요. 다 왔습니다. 힘을 내세요. 이제 곧 정상입니다.

초고를 쓸 때 다양한 생각을 써내되 초고를 완성한 후에는 고치는 데 인색하지 않은 마음을 가져야 합니다. 글쓰기와 마찬가지로 퇴고 역시 많이 연습하고 경험하는 수밖에는 없답니다.

퇴고를 할 때에는 '어떻게 하면 독자와 더 잘 소통할까'라는 한 가지에만 몰두해야 합니다. 내가 쓴 글을 독자가 잘 이해할까를 고민하면서 초고를 읽는다면 내가 쓴 소중한 원고라고 해도 과감하게 수정할 수 있습니다.

🖋 퇴고하며 확인할 사항

그렇다면 퇴고는 어떻게 해야 할까요. 혼자서 하는 방법, 친구와 하는 방법, 그리고 전문가의 도움을 받아서 하는 방법 등이 있습니다.

혼자 혹은 친구와 함께 할 때 어떤 부분을 확인해야 할까요.

주장과 논리가 어우러지는가

내가 주장하고자 하는 내용의 논리가 맞는지 확인해야 합니다. 이를테면 탄산음료를 마시면 치아가 건강해질 수 없다는 주장을 하면서 매일 한 병 이상의 탄산음료를 마신다고 글을 전개해 나간다면 독자의 공감을 얻을 수 있을까요. 자신의 주장을 뒷받침할 만한 합리적인 근거를 구체적으로 제시해야만 설득력을 얻을 수 있습니다.

논리를 제대로 전개했는가

주제에 부합하는 글이 논리 정연하게 전개되고 있는지 꼼꼼하게 읽어 봐야 합니다. 글의 중심이 무엇인지 확인하면서 전개한 내용이 논리에서 벗어나진 않았는지 점검합니다.

특히 문단과 문단이 꼬리에 꼬리를 물면서 글의 내용이 전개되고 있는지 확인합니다. 문단 간에 생각의 사슬이 유기적으로 연결되어, 전체적인 글 한 편이 한 가지 주제를 말하고 있는지 생각하면서 검토해야 합니다.

사실 관계가 정확한가

확실한 정보를 수집한 후 글을 쓰더라도 잘못 표기하지는 않았는지, 조사한 내용이 사실인지 등을 재차 점검해야 합니다. 조사 대상이 한 사람인데 마치 한 집단의 의견을 대변하듯이 표현해서는 안 됩니다. 또 누군가의 개인적 의견이나 예측 상황을 사실로 표현해도 안 됩니다. 특히 연도, 이름, 국가 등 기본적인 사실 관계는 더욱 철저하게 확인해야 합니다.

인터넷 포털에서 검색한 자료의 경우 사실 관계가 잘못된 경우가 있습니다. 이럴 때에는 연구 성과를 바탕으로 쓴 논문이나 학술 자료 등 검증된 정보로 다시 확인해 보아야 합니다. 힘들게 쓴 글 한 편에 잘못된 정보가 들어가 있다면 글에 대한 신뢰도가 떨어지게 됩니다.

하나의 문장에 하나의 생각이 담겨 있나

여러 가지 생각을 한 문장에 한꺼번에 써놓으면 의미를 정확하게 전달하기 어렵습니다. 간단명료하게 글을 쓰라는 이유이기도 하지요.

✏ 예시

나는 내세울 만한 스펙이 아직 없지만 미래의 나를 생각하면서 하나씩 쌓아가려고 하는데 가장 걸리는 것은 낮은 내신 성적이다.

전하고자 하는 메시지가 무엇인지 명확하지가 않아요. 이럴 때는 과감하게 줄여서 간결하게 고쳐야 합니다.

→ 나의 멋진 미래를 위해 하나씩 스펙을 쌓아가려고 한다. 그러나 내신 성적이 낮아서 마음에 걸린다.

중복된 단어와 문장은 없나

문장에 중복된 표현이나 단어가 있다면 가독성을 떨어뜨리게 되는데요. 퇴고시 삭제하거나 비슷한 의미의 단어로 바꿉니다. 문단에 중복된 의미의 문장이 있다면 역시 삭제해야 합니다.

✏ 예시

그분이 도움을 줄 **것**입니다. 이 땅은 왕의 **것**이 아니라 그분께 속한 **것**이며 잠시 왕에게 맡긴 **것**에 불과한 **것**입니다.

'~것'이 반복되고 있습니다. 고쳐볼까요.

→ 그분이 도움을 줄 것입니다. 이 땅은 왕의 소유가 아니라 그분께 속해 있으며, 잠시 왕에게 맡겨진 것입니다.

→ 그분이 도와주실 겁니다. 이 땅의 주인은 왕이 아닙니다. 그분이 잠시 왕에게 이 땅을 맡겨두었을 뿐입니다.

주어와 서술어가 일치하는가

주어에 어울리는 서술어인가를 확인해야 합니다. 문장에서 주어는 하나의 서술어와 어울려야 합니다. 문장을 짧게 쓰는 방법을 추천합니다. 대개의 문장에서 주어와 서술어가 호응하지 못하는 이유는 서로 멀리 떨어져 있기 때문입니다. 따라서 주어와 서술어가 가깝게 위치한다면 실수를 줄일 수 있겠지요.

✎ 예시

원근법은 르네상스 시대 이탈리아에서 발명되어, 이슬람 문화권에서 비밀리에 사용했다.

두 개의 문장으로 이루어진 복문이지요. 앞 문장의 주어인 '원근법'은 수동태 서술어인 '발명되었다'로 호응을 이루는데, 뒷부분의 능동태 서술어 '사용했다'와는 어울리지 못합니다.

→ 원근법은 르네상스 시대 이탈리아에서 발명되어, 이슬람 문화권에서 비밀리에 사용되었다.

→ 르네상스 시대 이탈리아에서 발명된 원근법은 이슬람 문화권에서도 비밀리에 쓰였다.

📝 **예시**

이 법은 조선 시대에 체계화되어, 여러 곳에 사용했다.

마찬가지로 주어가 '이 법은'이라면 서술어는 '사용되었다'로 써야 어울립니다.

→ 이 법은 조선시대에 체계화되어, 여러 곳에 사용되었다.

만약 사람을 주어로 바꾸고 싶다면 이렇게 고쳐야 합니다.

→ 사람들은 조선시대에 체계화된 이 법을 여러 곳에 사용했다.

📝 **예시**

이번 협상에서 실패한 원인은 우리가 상대를 너무 몰랐다.

'실패한 원인'이 주어라면 다음과 같이 고쳐 써야 합니다.

→ 이번 협상에서 실패한 원인은 우리가 상대를 너무 몰랐기 때문이다.

은어와 속어를 쓰지는 않았나

하나의 허구의 세계를 창조해 내는 소설과 같은 장르에서는 상황에 따라 은어와 속어를 쓸 수 있지만, 평가를 받거나 여러 사람에게 읽히는 공식적인 글을 쓸 때에는 은어와 속어를 쓰지 말아야 합니다.

🖊 예시

내 동생은 관종이다. 시도 때도 없이 거울을 보느라 개바쁘다.

→ 내 동생은 사람들의 관심을 받고 싶어 한다. 시도 때도 없이 거울을 보느라 엄청 바쁘다.

마지막으로 다시 한 번 맞춤법과 띄어쓰기를 확인하면서 최종적으로 글을 점검합니다.

🖋 혼자, 그리고 함께 퇴고하기

혼자 하는 방법

먼저 글을 읽으면서 잘 썼다고 생각하는 부분에 밑줄을 쳐두세요. 이 부분은 내 글의 매력 포인트로, 부족한 내용을 추가하거나 보완하여 살려낼 수 있는 부분입니다. 이렇게 밑줄 친 부분을 골라 글의 흐름대로 배치해 보세요. 그리고 부족한 부분을 채워 넣는 겁니다. 이렇게 하면 1차 퇴고를 마치게 됩니다.

1차 퇴고를 마치고 원고를 소리 내 처음부터 읽어보세요. 읽으면서 이상하다고 느끼는 부분이 있다면 다른 색깔로 원고에 표시해 두세요.

읽고 듣는 것만으로도 분명하지 않은 부분이나 어색한 표현 등을 잡아낼 수 있습니다. 심지어 문법 오류나 비문도 잡아내는 놀라운 경험을 하게 됩니다.

청각은 인류 역사상 가장 오랜 시간 발달해 온 감각입니다. 문자가 발명되기 이전부터 인간의 삶을 지배해 온 감각이라고 할 수 있지요. 그래서인지 정보를 뇌로 전달하는 과정에서 시각과는 또 다른 차원의 활동을 선보인답니다.

때로는 더욱 예민하게 작동하지요. 음악을 듣고 정서를 안정시키기도 하고, 경전을 낭독하며 종교의 숭고한 정신을 북돋는 역할을 합니다. 이렇게 인간의 지성과도 연결되어 있는 청각은 글의 논리적인 모순을 잡아낼 수 있는 힘도 갖추고 있습니다.

소리 내어 문장을 읽어보세요. 자신의 글에서 이상한 부분을 스스로 고칠 수 있습니다. 설명을 할 수는 없지만, 이상하게 자꾸 걸리는 대목이 있습니다. 그 부분을 고치고 다시 큰 소리로 읽어보세요. 매끄럽게 넘어가면 잘 고쳤다는 의미입니다.

친구와 함께 하는 방법

내가 쓴 글을 친구에게 보여주세요. 부끄럽다고요? 제대로 쓰지 못한 글을 독자들에게 내보이기보다, 지금 친구에게 보여줘서 지적받고 고쳐서 더 잘 쓴 글을 보여주어야 하지 않을까요.

40년 경력의 베테랑 기자들도 칼럼을 쓰고 나서 후배 기자나 지인들에게 읽어봐 달라고 초고를 건네기도 한답니다. '글이 전반적으로 재미가 없다' 혹은 '요즘 세대와 동떨어진 글이다' 등 그들의 날카로운 지적을 흔쾌히 받아들여 고치기를 반복합니다. 그렇게 나온 글은 초고보다 분명 더 나은 글이 되지요.

친구에게 원고를 봐달라고 할 때에는 초고라는 점을 알려주고 이상한 곳이나 매끄럽게 읽히지 않는 부분을 지적해 달라고 하세요. 혹은 글에 대한 총평을 해달라고 해도 좋습니다.

지적을 당할 때 기분이 좋은 사람은 흔치 않습니다. 하지만 이 경험을 자주 하고 자연스럽게 받아들일 때 글은 더욱 좋아지게 됩니다. 아울러 다음에 글을 쓸 때 자신도 몰라보게 발전한 모습을 발견하게 됩니다.

전문가의 도움을 받는 방법

가장 강력한 수단입니다. 학교에서는 국어 선생님의 도움을 받는다면 더할 나위 없이 좋겠지요.

전문가의 피드백을 통해 전체적으로 글의 구성은 물론 문법적인 오류 그리고 글의 흐름 등을 수정할 수 있는 기회입니다. 문장을 강화하는 방법을 배워 글의 의미와 논리를 더 단단하게 할 수 있습니다.

이 과정을 자주 반복하면 어떻게 글을 써야 하는지를 짧은 시간 내에 배우게 되지요. 그러면 차츰 퇴고에 대한 선입견도 줄 것입니다.

대학교에서 교양 과목으로 글쓰기 수업을 수강했던 학생들은 한결같이 "교수들의 피드백 덕분에 내가 쓴 글의 문제점이 무엇인지 명확하게 알 수 있었다"고 하더군요. 전문가의 조언을 얻어 수정을 반복하면 할수록 글쓰기 실력은 향상됩니다.

요즘 학교에서는 인문학 수업 등 교과 과정 외에도 다양한 체험 학습을 준비하고 있지요. 전문가의 글쓰기 수업이 필요하다고 건의하거나 친구들과 함께 동아리 활동을 하면서 여러분의 '빨간펜 선생님'을 초청해 특강을 들어보는 것도 좋은 방법이겠지요.

8 글쓰기의 윤리

'출산의 고통만큼 인고의 시간이었다.'

글을 다 쓰고 편집 과정을 거쳐 한 권의 책을 출간한 저자들이 자주 인용하는 말입니다. 일기, 편지와 같은 개인적이고 일상적인 글이 아니라면 대중을 설득하기 위한 책을 만들 때 작가는 글을 쓰는 행위 외에도 할 일이 많아요.

특히 많은 사람들이 낸 저작물의 숲에서 새로운 길을 찾아야 하기 때문에 많은 자료를 읽고 확인해야 합니다. 이때 읽은 자료 중 공감하는 자료들은 나의 새로운 글을 쓰는 자산으로 거듭납니다.

글에는 저자의 생각이 압축되어 있습니다. 그 생각은 무형의 자산이지요. 이를 법적으로 보호해 주는 권리가 '저작권'입니다. 저작권은 무형의 자산인 인간의 지혜를 실체화하여 문화를 더욱 풍요롭게 만들기 위해 제정된 법이랍니다.

저자의 생각이 응축된 것이 책이라면 인류의 지혜가 축적된 것이 문명사라고 할 수 있습니다. 이처럼 개인의 창작물이 법적으로 보호되지 못한다면 미래 산업을 키우는 새로운 아이디어도 나오기 어렵겠지요.

🖋 표절은 도둑질이다

논문이나 단행본의 말미에는 참고문헌이 있습니다. 어떤 글을 참고하였으며, 어떠한 글이 나오게 되었는지 한 장의 지도 같은 역할을 합니다. 다른 사람이 쓴 글을 그대로 가져와서 인용할 때는 정확하게 누구의 글을 빌려왔는지 표시해 주어야 합니다.

만약 아무런 표시 없이 글을 잘라와서 붙여놓는다면 분명 도용입니다. '남의 것을 도둑질해서 쓴다'는 말입니다.

정치인들의 청문회가 열리면 논문 표절 의혹이 단골 메뉴로 등장합니다. 표절은 다른 사람이 쓴 저작물 일부 혹은 전체를 가져와서 그대로 쓰는 행위를 말합니다. 다른 사람이 쓴 문장을 슬쩍 가져와서 문장 어딘가에 슬쩍 끼워넣기도 하고, 이야기의 주제를 가져와서 글을 전개해 버리는 식이지요.

심지어 작가들의 표절 의혹이 제기되어 문단이 시끌시끌해지기도 합니다. 지식인들의 표절 논란이 끊이지 않는 이유는 무엇일까요. 누구나 멋진 글을 쓰고 싶지만, 고통을 감내하고 싶어 하지 않아서가 아닐까요. 혹은 논문 작성을 학위를 받기 위한 요식 행위로 생각해 버려서겠지요.

책을 보면 저자의 오랜 연구 업적과 그 과정을 책 한 권에 담아놓았다는 느낌을 받을 수 있습니다. 책 뒤편에 참고문헌과 인용문헌을 정리해 놓은 색인*이 수십 페이지에 달하는 것만 봐도 저자가 책을 쓰기 위해서 기울인 노력과 수고가 느껴집니다.

오랜 토론과 비평 문화는 서양의 학문 연구를 이끄는 바탕이 되었습니다. 18세기 서양에서 학술지가 번성하면서 과학 기술도 크게 발전하게 되었지요.

비판과 토론에서 논리적으로 주장하려면 자신의 생각에 대한 독창성을 인정받아야 합니다. 생각의 독창성은 없던 사실을 찾아내는 것이 아닙니다. 수많은 연구자들의 업적을 탐구하고, 그 가운데서 자신의 논리를 세운 다음 독창적인 사고를 찾아내 글로 표현해 내야 합니다.

단행본 말미에 정리된 색인은 자신의 연구 과정을

색인

본문에 관련된 용어, 항목, 인명 등을 쉽게 찾아볼 수 있도록 순서에 따라 정리해 둔 목록. 영어로는 '인덱스(index)'라고 부른다.

독자에게 솔직하게 알리기 위한 작업이며, 관련 분야에 관심이 있는 사람들에게 참고자료로 활용하라는 친절한 지표이기도 합니다.

참고문헌과 인용문헌을 정리하는 작업은 번거롭고 성가신 과정이라고 느낄 수 있습니다. 하지만 연구자 혹은 저술자가 어떤 고민을 하면서 자신의 독창성을 드러내고 있는지를 표현하는 갈무리이기도 합니다.

앞서 연구한 많은 사람들의 노력을 바탕으로 자신의 연구 성과가 나왔다는 것을 사람들에 공개하는 것이지요. 참고문헌이 많고, 인용문헌을 정확하게 표기해 놓은 책은 독자의 신뢰를 얻을 수 있습니다. 인용문과 참고문헌 표기하는 방법 몇 가지만 살펴보겠습니다.

🖋 인용문 표기법

인용법은 크게 직접인용과 간접인용으로 구분할 수 있습니다. 다른 사람이 말한 내용이나 자료 원문의 내용을 그대로 옮겨 적을 때는 직접인용, 말이나 원문의 뜻을 살리되 글쓴이의 문장으로 표현할 때는 간접인용 방법을 씁니다.

직접인용은 기사에서 쉽게 확인할 수 있습니다. 기사에서 ○○○ 대표는 "△△△"이라고 말했다 등과 같은 표현을 쉽게 찾을 수 있습니다. 직접인용의 대표적인 사례입니다. 영화의 한 장면을 직접인용해서 글을 쓸 때에도 큰따옴표(" ")를 써야 합니다.

✎ 예시

"마법을 믿기 전에 너 스스로를 믿어." 영화 〈해리포터와 불사조기사단)(2007)에서 해리포터가 마법봉을 잘 쓰지 못해 고개를 떨구며 좌절하는 친구에게 하는 말이다.

상대방의 말이나 자료의 문장을 그대로 옮겨 쓸 때를 제외하고는 모두 간접인용법을 쓰면 됩니다. 간접인용을 할 때에는 작은 따옴표(' ')를 사용합니다.

✎ 예시

정기 세일 상품이라고 해서 티셔츠를 다섯 장이나 샀다. 그런데 박음질 상태가 좋지 않았다. 게다가 세탁 후 뒤틀림 현상까지 심하다. '싼 게 비지떡'이라는 옛말이 틀리지 않구나.

🖉 참고문헌 표기법

참고문헌은 책의 본문이 끝난 다음 장에, 또는 색인 앞에 정리하면 됩니다. 만약 부록이 있다면 참고문헌 다음에 부록을 넣으면 되겠지요.
참고문헌에 수록하는 자료는 유형별로 구분해 정리하면 됩니다. 각 요소 사이에는 마침표(.)를 찍어서 구분할 수 있습니다.

단행본

저자명, 서명, 번역자명, 발행 연도, 발행장소:발행한 출판사, 청구번호(도서관 소장자료인 경우) 순서로 씁니다.

유홍준. 나의 문화유산답사기12. 2022. 파주:창비.

조정래. 조정래의 시선. 2014. 서울:해냄.

정기간행물

학술지, 저널 등 정기간행물은 논문 발표자, 발행 연도, 논문 제목, 학술지명, 간행사항(권차, 호차, 간행 달이나 계절), 수록 쪽수의 순서로 기재하면 됩니다.

배기형. 2020. "왜 다시 콘텐츠를 말하는가". 방송문화, (420). 70-81.

박영재. 1994. "동아시아 근대와 인문학". 인문과학. 제71집. 103-132.

인터넷에서 찾은 자료

인터넷에서 찾은 자료는 자료의 유형에 맞춰서 작성한 후 인터넷 주소를 마지막에 쓰세요.

일간지의 경우에는 연월일을 분명하게 써야 합니다. 판에 따라 내용이 변하기 때문에 쪽수는 쓰지 않아도 됩니다. 그리고 끝에 인터넷 주소(URL)를 쓰면 됩니다.

문정식. (2022.6.16.) 하루 만에 38억 원으로 뛰어오른 '버핏과의 점심' 경매 호가. 연합뉴스. [https://www.yna.co.kr/view/PYH20220614137200340].

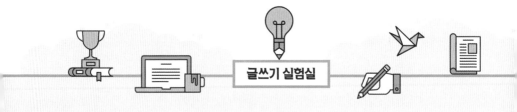

설계도 그려? 말어?

글쓰기는 설계하기, 초고 쓰기, 검토하기, 퇴고하기 등을 기본으로 한 생각의 연속 과정입니다. 정희모 연세대 교수는 "글쓰기 과정은 계획하기, 작성하기, 수정하기, 점검하기의 연속"이라고 했습니다.

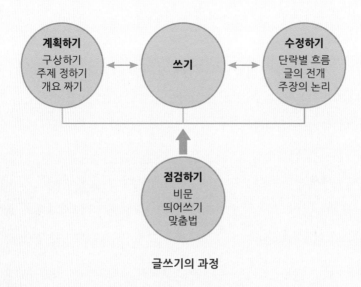

글쓰기의 과정

골똘히 생각하면서 한 단계씩 올라 초고를 완성해도 끝이 아닙니다. 피드백을 받고 수정하기를 거듭해야 비로소 글 한 편이 완성됩니다. 손 끝으로 모든 것을 해결하는 광속의 시대에 글쓰기는 토끼와 거북이의 경주에 등장하는 거북이 같다고나 할까요?

국어시간에 작문법을 배울 때 학생들은 본격적인 쓰기에 앞서 계획하기가 중요하다고 이론적으로 배우지요. 하지만 10명 중 7명의 학생은 주제가 주어지면 다짜고짜 쓰기부터 시작한답니다.

물론 모든 글에 개요 짜기가 필요한 것은 아닙니다. 그런데 논술과 같이 주어진 지문을 읽고 맥락을 이해한 후 주장과 반론을 논리적으로 펼치는 글의 경우에는 짧은 시간 안에 압축적으로 쓰기에 개요 짜기가 도움이 된답니다.

프랑스 인지심리연구소의 애니 피올라와 장 루시는 초고를 쓰기 전에 개요를 짠 학생과 그렇지 않은 학생을 구분해 최종적인 글의 수준이 어느 정도인지, 그리고 평가는 어떻게 받았는지를 실험해 보았습니다.

역시 계획하기 단계에서 개요를 짜고 쓴 학생의 글이 논리적이었으며 높은 평가를 받은 것으로 나타났답니다. 개요를 미리 짜두면 초고 쓰기를 완성하는 데 걸리는 시간을 줄일 수 있으며, 문제 해결법을 미리 고민하기 때문에 당황하지 않는다고 하더군요.

「계획하기 단계 수업이 학생들의 글 수준과 인식에 미치는 영향」(2017)이라는 논문을 쓴 이승주 선생은 남자 고등학생 1학년 중에서 글쓰기에 개요 짜기가 필요하지 않다고 생각하는 학생 12명을 대상으로 실험을 했습니다. 실험에 참가한 학생들은 전교 석차 20등 내외로 국어와 쓰기 실력이 상위권이었지요.

그는 '스마트폰을 쓰면서 사람들과 실제 대화가 줄어들고 있는데, 스마트폰이 사람들 사이를 더 멀어지게 할까? 혹은 가깝게 할까?'를 주제로 학생들에게 글쓰기 과제를 제시했지요. 조건은 두 가지였습니다. 첫 번째 조건은 한쪽 입장에서 자신의 생각을 글로 담아보라는 것이었고, 두 번째는 독자를 미리 정해서 글을 쓰라는 것이었습니다.

12명의 참가자를 각각 6명씩 두 그룹으로 나눈 뒤 1그룹은 개요 짜기를 하지 않고 글을 쓰도록 했습니다. 2그룹은 마인드맵, 브레인스토밍 등 개요 짜기 방법과 전략을 알려주고 교사가 직접 시범을 보여서 학생들이 이해하기 쉽도록 도와주었습니다. 그룹 1, 2 모두 2시간이 주어졌습니다. 2그룹은 2시간 내에 개요 짜기도 모두 해결해야 하므로 빠듯한 시간이었지요.

교사 3명이 학생들의 이름을 가린 채 평가를 했습니다. 결과는 어떻게 나왔을까요. 개요 짜기를 하고 글을 쓴 집단의 평균 점수가 80점인 데 반해, 개요를 짜지 않은 학생 집단의 평균 점수는 36점에 그쳤습니다. 개요를 마련한 글일수록 더 나은 글이 나올 확률이 높다는 것을 확인할 수 있습니다.

학생들의 인식도 바뀌었습니다. 개요 짜기에 참가했던 학생들은 글을 쓰기 전에 개요를 먼저 짜는 것과 그렇지 않은 것의 차이를 실감했다고 응답했습니다.

논술과 같은 실전 글을 쓸 때엔 누구나 긴장하고 당황할 수 있습니다. 두려움을 없애려면 평소에 글을 쓰기 전에 개요를 짜보며 글을 설계하는 훈련을 해두어야겠지요.

(참고문헌: 이승주. 2017. "계획하기 단계 수업이 학생들의 글 수준과 인식에 미치는 영향".)

4장

종류별 글쓰기:

오늘은 글 쓰는 날

1 일상의 기록물, 수필

　이쯤 읽으면 수필이 빠졌다는 사실을 알게 될 겁니다. 국어 시간에 읽은 작품들을 떠올리면 수필은 문학 글쓰기에 포함시키기 쉬워요. 수필은 문학 글쓰기이면서도 비문학 글쓰기이기도 합니다. 한자인 수필 '隨筆'을 풀어보면 '수시로 기록한 글을 모은 책'이라는 뜻입니다.

　수필은 형식에 얽매이지 않고 편안하게 쓸 수 있는 글이기도 합니다. 쉽게 쓸 수 있는 글이라는 느낌이 들지만 실제로 수필 한 편을 완성하기는 그리 쉬운 일이 아닙니다.

　작가 이정림은 "수필의 본질은 사실 체험에 있다"고 했습니다. 소설의 본질이 허구라면 수필은 작가가 현실에서 겪은 일이 바로 핵심이라는 의미이지요. 그래서 수필은 대단히 격렬하고 통쾌한 줄거리는 없지만 은은하게 퍼져나가는 난초의 향과 같은 글이라고 합니다.

📖 수필의 종류

수필의 종류를 구분하는 방법도 여러 가지가 있습니다. 경수필, 중수필로 구분하는 것이 대표적인 방법 중 하나입니다. 경수필은 작가의 체험을 바탕으로 한 주관적인 특성을 지니는 글이고 중수필은 작가의 체험보다 객관적인 사실을 논리적으로 증명해 내는 데 집중한 글입니다. 서간 수필*, 기행 수필*, 철학 수필* 등이 경수필에 해당합니다.

> **서간 수필**
> 편지 형식으로 쓴 수필. 보낸 사람과 받는 사람 간의 사적 내용을 넘어 독자에게 공감을 줄 수 있는 글.
>
> **기행 수필**
> 여행을 하면서 느낀 점을 감동 있게 쓴 수필. 여행의 과정, 체험, 자신만의 감상을 주제에 맞게 써 내려간 글.
>
> **철학 수필**
> 주제에 대한 철학을 지적으로 펼쳐낸 수필. 사유의 깊이에 비중을 두고 쓴 글.

경수필

메시지를 전하고자 하는 신영복 선생의 수필 한 편을 소개합니다. 처음 시작은 허균의 행적을 따라가는 여행기처럼 보이지만 실제 저자가 전하고자 하는 메시지는 허균의 누이인 허난설헌을 통해 조선시대 여성에게 가해진 차별과 억압을 조명합니다. 차분하게 써 내려간 그의 수필에는 강한 메시지가 담겨 있습니다. 이처럼 일상생활의 한 부분을 빌려와서 전하고자 하는 메시지를 글로 풀어내며 독자의 마음을 차분히 가라앉히고 생각거리를 던집니다.

✏️ 예시

강원도 명주군 사천리에 있는 애일당(愛日堂) 옛터를 다녀왔습니다. 이곳은 당대 최고의 논객으로서 그리고 소설 『홍길동』의 작가

198

로서 널리 알려진 교산 허균(蛟山 許筠)이 태어난 곳입니다. (중략)

　비극적인 그의 최후에도 불구하고 양지바른 언덕과 시원하게 트인 바다, 그 어디에도 회한의 흔적을 느낄 수 없었습니다.

　이상한 일이었습니다. 애일당 옛터에서 마음이 고이는 것은 도리어 그의 누님인 허난설헌(許蘭雪軒)의 정한(情恨)이었습니다. (중략)

　시대의 모순을 비켜간 사람들이 화려하게 각광받고 있는 우리의 현재에 대한 당신의 실망을 기억합니다. 사임당과 율곡에 열중하는 오늘의 모정에 대한 당신의 절망을 기억합니다. (중략)

　열락(悅樂)은 그 기쁨을 타버린 재로 남기고 비극은 그 아픔을 정직한 진실로 이끌어준다던 당신의 약속을 당신은 이곳 지월리에서 지켜야 합니다.

(출처: 신영복, 『나무야 나무야』)

　수필은 여러분도 도전해 볼 수 있는 갈래 중 하나입니다. 특히 경수필은 지금 당장 종이와 펜을 꺼내 쓸 수 있지요. 아침에 일어나 저녁에 잠들기까지의 일상에서 벌어지는 일을 관찰하고 이를 글로 묘사하면 수필이 됩니다. 친구에게 편지 한 통을 써보세요. 서간 수필이 됩니다. 여행을 하며 느낀 감성을 쓰면 기행 수필이 됩니다.

　경수필의 매력은 쓰는 사람의 주관을 솔직하고 담백하게 쓴다는 데 있습니다. 살아가면서 겪는 수많은 사실을 있는 그대로 표현한 글이기 때문에 나와 비슷한 일을 겪은 사람에게는 그 울림과 공감이 더 크게 마련이지요. 그래서 허구의 서사로 이루어진 소설보다 수필 한 편이 더 감동적으로 다가오기도 합니다. 솔직 담백에 답이 있습니다.

경수필은 누구나 쓸 수 있지만 잘 쓰기 위해서는 몇 가지 주의할 점이 있습니다. 치밀하게 생각하고 짜임새 있게 구성하되 글은 편안하게 써야 합니다. 글을 쓸 때의 치밀한 생각을 독자가 눈치채지 못하게 아주 부드럽고 자연스럽게 써야 하지요.

중수필

중수필은 사회의 보편적인 문제에서 소재를 찾는 묵직한 내용의 수필입니다. 저자의 일상과 주관적인 느낌을 묘사하기보다 객관적인 사상과 철학을 드러내지요. 프랜시스 베이컨이 쓴 에세이가 대표적인 중수필로 평가받고 있습니다.

베이컨은 진리, 죽음, 역경, 여행, 혁신, 사랑, 우정, 예언, 칭찬, 분노 등 삶의 가치에 대해 날카롭게 바라보면서 깊은 생각을 에세이로 정리하였지요. 시간이 흐른 지금까지 그의 글은 많은 사람들에게 사랑을 받고 있습니다.

수필의 형식은 다양합니다. 그래서 때로는 수필은 형식이 없다고 말하기도 합니다. 자신이 말하고자 하는 메시지를 정확하게 전달할 수 있다면 어떤 형식이든 모두 빌려 쓸 수 있기 때문이죠. 결국 수필을 쓸 때에는 부드럽고 자연스럽게 메시지를 전달할 수 있는 방법에 대해 고민을 많이 해야 한다는 의미입니다.

수필은 재미보다는 의미를 담은 글이 많습니다. 깨우침을 던지거나 가슴이 따뜻해지게 하는 그런 글들이지요. 극적이기보다 정적이면서도 울림이 있는 점이 바로 수필의 매력이랍니다.

　　12세기 중국 남송 시대의 문인 홍매(洪邁)가 쓴 문집 『용재수필(容齋隨筆)』이 동양 최초의 수필로 알려져 있습니다. 홍매가 문집 이름으로 수필이라는 말을 처음 쓰고 난 후 많은 사람들에게 알려지게 되었습니다. 『용재수필』은 모두 15권으로 글자 수는 50만여 자에 이릅니다. 서로 관련이 없는 독립된 작은 의견이나 생각을 모아 무작위로 배열해 둔 형식을 따르고 있습니다.

　　문인들의 일화, 공부법 등 개인의 삶에서부터 치국, 통치 등 나라의 살림살이에 이르기까지 여러 분야에 대한 자신의 생각을 기록해 두었지요. 지금 읽어도 여전히 살아 있는 가르침이 있어서인지 번역본이 유통되고 있습니다.

　　『용재수필』이 나온 후 '수시로 자유롭게 쓴 글을 모은 책'은 수필로 불렸고, 17세기에 이르러서는 조선시대 선비들이 문집 대신 수필이라는 책을 쓰기 시작했습니다. 대표적인 작품으로 박지원의 『일신수필(馹汛隨筆)』 등이 있어요.

　　동양의 첫 수필이 『용재수필』이라면 서양에서는 프랑스 철학자이자 작가인 몽테뉴의 『수상록(Essais)』(1580)이 수필의 원조로 불립니다. 수필이라는 형식을 처음 만든 사람이 바로 몽테뉴이지요.

　　수상록의 원제목 'Essais'는 '시도(trials, attemps)'라는 의미를 지니고 있습니다. 몽테뉴는 살아가면서 시도했던 여러 가지 결과가 곧 '나'를 만들어간다고 믿었답니다. 나를 잘 이해해야 상대를 이해하게 되고, 그것이 곧 세상을 이해하는 길이라는 의미겠지요. 욕망, 자만심, 독서, 결혼, 여행, 취미, 죽음 등 한 인간의 차원은 물론 정치, 당파, 권세 등 사회적인 영역에 이르기까지 다양한 주제에 대한 그의 사상과 철학을 엿볼 수 있습니다.

2 책으로 공부머리 틔우기, 서평

서평은 책을 논리적으로 평가하거나 책의 장단점을 파악해 내 가치를 판단하는 글입니다. 한자로는 '書評'이라고 하고, 영어로는 'book review'라고 하지요.

한자의 뜻을 풀이해 보면 책을 공정하게 평가한다는 의미이지요. 영어 'review'는 '다시(re)'라는 접두사와 '견해(view)'라는 명사의 합성어로 '다시 밝히다'라는 의미이지요. 각자의 관점으로 책을 다시 본다는 뜻입니다. 이처럼 서평을 쓰는 행위에는 읽은 사람의 세계관 혹은 가치관을 기준으로 새로운 관점 혹은 견해를 밝힌다는 의미가 담겨 있습니다.

서평은 쓰는 사람에게는 책을 비판적으로 읽고 깊이 이해하는 과정이 되고, 독자들에게는 책에 대한 효과적인 안내자가 되어줍니다. 주요 일간지별로 신간 서적에 대한 다양한 서평을 싣는 섹션이 있고 인터넷 서점 등에도 유명 서평가들의 흥미로운 서평들이 올라오지요. 서평을 전문으로 하는 잡지도 있습니다.

📖 서평과 독후감은 어떻게 다를까요

그렇다면 독후감과 서평의 차이는 무엇일까요. 독후감(讀後感)의 뜻풀이를 해보면 '읽은 후의 느낌'이라는 의미입니다. 즉 책을 읽고 개인적인 느낌이나 감상 혹은 생각 등을 자유롭게 쓰는 경수필이라고 할 수 있습니다.

나의 생각과 느낌을 자유롭게 쓰는 글이기에 개인적이며 일방적인 느낌이 들지요. 그래서 주관적인 의견을 중심으로 쓰게 됩니다. 책을 읽은 사람이라면 누구나 독후감을 쓸 수 있겠지요.

반면 서평(書評)의 한자 뜻풀이를 해보자면 '책을 평가한다'는 의미가 있습니다. 책을 조금 더 객관적인 관점에서 바라보게 되지요. 책을 해석하고 평가해 상대를 설득할 수 있는 근거를 제시하는 공식적인 글입니다.

소설가 김나정은 『서평쓰기의 모든 것』에서 서평을 이렇게 설명합니다. "리뷰는 책을 하나의 상품으로 바라봅니다. 어떤 물건의 사용 후기 정도로 생각하면 좋습니다. 어떤 책을 읽을지 말지, 살지 말지 결정하는 것을 돕습니다. 읽을 만한 책을 골라 그 내용과 장단점을 정리한 글이지요."

서평을 쓸 때 어떤 내용이 꼭 들어가야 할까요. 먼저 책의 서지 정보가 들어가야 합니다. 저자, 번역자, 출판사, 출판 연도 등입니다.

그리고 책의 내용을 잠시 소개합니다. 저자의 이력을 간략하게 소개

	독후감	서평
무엇을 쓰는가	책을 읽고 자유롭게 떠오르는 나의 생각과 느낌 쓰기.	다른 사람에게 책을 논리적으로 소개하기.
어떻게 쓰는가	개인적이고 주관적인 감상을 정리한다.	책의 주제와 핵심 문장을 요약한다. 책의 장점을 부각시키고, 부족한 부분을 지적해 발전 방향과 과제까지 소개한다.
왜 쓰는가	책을 읽고 난 후의 감상을 기록하기 위해서.	책을 해석하고 평가해 상대를 설득하고 근거를 제시하기 위해서.
언제 쓰는가	책을 읽은 후에. 책의 일부만 읽어도 쓸 수 있다.	책을 읽고 조사를 한 후에. 꼼꼼하게 정독하고 책에 대해 조사를 해야 제대로 쓸 수 있다.
누가 쓰는가	책을 읽은 사람이라면 누구나.	책의 가치를 따질 수 있을 정도로 조사를 한 사람.

독후감과 서평의 차이

하면서 강조할 점을 적기도 합니다. 그다음에는 서평을 쓰는 사람의 주장을 쓰고 책의 내용 중에서 근거를 뽑아 제시하는 형식으로 씁니다. 이 과정에서 책의 의미와 가치를 전달할 수 있습니다.

서평을 쓴다고 하고 책의 내용이나 줄거리를 길게 나열하는 경우가 있는데, 이는 바람직하지 않습니다. 책의 주제와 핵심 문장을 압축해서 써야 합니다. 책의 장점을 돋보이게 쓰고, 부족한 부분은 지적해 개선 방안까지 제시할 수 있어요.

📖 서평을 쓰면 좋은 이유 세 가지

공부머리 틔우기

먼저 공부머리가 생깁니다. 1년에 여러 권의 책을 읽지만 시간이 지나면 쉽게 잊어버립니다. 특히 빨리 읽은 책은 더욱 빨리 잊게 되지요. 마치 중간고사 전날 급하게 외워서 시험을 치고 나면 이내 공부한 내용을 잊어버리는 것과 같습니다.

이유는 뇌의 기억 저장 원리에 있습니다. 빠르게 습득한 지식은 뇌의 단기 기억으로 저장이 됩니다. 단기 기억에 저장된 지식을 불러내 되뇌는 과정에서 지식은 장기 기억으로 뇌 깊숙이 오랫동안 자리 잡게 됩니다. 비로소 지식이 지혜로 전환하게 되지요.

서평은 책을 읽는 과정에서 단기 기억에 저장된 지식을 장기 기억으로 옮겨 지혜로 발효시키는 역할을 합니다. 쉽게 잊히지 않을 뿐 아니라 자신의 지식으로 만드는 힘을 얻게 됩니다. 자연스럽게 자기주도 학습을 체험하게 됩니다.

지식 퍼즐 맞추기

인터넷에 넘쳐나는 지식은 마이크로 단위의 작은 조각에 불과합니다. 미세한 조각을 맞춰 온전히 자신의 지식으로 만드는 일에는 시간과 노력이 더 많이 필요합니다. 때로는 지식의 진위 여부를 파악해야 하는 수고도 거쳐야 하거든요. 인터넷 정보가 마이크로 단위의 조각이라면 책은 주제에 집중해 지식의 체계를 잡아서 글로 풀어낸 매크로 단위의 매체라고 할 수 있습니다.

책은 전문가가 하나의 주제를 광범위하게 조사하고 압축해 한 권으로 정리해 둔 것입니다. 지식의 진위 여부를 확인하기도 수월합니다. 어디에서 인용했는지를 밝히고 있어서 믿을 만하다는 의미입니다. 관련 책을 읽어 나가다 보면 지식의 모자이크를 맞추듯이 자신의 지적 영역을 확장할 수 있습니다.

책을 읽으면 저자가 어떤 책을 인용하고 연구했는지를 알 수 있습니다. 좀 더 공부를 해야겠다는 마음을 먹는다면 색인을 참고하고 검색을 해서 독서 목록을 만들고 순서대로 한 권씩 읽어볼 수 있습니다. 그러다 보면 해당 분야의 지식이 촘촘해지면서 깊어지고 폭이 조금씩 넓어지는 느낌을 받게 됩니다.

자신이 써야 할 책의 서평을 준비하면서 관련 책을 찾아 읽다 보면 어느새 책의 장단점이 눈에 들어오게 되지요. 한 차원 높은 서평 쓰기가 가능해집니다.

생각의 씨앗 발견하기

책은 다양한 세계를 간접적으로 경험할 수 있는 매체입니다. 온갖 분야의 책을 읽고 서평을 쓰다 보면 지식을 섞고 익히는 방법을 터득할 수 있습니다.

서평을 쓰기 위해서는 저자의 주장을 파악하고 자신의 생각을 덧붙여야 합니다. 서평의 소재는 이미 출간된 다른 사람의 책이지만, 내가 쓴 서평은 새로운 글이 되는 것입니다. 이 과정에서 새로움을 발견하는 힘을 기르게 됩니다.

새로움을 발견하고 구현하는 일은 바로 창의적인 사고의 출발입니다. 창의적인 발상은 기존에 있던 지식을 바탕으로 만들어지는 것입니다. 스티브 잡스가 전화기, 팩스, 컴퓨터, 카메라, 계산기 등 이미 있던 온갖 기술을 스마트폰 하나에 집약하고 순식간에 세계인의 생활 필수품으로 만든 것이 혁신과 창의적 발상의 대표적 사례이지요. 이처럼 읽은 책을 조사하고 연구해서 쓰는 서평에서부터 새로운 생각의 씨앗이 싹 틉니다.

📖 쓰기 전에 살펴볼 것들

서평을 쓰기 전에 먼저 어떤 책을 읽을지 고르고 책을 읽어야겠지요. 한 권의 책에는 수많은 정보가 담겨 있답니다. 책 제목부터 서지 정보, 저자 소개, 목차, 서문, 후기, 표지 디자인 등 본문을 읽기 전에 살펴봐야 할 것이 많답니다.

책 제목

책 제목을 살피면 책의 내용을 압축해 놓은 주제가 무엇인지 확인할 수 있습니다. 저자가 왜 이런 제목을 달았는지 한번 생각해 보세요. 여러분이 서평을 쓴 후에 제목을 정할 때에도 참고하면 좋겠지요.

저자 소개

주로 책의 날개 부분 혹은 마지막 페이지에 저자의 약력이나 연보 등이 실려 있습니다. 저자에 대해서 추가로 더 조사를 해야겠다고 생각이 든다면, 저자가 쓴 다른 책을 읽어보기를 권합니다. 유명 작가인 경우에는 평론 혹은 자서전 등을 읽어보는 것도 좋은 방법입니다.

목차

책의 구성을 한눈에 파악할 수 있습니다. 소설이 아니라면 거의 대부분 목차만 읽어도 어떻게 주제가 전개되는지 알 수 있습니다.

서문과 후기

저자는 책의 서문에서 왜 책을 쓰게 되었는지, 어떤 내용을 담았는지 등을 자세하게 설명합니다. 그리고 후기에서는 저자가 책을 쓰면서 새로이 발견한 점 혹은 아쉬웠던 점 등을 고백하거나 독자들에게 당부를 남기기도 하지요. 서문과 후기를 읽고 나면 저자가 책을 쓴 의도와 목적 등을 좀 더 분명히 알게 됩니다. 그만큼 내용을 이해하는 데 도움을 얻고 저자에 대한 친밀감도 형성할 수 있습니다.

표지 디자인

표지는 책의 주제를 시각화한 결과물이지요. 표지 디자인만으로 책의 내용을 파악할 수도 있습니다. 표지 디자이너가 책을 읽고 시각적으로 주제와 가장 부합하고 매력적인 디자인을 하기 때문에 표지에는 책의 주제가 선명하게 담기게 됩니다.

📖 책을 읽으면서, 읽고 나서 꼭 해야 할 일

읽으면서 해야 할 일

책을 내 것으로 만드세요. 감동적인 부분은 표시를 해두고 메모를 하세요. 단! 빌린 책이라면 메모지를 이용해야겠지요. 책 표지를 넘기고 여백이 있는 페이지에 독서의 목적을 한번 써보세요. 재미로 읽고 있다(취미), 혹은 세상이 궁금해서(정보), 공부에 보탬이 되거나 지식을 얻기 위해서(학습), 서평을 숙제로 제출하기 위해서(과제), 논문이나 책을 쓰기 위해서(학술) 등 각자 읽는 목적이 다를 수 있습니다.

이렇게 독서의 목적을 적어보면 읽기의 태도가 달라집니다. 서평을 써야 할 때는 꼼꼼하게 정독을 해야 하지만, 논문이나 책을 쓸 때에는 목차별로 필요한 부분만 읽고 발췌해서 자료로 수집할 수도 있습니다.

강조하고 싶은 저자의 주장에 밑줄을 그어보세요. 이 부분이 나중에 다시 읽어볼 대목이 됩니다. 그리고 자신의 의견이나 공감되는 지점을 함께 써두세요. 책에서 한 줄만 건져도 서평을 쓸 때 주제가 될 수 있습니다. 메모하기는 새로운 아이디어를 얻는 데 도움이 됩니다. 때로는 떠오르는 이미지를 간단하게 그려두는 것도 좋습니다.

읽고 나서 해야 할 일

책에 밑줄 친 부분 혹은 메모한 부분만을 골라서 다시 읽어보며 자신의 의견을 보태어 쓸 수 있는 부분이 있다면 독서 노트에 써보세요. 이 과정에서 새로운 지식을 알게 된다면 단어의 개념을 확인하는 게 좋습니다.

영어의 경우에는 구글 등을 활용해서 어원을 확인해 보세요. 개념이 더욱 선명해집니다. 때로는 책에 개념을 정의해 두기도 하니까 이 부분을 명확하게 정리해 두면 책의 주제를 더욱 쉽게 이해할 수 있답니다.

저자에 대한 추가 조사도 필요하겠지요. 저자의 간단한 약력을 확인하고 필요한 경우에는 신문이나 방송 혹은 온라인 서점 등에 실린 저자 인터뷰 등을 찾아 정보를 얻을 수 있습니다. 옛 사람이라면 평전이나 자서

전 등을 찾아 읽어 저자의 일생을 자세하게 파악할 수도 있습니다.

서평을 쓸 때에도 설계도가 필요합니다. 3장을 참고해서 글을 구상해보세요. 브레인스토밍, 마인드맵 등을 이용해서 골격을 짜보면 목차를 만들어낼 수 있습니다. 목차가 나오는 단계에 이르면 서평 쓰기의 절반은 완성되었다고 할 수 있습니다.

📖 전문가의 서평 쓰기 사례

✏️ 예시

서평 제목: 공간 배경 없는 내러티브의 '탄생'
작성자: 김인구, 《문화일보》 기자
책 제목: 말해봐 나한테 왜 그랬어
저자: 김현진, 김나리
출판 연도: 2016
출판사: 박하

형식은 내용을 담는 그릇이다. 형식보다는 내용이 중요하다고 하지만, 제대로 된 형식을 갖추지 않으면 아무리 좋은 내용이라도 빛을 발하기 어려울 때가 있다.

이런 관점에서 이 책은 형식의 중요성을 잘 보여주는 사례다. 우선 선명한 분홍색 표지가 눈에 띈다. 마치 한 권의 서정시집을 연상시킨다. 그런데 제목은 무척 도발적이다. 김지운 감독이 연출했던 영화 〈달콤한 인생〉에서 주인공 이병헌이 극의 말미에 던지는 치명적인 한마디 대사와 같다. "말해봐요, 나한테 왜 그랬어요?"

글의 구성

글의 구성은 더욱 인상적이다. 모두 23장으로 구성돼 있는데, 맨 앞과 맨 뒤의 장을 빼면 21장이 모두 여자 주인공 두 명의 대화로 이뤄져 있다. 그것도 우리에게 너무나 익숙한 노란색의 카카오톡 메시지 형태다. (중략)

줄거리

20대 후반의 커리어우먼 수미는 9년째 사귀던 직장 동료이자 남자친구에게 이별을 통고받는다. 그동안 헤어질 위기가 없지는 않았으나 이번엔 느낌이 다르다. 그에게 다른 여자가 생긴 걸 직감한다. 미련할 만큼 한 남자에 순종적이었던 수미는 모든 걸 순순히 포기하고 남자에게 마지막 작별인사를 고한 뒤 그걸 카카오톡 메시지로 전송한다. 그러나 남자는 이미 휴대폰 번호를 바꿨고 그 번호는 이제 출판사에서 일하는 30대의 민정이 쓰고 있다.

어느 날 새벽 영문 모를 이별 메시지를 받은 민정은 그냥 무시할까 하다가 애처로운 사연에 공감하면서 수미의 일에 참견하게 된다. 이후 수미와 민정은 두 달여간 메시지를 주고받으며 오랜 친구 못지않게 서로의 숨은 과거를 공유한다. (중략)

해석 및 평가

책은 요즘 뜨거운 논란이 되고 있는 여성혐오, 문단 내 성추문 등 한국 사회에서 여성들이 당한 성적 피해에 대해 경종을 울리고 있다. 일상 구석구석에 숨겨진 차별적 요소들을 구체적으로 묘사함으로써 고질적인 남성 중심의 이기와 폭력을 상세히 그려낸다. (중략)

결국 불합리에 대처하는 방법은 직접 행동에 나서는 것이라는 게 저자들의 해석이다. 저자들은 극단적인 방법을 주저하지 않는 소설적 결말을 통해 가만히 있지 말고 나서서 행동할 것을 요청하고 있다. 여자니까 참고 견뎌야 하는 것이 아니라 불편한 것은 불편하

212

> 다고 말하며 왜곡된 문화를 바꿔나가자는 '연대' 촉구의 메시지다. **맺음말** **아마도 저자들이 서문과 맺음말에 적은 글이 이에 대한 해답이 될 듯하다.**

소설가, 칼럼니스트, 편집자, 책방 주인, PD, 기자 등 50명이 쓴 서평집 『한국 소설이 좋아서』에 실린 서평 중 한 편을 골랐습니다. 전문가들이 어떻게 서평을 쓰는지 참고할 수 있는 책이니 여러분도 한번 읽어보기를 권합니다.

서평의 글쓰기 형식은 자유롭다고 할 수 있습니다. 처음부터 잘 쓰겠다는 욕심을 내세우기보다 자신이 책을 읽으면서 어떤 부분에 눈길이 갔는지, 왜 그랬는지를 생각하면서 그 부분을 강조하는 데 집중해 보세요.

다른 사람과 다른 생각을 한다고 해서 틀린 것이 아닙니다. 책을 읽고 느끼는 부분이 제각기 다를 수 있으니까요. 같은 책을 읽고도 인상적으로 느낀 부분은 모두 다르며, 서평 역시 다르겠지요.

자, 이제 여러분들이 써야 할 차례입니다. 친구들이 쓴 서평을 한번 살펴본 후 직접 서평을 써봅시다.

📖 이제 한번 써볼까요

✏️ 예시

서평 제목: '이뻐야만 하는' 현실에 지친 학생들에게 보내는 담담한 위로
책 제목: 세븐틴 세븐틴
저자: 김선희·이송현 외
출판 연도: 2015
출판사: 사계절

TV에서는 하나같이 갸름한 얼굴형에, 뚜렷한 이목구비를 가진 연예인들이 고개를 내민다. 잡지를 펼치면 늘씬하다 못해 삐쩍 마른 모델들이 저마다의 포즈를 취한다. 반면 '못생겼다'고 분류되는 사람들은 그저 매스컴의 비웃음거리로 전락한다. 또한 세상은 그들을 향해 달콤히 속삭인다. 저 성형외과 광고에 있는 예쁜 여자를 보라고, 당신도 몇 번의 칼날이 스쳐간다면 아름답고 빛나는 인생을 살 수 있을 거라고.

이송현의 소설 「턱」은 외모지상주의에 매몰되어 가는 청소년들의 삶을 담아낸다. 우리 주변에서도 흔히 찾아볼 수 있기에, 먼 나라 이야기만은 아니기에 소설의 한 글자 한 글자는 독자의 가슴속으로 깊이 파고든다.

이루고자 하는 꿈에 한 발짝 다가서기 위해, 혹은 다른 사람들의 매서운 시선을 피하기 위해 사회가 원하는 잣대에 자신의 외모를 맞추어야만 하는 가혹한 현실이 그대로 작품에서 표현되는 것이다.

특히 주인공의 세밀한 심리 묘사는 단순히 사회 문제를 지적하는 것에서 끝이 아닌, 청소년들의 마음 깊은 곳까지 어루만져주는 듯한 느낌을 준다. 주인공의 내적 갈등과 감정을 그대로 표현함으로써 청소년들로 하여금 깊이 공감할 수 있게 하는 것이다.

이 책을 거울 속에 비친 자신의 모습이 사회가 요구하는 미의 기준에 부합하지 않는다고 좌절하는 모든 청소년들에게 추천한다. 내면이 아름다운 게 더 중요한 것이니 그저 꿈을 향해 나아가라는 이상적인 말 대신 이 책은 우리가 처한 현실과 고민들을 그대로 담아내기에 더 큰 위로가 된다.

여러분 또래 학생이 쓴 서평입니다. 소설집 『세븐틴 세븐틴』에 실린 이송현 작가의 단편 소설 「턱」을 읽고 쓴 서평입니다. 작가는 예뻐지기 위해서 성형외과 수술을 마다하지 않는 주인공을 통해 우리 사회의 외모지상주의를 꼬집고 있지요. 한 시간 남짓 걸려 쓴 초고입니다. 책 소개, 주제에 대한 자신의 의견, 그리고 독자 추천과 그 이유 등이 간결하게 실려 있습니다.

여기서 조금 보완한다면 이 책의 권위 혹은 명성이나 작가를 소개해주면 좋겠습니다. 온라인 서점 등에서 책과 저자에 대해서 좀 더 자세하게 살펴볼 수 있답니다.

책이 탄생하게 된 배경과 저자의 이력을 간략하게 소개해 주는 것도 좋겠지요. 그러면 독자들이 책과 이 작품을 이해하는 데 도움이 될 것입니다. 이를테면 한 출판사가 1997년 청소년 문학이라는 장르를 개척하기 위해 문학상을 만들었고, 이 책은 대상을 받은 작가들의 작품을 모은 소설집입니다.

다음과 같이 고쳐보았습니다.

✎ 수정 예시

서평 제목: '이뻐야만 하는' 현실에 지친 학생들에게 보내는 담담한 위로
책 제목: 세븐틴 세븐틴
저자: 김선희·이송현 외
출판 연도: 2015
출판사: 사계절

TV에서는 하나같이 갸름한 얼굴형에, 뚜렷한 이목구비를 가진 연예인들이 고개를 내민다. 잡지를 펼치면 늘씬하다 못해 삐쩍 마른 모델들이 저마다의 포즈를 취한다. 반면 '못생겼다'고 분류되는 사람들은 그저 매스컴의 비웃음거리로 전락한다. 또한 세상은 그들을 향해 달콤히 속삭인다. 저 성형외과 광고에 있는 예쁜 여자를 보라고, 당신도 몇 번의 칼날이 스쳐간다면 아름답고 빛나는 인생을 살 수 있을 거라고.

이송현의 소설 「턱」은 외모지상주의에 매몰되어 가는 청소년들의 삶을 담아낸다. 우리 주변에서도 흔히 찾아볼 수 있기에, 먼 나라 이야기만은 아니기에 소설의 한 글자 한 글자는 독자의 가슴속으로 깊이 파고든다.

이루고자 하는 꿈에 한 발짝 다가서기 위해, 혹은 다른 사람들의 매서운 시선을 피하기 위해 사회가 원하는 잣대에 자신의 외모를 맞추어야만 하는 가혹한 현실이 그대로 이야기가 된다.

특히 주인공의 세밀한 심리 묘사는 단순히 사회 문제를 지적하는 것에서 끝나지 않는다. 마치 외모로 고민해 본 청소년의 마음 깊은 곳까지 따뜻하게 어루만져주는 듯하다. 주인공의 내적 갈등과 감정을 그대로 묘사해 청소년들의 공감을 이끌어내기에 충분하다.

『세븐틴 세븐틴』은 사계절출판사가 청소년문학 장르를 개척하기 위해 1997년 제정한 문학상에서 대상수상작을 모은 소설집이다. 시나리오 작가를 거친 덕분일까. 작가 이송현의 작품은 지나칠 만큼 현실적이고 사실적이다.

이 책을 거울 속에 비친 자신의 모습이 사회가 요구하는 미의 기준에 부합하지 않는다고 좌절하는 모든 청소년들에게 추천한다. 저자는 내면이 아름다운 게 더 중요한 것이니 그저 꿈을 향해 나아가라는 이상적인 말로 끝내지 않는다. 우리가 처한 현실과 고민을 그대로 드러내기에 오히려 더 큰 위로가 된다.

또 다른 서평을 한번 볼까요. 프랑스 작가 베르나르 베르베르의 소설 『나무』를 읽고 쓴 서평입니다. 우리나라에서 유명세를 치르고 있는 작가 베르나르 베르베르의 인지도를 시작으로 책 소개 그리고 독자 추천까지 써놓았습니다.

서평 제목: SF소설 입문자를 위한 환상세계
책 제목: 나무
저자: 베르나르 베르베르
번역자: 전미연
출판 연도: 2008
출판사: 열린책들

아마도 우리나라 사람들은 '베르나르 베르베르'라는 이름을 모를 수 없을 것이다. 서점에 가면 베르나르라는 이름을 쉽게 볼 수 있다. 『파라다이스』나 『파피용』 『신』은 우리나라에선 모르는 사람이 없을 정도로 유명한 소설이기 때문이다. 그중에서 나는 베르나르의 『나무』에 관하여 글을 써보려고 한다.

『나무』는 SF단편집이다. 베르나르의 다른 소설이 그렇듯 이 책도 현실에 없을 법한 이야기를 써냈다. 하지만 「수의 신비」나 「황혼의 반란」처럼 현실에 있을 것 같은 이야기들이 섞여 있어서 흥미가 떨어지는 걸 막아준다.

그중에서 「황혼의 반란」은 정말로 현실에 있을 법한 이야기이다. 이 이야기는 노인에게 제공하던 복지를 싹 다 없애고 75세 이상의 노인은 안락사를 시킨다는 법이 제정되는 걸로 이야기가 시작된다.

보통 SF는 세계관도 어렵고 호흡도 길어 독서에 익숙하지 않은 사람이 읽기는 힘들 것이다. 하지만 베르나르 작가의 『나무』는 단편집인 만큼 세계관이 간략하고 내용이 짧아 가볍게 볼 수 있어서 독서 초보자들도 쉽게 읽을 수 있을 것이다.

베르나르 작가는 머리말에서 "이 책은 나의 소설이 탄생하는 과정을 보여준다"라고 하였다. 난 이 말에 동의한다. 이 책은 베르나르의 이야기 전개 방식이 챕터마다 잘 드러나 있다. 쉬운 SF를 찾고 있거나, 베르나르 작가의 작품에 흥미를 느끼는 사람이라면 이 책으로 입문을 해보는 건 어떨까?

평소 독서량이 많은 학생이라고 짐작이 됩니다. 간략한 책 소개와 더불어 책의 주제 그리고 어떤 사람들이 읽으면 좋을지 등을 압축적으로 소개해 두었지요.

한 가지 보완한다면, 첫 문단은 압축해서 간결하게 한두 문장으로 줄일 수 있습니다. 곧바로 책 소개로 들어가도 큰 문제가 없습니다. 그리고 강조하여 소개하려는 「황혼의 반란」에 대한 설명이 툭 끊기는 느낌이 있으므로 이에 대한 내용을 좀더 추가해 보는 것도 좋겠습니다. 다음은 수정해서 다시 정리한 글입니다.

✎ 수정 예시

서평 제목: SF소설 입문자를 위한 환상세계
책 제목: 나무
저자: 베르나르 베르베르
번역자: 전미연
출판 연도: 2008
출판사: 열린책들

『파라다이스』『파피용』『신』을 쓴 프랑스 작가 베르나르 베르베르는 한국에서 베스트셀러 작가로 알려져 있다. 그도 그럴 것이 서점

에서 '베르나르'라는 이름을 쉽게 볼 수 있고, 또 언론에도 자주 등장한다. 그중에서 나는 『나무』에 관하여 글을 써보려고 한다.

『나무』는 SF단편 소설집이다. 그의 전작처럼 『나무』역시 현실에 없을 법한 이야기를 써냈다. 하지만 「수의 신비」나 「황혼의 반란」등은 현실에 벌어질 수도 있을 정도로 낯익다. 그래서일까 이야기가 황당하거나 혹은 흥미가 떨어지거나 하지는 않는다.

「황혼의 반란」은 노인에게 제공하던 복지를 없애고 75세 이상의 노인은 안락사를 시킨다는 법이 제정되는 걸로 이야기가 시작된다. 고령화 사회에서 노인의 안락사는 소설 같은 이야기이지만, 실제로 벌어지는 일이기도 하다. 스위스와 같은 나라에서는 안락사가 합법이기도 하니까.

SF소설은 세계관을 이해하기 어렵고 분량이 많은 탓에 호흡도 길어 평소 책을 많이 읽지 않은 사람들이 읽어내기는 쉽지 않다. 하지만 『나무』는 단편 소설집인 만큼 세계관이 간략하고 내용이 짧아 가볍게 읽을 수 있어서 독서 초보자들도 쉽게 읽을 수 있을 것이다.

베르나르 작가는 머리말에서 "이 책은 나의 소설이 탄생하는 과정을 보여준다"라고 하였다. 책을 읽어 나가다 보면 그 의미를 이해할 수 있다. 베르나르의 이야기 전개 방식이 소설마다 잘 드러나 있기 때문이다.

쉬운 SF소설을 찾고 있거나, 베르나르 작가의 작품에 흥미를 느끼는 사람이라면 이 책으로 입문을 해보는 건 어떨까?

3 정확하고 선명한 정보 전달력, 뉴스 기사

뉴스 기사는 실용글의 으뜸으로 꼽힙니다. 우리 사회에서 벌어지는 수많은 사건 사고 중에서 여론을 좌우할 만한 중요도에 따라 순서를 정해 매일 보도하고 있습니다. 또 우리나라의 경우 포털을 통해서도 쉽게 찾아볼 수 있는 대중 매체이기도 합니다.

뉴스 기사는 복잡한 사건 사고를 한눈에 이해할 수 있도록 간결하고 정확하게 쓴 글이지요. 글의 형식이 간결하면서 논리가 정연해 실용문을 이해하고 글을 쓰는 방법을 터득하는 데 도움이 됩니다.

뉴스 기사의 종류와 기사 쓰기 원칙을 함께 알아봅시다.

📖 뉴스 기사의 종류

뉴스 기사는 크게 사건 사고의 사실 관계 중에서 핵심만 압축해서 보도하는 보도기사(straight)와 이를 보완하는 읽을거리 기사(feature)로 구분할 수 있습니다.

보도기사의 종류로는 국내에서 벌어지는 사건 사고를 알리거나, 정부·기업·시민단체 등이 시의적으로 발표하는 자료를 공개하거나, 국제적으로 관심을 끄는 외신보도를 소개하는 기사 등이 있습니다.

주로 육하원칙에 따라 객관적으로 짧게 작성하고 기자의 주관적인 의견은 쓰지 않는 것을 원칙으로 합니다. 특정한 현상을 이해하기 쉽도록 두괄식으로 짧고 간결하게 편견 없이 작성한 글이어야 합니다.

보도기사만으로는 정황을 이해하는 데 부족하거나 이를 보완할 때 해설기사를 별도로 쓰게 됩니다. 이를 읽을거리 기사라고 합니다.

보도기사 외에는 모두 읽을거리 기사라고 할 수 있습니다. 이를테면 기자가 현장을 체험하면서 쓴 르포*, 기자가 신상품을 사용해 보고 쓰는 후기, 독자의 관심을 끄는 미담기사*, 서평, 만평*, 여행기, 영화평, 문화기사, 칼럼*, 사설* 등이 모두 읽을거리 기사입니다.

보도기사에서 가장 중요한 부분은 시작 글입니다. 보통 언론계에서는 리드(lead)라는 영어식 표현을 자

르포
사회적 문제를 취재하기 위해 현장을 확인하고 서술하는 탐방 기사. 주관적인 견해를 배제하고 객관적인 사실만 서술한다. '르포르타주'라고도 부른다.

미담기사
사회의 밝은 면을 강조하면서 긍정적으로 쓴 기사.

만평
형식에 얽매이지 않고 생각나는 대로 비평하는 형식으로, 그림으로 인물이나 사회를 풍자하는 짧은 만화가 대표적인 사례다.

칼럼
신문 잡지 등의 특별기고. 칼럼(colum)은 기둥이라는 의미로 신문 지면을 건축물에 비유해 칸을 구분해 쓴 글이라고 해서 붙여진 용어다.

사설
신문이나 잡지에서 발행인의 주장이나 의견을 쓰는 논설이다. 무기명으로 쓰는 경우가 많다.

주 씁니다. 보도기사에서 리드를 쓰고 나면 기사의 절반은 썼다고 할 수 있습니다.

독자에게 전달하고자 하는 핵심을 담는 글의 첫 부분은 글을 쓰기 전에 기자가 가장 오래 고민하는 부분입니다. 영어로 리드라고 하는 이유도 여기에 있습니다. 본문을 이끄는 문장이 바로 리드이기 때문입니다.

리드를 쓰고 난 나머지 내용은 리드를 해석하고 출처와 근거를 밝히고 전문가의 견해를 제시하며 글을 마무리하면 됩니다. 그래서 리드는 문장력보다 글의 간결함, 선명함, 명쾌함이 더 중요합니다.

보도기사가 간결함이 생명력이라면 읽을거리 기사는 문장력과 어휘력을 요구합니다. 글의 구성과 전개 그리고 결론 등이 조화를 이루어야 독자를 매혹할 수 있거든요.

📖 기사 쓰기의 원칙 세 가지

기사를 쓸 때 지켜야 하는 원칙으로는 정확(Accuracy), 간결(Brevity), 선명(Clarity) 세 가지를 들 수 있습니다. 미국에서는 단어의 첫 글자를 따서 '기사 쓰기 ABC'라고 부릅니다. 보도기사는 물론 모든 언론, 즉 저널리즘에 등장하는 글에 이 세 가지 원칙을 적용할 수 있습니다.

정확하게 쓰기

기사는 정확함이 생명입니다. 보도 내용 중 하나라도 사실이 아니라면 기사 전체의 신뢰가 무너지게 됩니다. 사실 관계가 틀린 내용을 보도하게 된다면 언론사의 신뢰도에도 치명적이겠지요. 육하원칙은 물론 직책, 사람 이름, 숫자 등 자칫 실수하기 쉬운 부분까지 철저하게 확인하고 써야 합니다.

여기에서 한 가지 더 주의해야 할 점은 한자로 된 단어를 선택할 때 그 뜻을 정확하게 알고 써야 한다는 점입니다. 시험/실험, 보전/보존, 배상/보상, 재현/재연, 지향/지양, 결제/결재, 방증/반증 등이 있습니다.

비슷한 의미이지만 미묘하게 다른 의미로 쓰이는 단어도 있습니다. 장본인/주역/주인공, 효과/영향, 대범/대담 등입니다.

'장본인'은 부정적 의미로 쓰입니다. 나쁜 일을 저지른 사람을 의미합니다. '나라를 망친 장본인' '범죄를 설계한 장본인' 등으로 쓰입니다. '장본인'을 좋은 의미로 썼다가는 독자의 비웃음을 살 수 있습니다. '착한 일을 이끈 주역' '기술 개발의 주인공' 등으로 써야 합니다.

효과/영향도 마찬가지입니다. '효과'는 긍정적인 의미로 주로 쓰이는 반면, '영향'은 긍정적 의미보다는 다소 부정적인 의미에 더 많이 쓰입니다. '부정적 효과'보다는 '부정적 영향'이 정확한 표현입니다.

대범/대담은 어떨까요. '대범'은 성격이나 태도가 사소한 것에 얽매이지 않으며 너그러운 상태를 의미합니다. 포용할 줄 아는 자세라는 의미이지요. '대담'은 담력이 크고 용감한 상태를 말합니다. 이처럼 비슷한 단어이지만 의미에 차이가 있는 단어일 경우에는 정확하게 뜻을 먼저 확인해야 합니다.

간결하게 쓰기

기사를 쓸 때에는 문장을 짧고 쉽게 써야 합니다. 글쓰기에 자신이 없을 때 문장이 길어지기 쉽습니다. 길게 쓰면 주어와 술어가 일치하지 않아 비문이 될 수도 있습니다. 결국 자신이 말하려는 핵심 주장을 명확하게 전달하지 못하게 됩니다.

기사 쓰기에서는 핵심부터 쓰고 세부 내용은 뒤로 넘기는 구조가 대부분입니다. 따라서 아무리 복잡한 내용이라고 해도 압축해서 써야 합니다.

그럼 얼마나 짧게 써야 할까요. 한 문장의 글자 수는 대략 50자 내외가 적절합니다. A4 기준으로 한 문장이 두 줄을 넘지 않도록 써보세요. 무조건 짧은 글이 좋은 글은 아니지만, 기사의 경우에는 독자들이 정확한 사실을 쉽고 빠르게 이해할 수 있도록 해야 하기 때문에 간결하게 써야 합니다. 글이 짧을수록 의미는 강력해지거든요.

문장이 길어져 복문이 되어버린다면 문장을 쪼개서 단문으로 만들어보세요. 국어에서 하나의 문장 안에 '주어-서술어'가 하나인 것을 단문이라고 하고, 두 개 이상인 경우를 복문이라고 합니다.

복문으로 이루어진 문장에서는 맨 뒤에 오는 '주어-서술어'가 쓰고자 하는 중심 생각을 나타내게 됩니다. 그런데 생각나는 대로 쓰다 보면 문장이 길게 늘어질 수 있습니다. 문제는 '주어와 서술어'가 일치하지 않게 되어 자신이 주장하고자 하는 바가 선명하게 드러나지 않게 되지요.

특히 한 문장에 '주어-서술어'가 하나씩 늘어날 때마다 처음 구상할 때의 핵심 주제를 놓치기 쉽습니다. 결국 독자가 이해하지 못하는 글이 되어버립니다. 글을 쓰려는 목적을 이루지 못할 수도 있습니다.

그럼 이쯤에서 잘 쓴 예시와 그렇지 못한 예시를 한번 살펴볼까요.

인간은 상대와 눈이 마주쳤을 때 즉각적으로 알 수 있다. 이 일은 자동적으로 일어나지만, 두 가지 시각 단서를 정교하게 처리해야 가능하다. 눈의 흰자위에서 검은 눈동자의 상대적 위치, 그리고 머리의 방향을 정확히 계산해야 한다. 동물 가운데 눈에 흰자위가 있는 경우는 인간을 제외하고 그리 많지 않다. 그래서 어떤 생물학자는 인간의 흰자위는 사회성을 위해 진화한 것이라고 주장하기도 한다.

(출처: 오성주, 《한국일보》, 2022.4.21.)

간결한 문체로 주제를 풀어 쓴 글입니다. 소통을 위해 3초간 눈을 맞추라는 메시지를 풀어 쓴 글인데요. 소통이라는 목적 달성을 위해 무조건적으로 눈을 맞추라는 강요가 아니라 과학적인 근거로 설득하면서 주제에 다가서고 있습니다.

✎ 예시

메시지 유형 중에 알림형은 Bot이 특정 이벤트에 대해 간단한 알림메시지를 구성원에게 한방향으로 전달하며, 상호 인터랙션은 하지 않는 메시지 유형으로, 알림형은 단순 일반 텍스트만 사용자에게 제공되는 텍스트 메시지와 블록 키트를 활용한 조합형 말풍선으로 구분되어야 한다. 일반텍스트는 Bot이 사용자에게 일반 텍스트 메시지만 전달할 때 주로 사용되는 유형이고, 조합형 말풍선은 다양한 블록들을 조합하여 말풍선 형태로 보낼 수 있는 유형입니다.

(출처: KREW TALK, "올바른 단문과 복문 작성 가이드" 2022.6.22.를 재구성함.)

프로그램 개발자들을 위한 글쓰기 안내문입니다. 위의 문장은 전달하고자 하는 메시지를 긴 문장에 모두 담고 있기에 이해하기 어렵게 되어 있지요. 짧고 간결한 동시에 전달력을 살릴 수 있도록 고쳐볼까요.

→ 메시지 유형 중 알림형은 Bot이 특정 이벤트에 대한 간단한 알림을 전달하는 것을 목적으로 합니다. 구성원들에게 한 방향으로 전달하기 때문에 상호 인터랙션은 하지 않습니다. 알림형은 두 가지로 구분됩니다. 단순 텍스트만 제공하는 일반 텍스트 메시지와 블록키트를 사용한 조합형 말풍선입니다. Bot이 텍스트 메시지를 전달할 때에는 일반 텍스트를 사용하며, 블록을 조합해 말풍선 형태로 보낼 때에는 조합형 말풍선을 쓰도록 합니다.

선명하게 쓰기

글쓰기의 목적은 자신의 생각과 주장을 독자에게 논리적으로 전달하는 데 있습니다. 이를 위해서는 전달하고자 하는 내용을 에둘러 표현하지 않고 곧바로 전달해야 합니다. 마치 어려운 일을 정면돌파하듯 논리에 따라 주장을 곧장 펼쳐야 합니다.

이를 위해서는 내용이 구체적이어야 합니다. 너무 많은 수식어를 쓰는 대신 필요한 수식어만 남겨두는 것도 방법입니다. 필요 없는 묘사는 모두 지워버리면 되겠지요. 만약 '굳세고 건장한 사나이'라고 썼다면 의미가 반복되어 버립니다. 건장하다는 의미에 굳세다는 뜻이 이미 담겨 있으니까요.

신문 기사에 관형어를 자주 쓰면 의미가 모호해질 수 있으니 주의하세요. 만약 히말라야를 묘사한다면 '큰 산'이라고 묘사하기보다 얼마나

큰지를 한눈에 알 수 있도록 구체적으로 써야 합니다.

'히말라야는 에베레스트산을 포함해 8,000m 높이의 봉우리 14개가 모여 있는 산맥이다. 세계의 지붕으로 불리는 이유다'와 같이 구체적으로 쓰세요.

사건 사고, 경제 관련 기사는 위치와 장소 그리고 통계 등 숫자를 밝혀야 하는 경우가 많습니다. 독자가 읽었을 때 궁금증이 생기지 않도록 주의하면서 써야겠다고 마음먹었다면 취재할 때부터 궁금한 것은 모두 질문해야 합니다. 자신이 쓰는 기사의 내용을 철저히 따져보지 않고 대충 넘어가면 쓸 때에도 모호한 표현을 써버리기 쉽지요.

그럼 기사를 한번 볼까요. 다음은 현장에서 취재하는 기자가 쓴 기사의 일부입니다.

✏️ 예시

인라인스케이트를 타고 질주하던 60대 남성이 자전거를 타고 가던 50대 남성과 충돌했다. 자전거를 탄 50대는 숨졌고, 인라인스케이트를 탄 60대는 전방주시 소홀로 금고형의 집행유예를 선고받았다.

6일 뉴스1에 따르면 서울동부지법 형사9단독 전경세 판사는 과실치사 혐의를 받는 문모씨(67)에게 금고 8개월에 집행유예 2년을 선고했다.

사고는 지난해 7월 21일 오전 7시 6분쯤 서울 송파구의 광장에서 일어났다. 50대 남성 이모씨는 머리를 땅에 부딪혀 치료를 받던 중 뇌부종으로 사망했다.

(출처: 이해준,《중앙일보》, 2021.11.6.)

사회면에 실리는 사건 사고 기사 중 하나입니다. 기사의 ABC가 잘 어우러져 있습니다. 육하원칙에 맞춰 어떤 사고가 벌어졌고 그 사고로 인해 어떤 피해가 생겼는지에 관련된 객관적인 사실 관계를 전달하는 데 주력하고 있습니다. 문장 또한 간결합니다.

그럼 여러분 또래 친구가 쓴 기사를 한번 볼까요?

📖 이제 한번 써볼까요

✏️ 예시

제목: 이웃에게도, 나에게도 더 가치 있는 봉사 시간 만들기

"아직도 여덟 시간이나 남았어!"

혹시 여러분도 채워도 채워도 줄지 않는 봉사 시간을 고민한 적 있나요? 혹은 '시간 때우기용' 봉사 활동에 지치셨나요? 중고등학생이라면 누구나 한 번쯤은 고민해 봤을 봉사 활동에 대해서 몇 가지 유용한 '팁'을 알려드리고자 합니다. 같은 시간을 하더라도 좀 더 의미 있고 재미있게, 재능을 살려서 할 수 있다면 더 좋겠지요?

먼저 외국어에 관심 있는 학생들이라면, 통·번역 봉사나 영어 동화책 읽어주기를 추천합니다. 다양한 NGO 단체에서 편지 번역 봉사를 진행하고 있고, 온라인 사이트에서 외국인들의 글을 한국어로 번역해 주는 프로그램도 있습니다. 영어 동화책 읽어주기 같은 경우에는 국립어린이청소년도서관에서도 운영하고 있습니다. 어린이 열람실에서 꼬마 친구들에게 실감나게 영어 동화책을 읽어주면 영어 실력도 한 뼘 더 자라고, 인성적으로도 많이 성장할 수 있을 것입니다.

'역사라면 내가 1인자!'라고 자부하는 학생들이라면 문화유산 해설 봉사 활동이 적성에 맞을 것입니다. 약 6개월에서 1년 정도의 교육 기간을 거치면 자랑스러운 우리 문화를 알리는 멋진 학생

문화해설사가 될 수 있습니다.

미래의 슈바이처가 꿈인 학생들에게는 심폐소생술 교육과 병원 보조 봉사활동이 좋은 경험이 될 것입니다. 소중한 생명을 살릴 수 있는 심폐소생술도 배우고, 미리 병원에서 간단한 업무를 체험해 보는 시간은 훗날 의료인이 되었을 때 좋은 밑거름이 될 것입니다.

봉사활동도 하면서 내 재능을 마음껏 발휘하고자 한다면, 이러한 다양한 프로그램에 참여해 보는 것이 좋은 기회가 될 것입니다. 이웃에게도, 나에게도 더 가치 있는 '한 시간'이 되기를 바랍니다.

방송용으로 쓴 읽을거리 기사입니다. 봉사활동을 어떻게 하면 효과적인지를 소개하고 있습니다. 재능도 살리고 봉사활동도 할 수 있는 다양한 사례를 보여주고 있지요. 간결하고 흥미롭게 기사를 작성했습니다.

4

사람 사는 이야기, 인터뷰

이야기 중에 가장 재미있는 이야기는 사람 사는 이야기라는 말이 있습니다. 고난을 극복하고 멋진 꿈을 이룬 과정, 사회적으로 높은 지위에 오르고 부를 이룬 이들의 성공담, 어려운 환경에서도 사회 공동의 선(善)을 퍼뜨리는 이름 없는 자선 사업가의 굳은 의지 등 사람마다의 살아온 궤적 속에 인생의 소중한 가치관이 스며들어 있어 감동을 전합니다. 또 어떤 분야를 선도하는 인물이나 전문가의 인터뷰는 일반인들이 미처 몰랐던 지식과 통찰을 전해줍니다.

인터뷰에는 그 사람의 인생에서 겪은 희로애락이 담겨 있습니다. 우리모두가 비슷한 삶을 살아가고 있기에 이에 대한 공감이나 감동이 크죠. 사업에 실패한 사업가의 반추 등 그들의 솔직한 심경을 담은 인터뷰에도 우리 마음은 움직이기도 합니다. 인간은 늘 실패하면서 배우는 존재니까요.

인터뷰는 글의 소재를 사람들에게서 얻는 가장 쉬운 방법입니다. 말로 하지 않으면 알 수 없는 사람들의 속마음을 털어놓게 하지요. 기자처럼 취재로 사실 관계를 확인하는 직종은 물론 작가, 연구자, 기획 및 마케팅 전문가 등 사람들의 인생과 그 의미 등을 깊이 탐구하거나 새로운 아이디어를 찾는 일을 하는 사람이라면 누구나 할 수 있지요.

특정한 개인이나 집단을 만나 이야기 나누고 정보를 얻는 사람을 '인터뷰어(interviewer)'라 하고, 이러한 인터뷰를 받는 사람을 '인터뷰이(interviewee)'라고 합니다.

인터뷰의 종류도 다양합니다. 일대일 밀착 인터뷰, 한 가지 주제를 놓고 서너 명이 모여서 이야기를 하는 과정에서 자연스럽게 아이디어를 찾아내는 포커스 그룹 인터뷰(초점집단면접) 등이 있습니다. 이는 사회과학 분야의 연구 조사 방법 중 하나이기도 합니다.

상대방을 직접 만나서 이야기를 듣는 면담도 있지만, 이메일이나 원격 화상 시스템을 이용해 비대면으로 인터뷰할 수도 있겠지요.

📖 인터뷰 준비하기

낯선 사람과 만나 그의 생각을 온전히 듣기 위해서는 미리 준비를 해두어야 할 것이 있습니다.

날짜 정하기

인터뷰를 성사시키기 위한 첫 시도입니다. 이메일, 전화, 대면 등으로 인터뷰의 목적을 밝히며 인터뷰 대상자의 일정에 맞춰 날짜를 정합니다.

질문지 보내기

짧은 시간에 많은 이야기를 할 수 있도록 궁금한 점을 미리 정리해서 보냅니다. 이때 사진 촬영을 할 예정이라면 미리 알려주는 게 좋겠지요.

관련 정보 찾기

인터뷰 주제와 그 인물에 관한 정보를 미리 찾아서 확인해 두어야 짧은 시간에 많은 이야기를 들을 수 있습니다. 상대방이 말하는 내용을 재빠르게 이해하려면 사전 공부가 필요합니다. 상대방이 특정 분야의 전문가라면 대화를 자연스럽게 이끌어나가기 위해서라도 기초적인 지식을 갖추고 가야겠지요. 대화가 잘 된다는 느낌을 받을 때 상대방은 마음을 열고 본격적으로 더 많은 이야기를 하게 된답니다.

미리 가서 확인하기

약속 장소에 미리 가서 인터뷰하기 적합한 환경인지를 확인해야 합니다. 조명, 소리는 물론 좌석 방향도 미리 점검해 두면 좋겠지요.

📖✍️ 인터뷰하기

녹음과 촬영은 사전 동의를 구하기

사진 촬영을 하거나 인터뷰 내용을 녹음할 때 상대방의 동의를 구해야 합니다. 특히 녹음을 할 때 사전 동의를 구하지 않으면 나중에 문제가 될 수도 있습니다. 비밀 취재를 하지 않는 이상 윤리적인 문제가 생길 수 있으니 미리 동의를 구해야 합니다.

자연스러운 분위기 연출하기

인사를 나눈 뒤 어떤 질문을 처음 해야 할까요. 정답은 없습니다. 다만 자연스럽고 편안한 주제로 시작하면 좋습니다. 이를테면 날씨, 계절 등 소소한 일상을 주제로 시작해서 조금 분위기가 무르익으면 본격적으로 오늘 만난 이유를 설명하고 구체적인 질문을 시작하는 편이 좋겠지요.

듣기에 집중하기

인터뷰를 진행하는 사람은 듣기에 집중해야 합니다. 필기를 하는 데 집중한다면 주제를 확장하기 어렵습니다. 한 번의 만남으로 가능한 많은 이야기를 하게 해야 한다면 더욱 듣기에 집중해야 합니다. 그래야 질문받는 사람인 인터뷰이가 경계심도 줄이고 마음을 열게 될 테니까요.

미리 보내둔 질문지에 맞춰서 인터뷰이가 이야기 보따리를 풀어내고 있는데, 인터뷰어가 이야기에 집중하지 않으면 준비했던 말이 절반으로 줄 수도 있습니다.

이야기 도중 다시 질문을 만들어 되물어보는 과정을 시도하는 것도 좋은 방법입니다. 질문지를 벗어난 이야기로 주제가 확장될 테니까요.

상대방의 눈높이에 맞는 언어를 쓰기

"상대의 눈높이에 맞추라" 《한국일보》 창업자 장기영 씨가 한 말입니다. 상대방과 진솔한 대화를 하려면 그들이 쓰는 말투로 이야기를 하고, 또 그들처럼 행동해야 한다는 의미입니다. 어린이를 인터뷰할 때와 고등학생을 인터뷰할 때 사용하는 어휘나 말의 톤은 당연히 달라야겠지요.

📖✍ 인터뷰 내용 작성하기

정리해 둔 취재 수첩을 꺼내서 기사를 작성할 시간입니다. 가장 핵심적인 주제를 제일 위에 쓰는 두괄식이나, 주변 상황을 설명하고 만나서 인터뷰했던 사람의 이야기를 녹여내는 형식 등 상황에 따라 적절한 방식으로 글을 쓰면 됩니다. 또 인터뷰는 대화체, 설명체 등 여러 가지 문장 형식을 활용할 수 있어 다채로운 글이 나올 수 있답니다.

인터뷰 내용을 글로 쓸 때 주의해야 할 몇 가지 사항을 정리해 볼까요.

구어체 그대로 기사 쓰지 않기

인터뷰를 할 때에는 편안하게 대화를 나눕니다. 하지만 구어체를 그대로 문장으로 옮겨서는 안 됩니다. 적합한 단어나 용어로 바꿔 써야 합니다. 그렇다고 인터뷰이의 말을 왜곡하라는 이야기가 아닙니다. 혹시 내용이 바뀔 가능성이 있을 경우에는 상대방에게 확인해야 합니다.

질문보다 대답 중심으로 쓰기

인터뷰를 할 때 건넨 질문보다 상대방의 대답 중심으로 써야 합니다. 가끔 현장에서 명쾌한 답변을 이끌기 위해 질문을 길게 하는 경우도 있지만 지면에는 질문을 굳이 길게 쓰지 않아도 됩니다. 독자는 인터뷰 당사자의 목소리를 듣고 싶어 하니까요.

주제를 일관되게 이끌기

인터뷰를 할 때 만난 목적이 있었습니다. 따라서 글을 쓸 때 그 목적을 달성하기 위한 주제로 글을 이끌어가야 합니다. 한 편의 글에 하나의 주제를 이끌기 위해 질문의 순서를 조금 변경해도 괜찮습니다. 대신 글의 흐름이 주제에 어울리게 자연스럽게 유도합니다.

전문가의 인터뷰 글을 함께 읽어볼까요.

📖 전문가의 인터뷰 쓰기 사례

✏️ 예시

제목: "좋은 콘텐츠는 창작자의 포용 공간에서 싹튼다" 사장 송은이의 일

이제 웃음은 '공공의 선'이다. 악랄하게 웃기면 웃으면서도 죄책감이 든다. 송은이는 영리하다. 그는 혼자 웃는 대신 함께 웃는 것을 택했다. 기울어가는 코미디업계에서 '혼자 살겠다고 바둥대는 대신' 겁 없이 판 벌이고, 반짝이는 후배들을 불러모았다.

방송국이라는 거대 비행장에서 팟캐스트로, 유튜브로, 웹예능으로 미디어를 가볍게 바꿔 타면서 송은이는 언제든 스스로 날아오를 수 있는 날개를 달았다. (중략)

기획과 소통의 귀재인 송은이는 현재 TV예능, 웹예능, 유튜브, 팟 캐스트, 음원 등을 만드는 회사인 콘텐츠랩 비보와 매니지먼트 회사인 미디어랩 시소를 이끄는 안정된 CEO다. 셀럽파이브에서 시작한 음악 비즈니스 자회사 '비보웨이브'도 순항 중이다.

뉴미디어 예능의 흐름을 만들고 있는 '송사장'을 만났다. (중략)

–은이라는 이름의 뜻이 뭐죠?

"(활짝 웃으며)제가 73년생인데, 당시에 3만 원이라는 거금을 주고 저희 아빠가 작명소에서 지은 이름이에요. 은혜 은(恩)자에, 이것 이(伊)자, 풀이하면 '은혜로운 이것'입니다. 아빠는 중국의 강 이름 이라는데… 그보다 저는 이름에 동그라미가 두 개 들어가서 좋아 요. '은이'라고 부르기만 해도 기분이 동글동글해지잖아요. 최근에 JTBC 예능 〈마녀 체력〉에서 농구도 하고 있는데, 어릴 때부터 공 놀이도 좋아라 했고요."

태생이 동그라미여서였을까. 각지지 않은 몸, 모나지 않은 말투 는 격변의 일터에서도 그를 동그랗게 굴려 유연하게 착지하도록 만들었다. (중략)

–코미디언으로서는 자신을 어떻게 평가하나요?

"잘 못 했죠. 유행어도 없고 크게 웃기지도 못했어요. 코미디 연기 잘하는 친구들은 따로 있어요. 숙이, 봉선이, 영미, 신영이 같은 후 배들 보면 경이로워요. 많이 부럽죠(웃음). 그런 천재들을 보면서 깨달았어요. 내가 바라는 것과 내가 잘하는 것은 다르구나. 대신 저는 순발력과 말재간이 있고, 사람에 대한 호기심이 많았어요. 저 자신을 한 발짝 떨어져서 보면 나름의 '성장 포인트'가 있는데, 그게 일반인과 하는 교양 프로였어요. 〈느낌표〉 〈우리 아이가 달 라졌어요〉 〈좋은 나라 운동본부〉… 일반인 인터뷰는 방송인과 예 능 티키타카 하는 것보다 몇 배는 더 힘든데, 저는 신기하게 그런

게 더 재밌더라고요." (중략)

─사업이라는 상황극은 어떤가요?

"평생 출퇴근이라고는 해본 적이 없는데, 어느 날 직원들이 저를 대표님이라고 부르며 결재를 기다리는 상황이죠(웃음). 다행히 지금은 사장이라는 롤에 좀 익숙해졌어요."

회사가 커가는 과정에서 극강의 노동을 경험했다고 했다. "대표님 어디 가세요?" "대표님 어디로 갈까요?" 사장인 자기가 결정을 안 내리면 나아갈 수가 없었다. 그렇게 책상 하나 마이크 한 개에서 시작했던 일터가 이제 상암동 사옥 시대를 앞두고 있다.

"밥 먹으러 다닐 때마다 1년 동안 '어디 좋은 데 없나?' 탐색하다 마당이 있는 고물상 주택을 발견했어요." 이제 촬영하러 장비 싸들고 다니지 않아도 된다고, 큰언니 같은 미소를 지었다. (중략)

─스스로 없던 일자리를 스스로 만들어냈다는 데 자부심이 있지요?

"2015년에 코미디언 중 제일 앞에서 뉴미디어를 실험해 본 건 행운이죠. 전통적인 무대가 우릴 필요로 하지 않아도 우리가 나서서 할 수 있다… 새 시대가 열렸다고 떠드니까 자극받아 도전한 친구들이 많아요. '피식대학'도 그렇고 '투맘쇼'도 그렇고. "너네끼리 해봐라" 힘을 주면, 알아서 팟캐스트로 유튜브로 무대로 쭉쭉 나갔어요.

"선배님 이거 어떻게 해요?" 물어오면 전 무조건 "차 마시자" 그래요. 제 노하우를 어서 빨리 나눠주고 싶어서(웃음). 다행히도 저는 혼자서 힘겨운 변곡점을 지날 때도 그걸 잘 몰랐어요. 한참 지나고 나서야 깨닫고는 했죠. 큰일을 쉽게 벌일 수 있었던 건, 어릴 때 집안 분위기 덕이라고 봐요. 아버지는 '여자라서 하지 말라'는 게 없었어요. 가세가 기울어도 부모님 두 분 다 손 걷어붙이고 뭐라도 즐겁게 하자는 분위기여서, 가난한 줄도 모르고 컸어요."

─마지막으로 어떤 식으로든 인생에서 막다른 전환기를 맞고 있는 분들에게 조언을 부탁합니다.

"후배들에게 종종 하는 말인데요. 해 지면 자고 해 뜨면 일어나듯, '생각나는 걸 일단 해보라'고 해요. 아이들 교육할 때도 '자기를 다치게 하는 위험한 짓만 아니면' 많은 시도를 허용하라잖아요. 어른도 마찬가지예요. 생각에만 빠져 있는 게 사실 가장 위험해요. 죽을 정도만 아니면, 다 경험으로 저장되고 쓰이더라고요. 찰리 채플린이 그랬다면서요? 인생은 가까이서 보면 비극 멀리서 보면 희극이라고. 저는 이제 그 말이 완전히 이해가 됩니다. 자기가 어떤 상황극 속에 있다고 생각하고 떨어져서 보면, 좀 힘을 빼고 웃게 되더라고요(웃음)."

시간이 지날수록 인생이 옳고 그름으로 짠 '시시비비'가 아니라 슬픔과 웃음으로 이어진 '희희비비'의 날들임을 일깨워주는 송은이. 성실하게 웃음의 공간을 창조해 내는 멋쟁이 희극인들이 고맙다.

(출처: 김지수, 《조선비즈》, 2022.2.26.)

인터뷰 기사의 첫 부분에는 왜 그를 만났는지 목적을 밝히고 있습니다. 최근에 이슈몰이를 하는 사람이 주로 대상이 될 수 있습니다.

위의 기사는 일문일답으로 쓴 형식입니다. 기자가 질문을 하면 인터뷰이가 대답을 하면서 이야기를 전개해 나갑니다. 미리 질문지를 전해서 준비를 할 수 있는 배려를 하기도 하지만 때로는 현장에서 즉흥적으로 질문을 하는 경우가 더 많아요. 인터뷰이가 이야기하는 과정에서 궁금증이 생기는 부분을 기자가 더 파고들어 자세하게 물어보게 되어서지요.

인터뷰 기사의 말미에는 기자의 주관적인 평가를 쓸 수도 있지만, 상황에 따라서는 쓰지 않을 수도 있어요. 전체적인 기승전결을 보면 왜 이 사람을 만났는지를 쓰고 그와 만나 들었던 이야기 중에서 독자들이 관심 있을 만한 내용을 압축해서 질문과 대답을 정리한 후 총평을 쓰면 인터뷰 기사 한 편이 완성됩니다.

📖 이제 한번 써볼까요

어린 시절 학교에서 신나게 그리고 자신 있게 손 들고 발표했던 기억이 한 번쯤은 떠오를 겁니다. 그런데 성장하면서 청소년기에 이르면 나를 드러내는 게 쑥스럽고 겸연쩍게 느껴질 수도 있습니다. 한편 성장하면서 정체성이 뚜렷해야 한다는 조언을 많이 듣게 됩니다. 어떻게 해야 할까요.

글쓰기는 자신이 어떤 생각을 하는지 그리고 무엇을 좋아하는지를 알게 되는 손쉬운 방법입니다. 대표적인 글이 나와의 대화입니다.

중고등학교를 찾아가 학생들과 글쓰기 수업을 하면서 '나를 인터뷰하다'라는 주제로 학생들이 글을 쓰게 해 좋은 반응이 얻었던 기억이 납니다.

'나를 인터뷰하다'는 자신이 무엇을 좋아하는지 혹은 지금 어떻게 살고 있는지 등을 물어보면서 스스로를 돌아보는 시간이기도 했습니다. 이 수업을 통해 학생들은 자기소개서와 같은 글을 쓸 때에도 무엇을 써야 할지에 대해 더 생각할 수 있게 되었다고 후기를 남겨주었답니다.

실제로 나를 인터뷰하면서 글로 정리해 보면 자신이 무엇을 좋아하는지 알 수 있게 됩니다. 교내 활동을 할 때에도 구체적으로 어떤 점이 좋았는지를 생각해서 정리할 수 있는 힘이 생긴답니다.

서평, 독후감 등 평가를 위해 제출해야 하는 글을 쓸 때에도 효과를 발휘하지요. 이를테면 책을 읽고 자신이 감동적으로 느꼈던 부분을 떠올리고 왜 그 부분이 감동적이었는지 다시 한 번 더 생각해서 글로 옮기게 된답니다.

'나를 인터뷰하다'를 주제로 또래 학생이 쓴 인터뷰 예시를 소개합니다. 좋아하는 과목과 진로 선택, 학습 방법 등 기본 질문에 답하는 형식으로 작성하였습니다.

✏️ 질문 예시

- 좋아하는 과목이 있나요? / 왜 좋아하나요? / 언제부터 좋아하게 되었나요? / 어떻게 좋아하게 되었나요?
- 좋아하는 과목을 대학 전공으로 생각해 본 적이 있나요?
- 주로 언제 공부하나요?
- 어떻게 공부하나요? 왜 그런 방법을 쓰나요?
- 중학생의 멘토가 된다면 가르쳐주고 싶은 공부법이 있나요?

제목: 암기력 없는 내가 역사를 가장 좋아하는 까닭은?
   역사 교사를 꿈꾸는 나를 만나다

Q: 가장 좋아하는 과목은 무엇인가요?

A: 저는 역사(한국사)를 가장 좋아합니다. 중학교 2학년 때 역사 선생님께서 담임이셨어요. 선생님은 좋은 분이시고 수업 시간에 설명도 재밌게 하셨거든요. 그래서 역사가 저절로 재밌게 느껴졌어요.

Q: 좋아하는 과목을 대학 전공으로 생각해 본 적 있나요?

A: 당연하죠. 역사에 흥미가 있다 보니 역사교육과로 진로를 정하게 되었어요.

Q: 교사가 되고 싶은 이유가 있나요?

A: 담임선생님께서 이야기를 잘 들어주셨어요. 저는 평소에 마음 속에 있는 이야기를 타인에게 잘 하지 못하는데 선생님한테는 제 이야기나 고민을 말했어요. 시간이 지나고 보니 선생님께 정말 감사하다는 마음이 커졌어요. 그래서 선생님 같은 교사가 되고 싶었습니다.

Q: 주로 언제 공부하나요? 어떻게 공부하나요?

A: 역사 공부는 주로 시험 기간이나 주말에 해요. 시험 기간에는 시험 부분을 혼자 공부하며 흐름을 잡아요. 그러면서 이해가 안

되는 부분은 인터넷 강의를 들어요. 주말에는 책을 읽으며 흐름을 다시 정리하는 거죠. 책을 읽으면 기억에 오래 남아서 세부적인 내용을 암기할 수 있어요.

Q: 중학생의 멘토가 된다면 가르쳐주고 싶은 공부법이 있나요?
A: 역사는 흐름이 가장 중요하기 때문에 중학생 때는 흐름을 암기하고 정리하는 것이 가장 중요하다고 생각해요. 고등학교에 오면 '한국사'라는 과목으로 중학생 때 배운 내용을 다시 공부를 하는데 그때 세부적인 암기를 하면 돼요. 흐름을 암기하는 것만으로도 한국사 모의고사는 잘 볼 수 있어요.

나는 고등학교 1학년에 재학 중이다. 나는 역사 교사의 꿈을 이루기 위해 학교에서 여러 가지 활동을 하고 있다. 역사 관련 체험학습, 글쓰기 강의 등에 참가했다. 나의 앞날을 응원한다.

인터뷰 내용을 글로 쓸 때 누구를 인터뷰하는지, 왜 인터뷰하는지를 첫 문단으로 쓰는 것이 바람직합니다. 위의 예문에서는 마지막에 쓴 부분을 첫 문단으로 올리는 게 좋겠지요. 다음은 수정한 글입니다.

제목: 암기력 부족한 내가 역사를 가장 좋아하는 까닭은?
역사 교사를 꿈꾸는 '나'를 만나다

나는 고등학교 1학년이다. 많은 학생들이 진로를 결정하지 못해 고민하는데 운 좋게도 나는 일찌감치 진로를 선택했다. 역사 교사가 되고 싶다. 나는 꿈을 이루기 위해 학교에서 역사 관련 체험 학습, 글쓰기 강의 등에 참가하면서 역사 교사로서의 자질을 키워가고 있다. 어떻게 진로를 선택했는지 그리고 그 과정에서 무엇을 배우고 느꼈는지 알아보기 위해 '나'를 만났다. 나의 앞날을 응원한다.

Q: 가장 좋아하는 과목이 무엇인가요?

A: 저는 역사(한국사)를 가장 좋아합니다. 중학교 2학년 때 역사선생님께서 담임이셨어요. 선생님께서 수업 시간에 설명을 아주 쉽고 재밌게 하셔서 저절로 역사가 좋아졌어요.

Q: 좋아하는 과목을 대학 전공으로 생각해 본 적 있나요?

A: 당연하죠. 역사에 흥미가 있다 보니 역사교육과로 진로를 정하게 되었어요.

Q: 혹시 교사가 되고 싶은 특별한 이유가 있나요?

A: 담임선생님께서 큰 힘이 되어주셨어요. 저는 평소에 마음속에 있는 이야기를 다른 사람에게 쉽게 털어놓지 못하는데 선생님께

제 고민을 말씀드렸어요. 시간이 지나고 보니 저의 이야기와 고민을 들어주신 선생님이 정말 고맙더군요. 그래서 선생님과 같은 교사가 되고 싶었습니다.

Q: 주로 언제 공부하나요? 어떻게 공부하나요?

A: 역사 공부는 주로 시험 기간이나 주말에 해요. 시험 기간에는 시험 부분을 혼자 공부하며 흐름을 잡아요. 그러면서 이해가 안 되는 부분은 인터넷 강의를 들어요. 주말에는 책을 읽으며 사건의 흐름을 다시 정리하죠. 특히 책을 읽으면 기억에 오래 남아서 세부적인 내용도 쉽게 외워져요.

Q: 중학생의 멘토가 된다면 가르쳐주고 싶은 공부법이 있나요?

A: 역사는 흐름이 가장 중요하기 때문에 중학교 과정에서는 역사적 흐름을 이해하고 정리하는 것이 가장 중요하다고 생각해요. 고등학교에 오면 '한국사'라는 과목으로 중학생 때 배운 내용을 다시 공부하는데 그때 세부적인 내용을 암기하면 돼요. 흐름을 잡고 있는 것만으로도 한국사 모의고사는 잘 볼 수 있거든요.

5

전략적으로 설득하기,
자기소개서

자기소개서는 나를 다른 사람에게 알리기 위해서 쓰는 글입니다. 어떻게 하면 나를 돋보이게 할까에 집중하면서 쓰는 글이지요. 하지만 학생들은 자기소개서 쓰기를 무척 어려워합니다. 자신의 위치가 정확히 어디인지 잘 모르기 때문입니다. 평소에 쓰지 않는 형식의 글인 데다 A4 2장 정도에 학업 성과, 참가했던 활동, 가치관 등을 압축해야 하니 어려운 게 당연합니다.

자기소개서는 보통 대학 입학할 때 혹은 취업할 때 주로 쓰지만, 요즈음은 고등학교 입시를 준비하는 학생들도 쓴다고 하더군요.

그런데 혼자 쓰기 어렵다고 자기소개서를 써주는 전문 업체에 맡기는 경우도 있다고 해요. 다른 사람이 쓴 자기소개서는 읽는 사람이 금방 알 수 있답니다. 어른들이 쓰는 단어와 여러분이 쓰는 단어가 다를 뿐만 아니라 표현법 등에서 차이가 나거든요. 그러니 문장력이 부족하다고 누군가에게 맡긴다면 그것은 돈만 낭비하는 어리석은 행동입니다.

지금부터 자기소개서 쓰는 방법을 알려드리겠습니다.

📖✍️ 무엇을 듣고 싶어 하는지 파악하자

자기소개서는 전략적인 설득 글입니다. 쓰는 목적이 분명하지요. 나를 선택해 달라고 상대를 설득하는 데 집중해야 합니다. 물론 무작정 나를 뽑아달라고 떼쓰는 게 아니라 내가 어떠한 분야에 관심을 두고 교과목 공부를 했으며, 동아리 활동 등 교과목 외의 측면에서도 능력을 키우기 위해 충분히 활동해 왔다는 사실을 정리해야 합니다.

학업에 기울인 노력, 그리고 세상을 바라보는 시선과 공동체를 위한 나눔과 배려를 배웠다는 인성적인 측면에서 자신의 장점을 소개하는 데 집중해야 합니다.

자기소개서는 학생들의 문장력이나 표현력을 보는 글이 아닙니다. 학교를 다니면서 얻었던 경험, 그 과정에서 배운 능력과 지식, 성취감과 자신감, 배려와 협력심 등을 드러내는 글입니다.

자기소개서는 주로 평가를 위해 쓰는 글이기 때문에 상대방이 원하는 내용을 써야 합니다. 대학 입학 때 쓰는 자기소개서는 고등학교에서 쌓아온 지식과 활동을 드러내는 형식으로 써야 하고, 취업 준비를 위해서는 이 회사에 적합한 인재상이라고 강조하는 데 집중해야 합니다.

대학 입시에서 입학사정관전형(학생부종합전형)에 지원할 때 자기소개서는 배점이 가장 높은 항목입니다. 따라서 압축적이고 간결하면서도 선명한 글이 평가자의 눈에 더 띄겠지요.

자기소개서는 블록놀이와 같아요. 블록놀이는 만들고자 하는 대상에 따라 내용물이 다르지요. 이를테면 로봇을 주제로 한 블록 세트에는 로봇을 만드는 데 필요한 작은 조각들이 들어 있고, 건축물을 만드는 블록놀이의 경우에는 건물을 짓는 데 필요한 조각으로 이루어져 있어요.

자기소개서는 학생의 관심 분야(주제)에 맞춰 성장 과정과 잠재력(블록)을 표현해 나가야 합니다. 문장력 대신 무엇을 어떻게 했는지에 대한 내용에 집중해야 합니다. 평가자들이 학생의 학업 성취도와 잠재력 그리고 성장 가능성을 한눈에 파악할 수 있다면 좋은 점수를 얻을 수 있습니다.

📖 내가 무엇을 좋아하는지 생각하자

자기소개서는 중학교 1학년 때부터 준비해야 한다는 게 전문가들의 공통된 의견입니다. 초등학교 때부터 시작한 다양한 체험학습을 통해 나의 관심 분야를 찾는 데 집중하세요. 이때 관련 기록을 한곳에 모아 두세요.

이렇게 쌓인 자료를 이용해 중학교 1학년 1학기를 마치고 자기소개서를 써보는 겁니다. 학기가 끝날 때마다 첨삭을 해나가면 실제로 자기소개서를 써야 할 긴박한 상황이 닥쳐온다고 해도 일주일이면 너끈하게 끝낼 수가 있답니다.

아울러 생활 기록부의 성적, 학습 플래너 발표 내용 등 학교에서 준비해 놓은 자료를 바탕으로 구성해야겠지요. 자기소개서의 형식은 주제 글, 활동 정보, 활동 내용 등으로 구분해서 쓸 수 있습니다.

📖 자기소개서 공통 양식

이제 본론으로 들어가서 자기소개서 쓰는 요령을 알려드릴게요. 아래는 교육부에서 지정한 자기소개서의 공통 양식입니다.

〈자기소개서〉

1. 고등학교 재학 기간 중 자신의 진로와 관련하여 어떤 노력을 해 왔는지 본인에게 의미 있는 학습 경험과 교내 활동을 중심으로 기술해 주시기 바랍니다. (띄어쓰기 포함 1,500자 이내)

> 입력하세요

2. 고등학교 재학 기간 중 타인과 공동체를 위해 노력한 경험과 이를 통해 배운 점을 기술해 주시기 바랍니다. (띄어쓰기 포함 800자 이내)

> 입력하세요

3. 〈자율 문항〉 필요시 대학별로 지원 동기, 진로 계획 등의 자율 문항 1개를 추가하여 활용하시기 바랍니다. (띄어쓰기 포함 800자 이내)

1번 문항: 학습 경험

첫 번째 관문은 학습 경험에 관한 주제로 가장 중요한 부문입니다. 이 문항은 지망한 대학의 학과에서 본격적으로 공부할 능력과 자세를 갖추었는지를 물어보고 있습니다.

자기주도 학습을 어떻게 해서 어떠한 성과를 이루었는지를 핵심 내용으로 보여줘야 합니다. 고등학교 3년 동안 얼마나 치열하게 학습했고 그 과정에서 어떻게 성장하였는지를 압축해서 정리해야 합니다.

미래의 전공 분야로 해당 학과를 선정하게 된 배경을 구체적으로 설명해야 합니다. 특히 학습 목표를 설정하고 치열하게 고민하는 과정에서 겪었던 어려움으로 무엇이 있었으며 어떻게 극복했는지, 힘들었지만 일련의 과정에서 스스로 알게 된 것이 무엇인지를 설명할 수 있어야 합니다.

예를 들어 '노력의 성과로서 내신 성적이 3등급이었는데 1등급으로 올랐다'와 같은 단편적인 숫자를 제시하는 방식은 이목을 끌지 못합니다. 그보다는 '힘든 과정이었지만 극복하고 보니 공부의 즐거움, 도전, 성취감 등 학습의 본질과 가치를 깨우쳤고, 그 결과 새로운 발전 가능성과 능력과 재능을 얻었음'을 강조해야 합니다.

고등학교 재학 기간 중 했던 여러 가지 활동 중에서 하나의 주제로 연결 지을 수 있는 활동을 떠올려보세요. 여러 가지 활동을 하였지만 최종적으로는 하나의 결론에 이르게 해야 합니다. 몇 가지 활동으로 압축하고 그 활동들이 서로 상승효과를 낼 수 있도록 연결고리를 찾아야겠지요.

2번 문항: 공동체를 위한 노력

두 번째 관문은 공동의 목표를 이루어나갈 수 있는 인성을 갖췄는지에 대한 주제입니다. 타인과 공동체를 위해 어떠한 노력을 했는지와 더불어 노력하는 과정에서 무엇을 배웠는지를 쓰는 데 집중해야 합니다.

지문을 자세하게 읽어야 하는 이유가 여기에 있습니다. 함께할 수 있는 능력을 갖추고 있다는 것을 보이기 위해 고등학교에서 어떠한 인성으로 팀워크를 이뤄냈는지를 쓰는 것입니다. 이때 공동체란 학교생활 등에서 만나는 모든 사람을 의미합니다. 배려, 나눔, 협력, 갈등 관리 등은 바로 노력에 해당하겠지요.

여러 사람이 하나의 목표를 향해 함께 달려 나가는 일이 쉽지는 않았지만, 제각기 다른 성격의 팀원들이 어떻게 생각을 모으고 하나의 목표 혹은 성과를 이루어냈는지 그 과정을 쓰는 것입니다.

동아리 활동이라면 먼저 동아리의 특징 및 장점을 쓰고 난 뒤, 불가피하게 벌어진 갈등 상황에 어떻게 대처하고 조율했는지 그 과정을 구체적으로 서술하면 됩니다.

만약 봉사 활동이 소재라면 활동 그 자체를 나열하는 데 그치지 않고 자신이 어떻게 변화하고 성장했는지를 설명하는 데 집중해야 합니다. 더불어 지속적인 활동으로 연계가 된다면 더욱 좋겠지요. 이를테면 봉사 활동 관련 동아리를 결성해 재능 기부 활동으로 확장하는 등 지속성이 있다면 그 내용도 담아주면 좋겠지요.

더불어 함께 살아가기 위한 노력으로 리더십을 발휘한다거나, 팀워크를 위해 희생과 양보를 했다거나 이를 통해 공동체에 도움이 되었다는 내용 등의 활동 과정을 기술했다면, 그 과정에서 자신이 무엇을 느꼈는지 그리고 어떤 덕목을 배우게 되었는지를 생각해서 정리해야 합니다.

그렇다면 점수는 어떻게 매겨질까요. 배려, 나눔, 협력, 갈등 관리와 같은 주제로 글을 구성하고 단어를 언급하며 글을 쓰면 좋은 성과를 얻을 수 있습니다.

글의 형식 역시 주제 글, 활동 정보, 활동 내용, 결론 순으로 써 내려가면 자연스럽게 마무리할 수 있습니다. 참! 띄어쓰기 포함 800자 내로 써야 한다는 점, 잊지 마세요.

3번 문항: 지원 동기, 진로 계획

세 번째 관문은 대학마다 요구하는 조건이 다릅니다. 일부 대학에서는 고등학교 재학 기간에 읽었던 책 중에서 자신에게 큰 영향을 주었던 책을 선정하고 그 이유를 작성하는 문항으로 대체하는가 하면, 일부 대학에서는 학교와 학과·학부를 지원하게 된 동기와 향후 어떤 일을 하고 싶은지를 작성하라는 지문을 제시하기도 합니다.

지원하는 동기를 쓸 때에는 해당 학교와 학부의 인재상을 먼저 확인하세요. 이를 바탕으로 고등학교 재학 기간 노력했던 점과 성과 그리고 미래의 비전을 써야 합니다.

📖 자기소개서 작성 요령

간결하고 명확하게

본문은 어떻게 써야 할까요. 앞서 기사 쓰기 장에서 배운 '기사 쓰기 ABC법칙'을 적용해 보세요. 글이 간결하면서도 명확해집니다. 자기소개서에 미사여구를 잔뜩 늘어놓으면 내용이 빈약하다는 것을 보여주는 셈이니 주의하세요.

특히 서술어를 쓸 때는 거추장스러운 표현을 쓰지 마세요. '~라고 볼 수 있다' '~라고 생각한다' '~일 것 같다' 등의 표현은 자신감이 떨어지는 어투입니다. 쓸 게 없다고 해서 중복되는 내용을 반복해도 안 되겠지요.

짜깁기 절대 금지

급하다고 짜깁기라도 하겠다고 생각하면 큰코다칩니다. 인터넷 검색을 하면 자기소개서 예문 정도는 쉽게 찾을 수 있습니다. 일부를 가져다 요리조리 짜깁기하고 싶은 마음이 갑자기 생길 수도 있습니다.

여러분이 자기소개서를 제출하면 대학에서는 표절을 걸러내는 프로그램을 적용하여 검사합니다. 이 단계에서부터 걸리게 되겠지요. 탈락 1순위가 될 수 있으니 절대 짜깁기할 마음을 먹으면 안 됩니다.

학교에서 허락하는 범위를 따르기

학생부 위주 전형의 자기소개서는 학교 내에서 진행한 활동을 작성해야 합니다. 학교 생활 기록부에 기재할 수 없는 항목(논문·학회지 등재나 도서 출간, 발명 특허 관련 내용, 해외 활동 실적, 교외 인증시험 성적 등)은 작성할 수 없습니다.

어학연수 등 사교육 유발 요인이 큰 교외 활동의 경우에도 쓰지 않는 편이 좋겠습니다. 자신의 강점을 내세운다고 해서 출신 학교, 부모님 혹은 친인척의 실명이나 사회적·경제적 지위 등을 암시하는 내용을 쓴다면 감점의 대상이 될 수 있으니 주의하세요.

📖 이제 한번 써볼까요

이제 자기소개서 예시를 보면서 어떻게 쓰면 좋을지 알아볼까요.

> 1. 고등학교 재학 기간 중 자신의 진로와 관련하여 어떤 노력을 해왔는지 본인에게 의미 있는 학습 경험과 교내 활동을 중심으로 기술해 주시기 바랍니다. (띄어쓰기 포함 1,500자 이내)

> 고등학교 2학년 때 '함께 공부해 보자'는 마음으로 친구들과 만든 ABC동아리에 참여하게 되었습니다. ABC동아리는 수학, 과학 문제를 서로 토론하며 함께 푸는 모임입니다. 친구들과 함께 수학 문제를 풀어나가니 어려운 것도 쉽게 느껴져 적극적으로 참가했습니다. 특히 수학이 경제학과 깊이 관계되어 있다는 사실을 알게 되었습니다. 금융, 주식 등의 이론을 만들 때 수학 논리가 반영된다는 점에 흥미를 느끼게 되었습니다.
>
> 2개월 정도 지난 후 동아리를 이끌던 담임 선생님의 휴직으로

동아리의 구심점이 흐트러지기 시작했습니다. 시간이 지날수록 열정이 식으면서 세 달 만에 동아리 해체라는 위기에 이르렀습니다. 더이상 진행은 무의미하다는 친구들과 우리끼리 끝까지 가보자는 친구들로 나뉘게 되었습니다. 결국 동아리는 해체되었습니다. 하지만 저를 포함해 끝까지 가보자는 친구들이 뜻을 모아 수학 문제를 계속 풀어나가기로 결정했습니다.

선생님이 없어서 공부하기가 쉽지는 않았습니다. 하지만 나와의 약속을 지키면서 계속 공부하는 모습에 성취감이 높아졌습니다. 그 결과 고등학교 교과 과정 중 2학년 때의 내신 점수가 가장 높았습니다. 특히 수학 점수가 1등급으로 올라 자신감이 커졌습니다.

경제학자로서의 꿈을 키워온 저는 민주사회가 자본주의를 완성하는 중요한 가치라는 것을 알게 되었습니다. 1학년 때 '우리는 평등한 사회에서 살고 있는가'라는 주제로 열린 교내 토론 대회에 참가했습니다. 처음에는 '민주주의', '평등'이라는 간단한 주제로 생각했지만, 세부 주제가 많다는 사실을 알게 되었습니다.

준비 과정은 쉽지 않습니다. 민주주의 사회로 가기 위한 핵심인 평등은 공정 경쟁과도 깊이 연결되어 있었습니다. '공정 경쟁이 현실적으로 가능할까'에 대한 질문까지 다양하고 복잡한 사안이 걸려 있기 때문이었습니다. 파고들수록 너무 어렵다는 생각이 들어 중간에 포기하고 싶은 마음이 들었습니다.

저는 학교 도서관을 이용해 관련 자료를 모으기 시작했습니다.

도서관에서 빌린 쇼펜하우어의 『논쟁에서 이기는 38가지 방법』은 대회를 준비하는 데 큰 도움이 되었습니다. 상대방이 확대 해석을 하거나 논점을 다른 방향을 돌리고 흐트러지게 할 때 다시 논점으로 돌아오게 하는 방법이 눈에 들어왔습니다. 그것은 상대가 제시하는 반대의 명제를 말하고 선택하게 하는 방법이었습니다. 계속 딴지를 걸지 않도록 하는 것이었습니다.

토론 주제와 관련된 자료를 수집하고 모의 토론을 하면서 상대방의 예상 질문과 대응 자료도 준비했습니다.

저는 경제학과에 진학해 경제 이론을 만드는 학자가 되고 싶습니다. 경제학자가 되겠다는 꿈을 이루려면 스스로 세운 목표를 지켜야 한다고 생각합니다. 더불어 민주주의 가치를 살려 공정한 경제가 될 수 있도록 연구하고 싶습니다. 함께 모여 공부하면서 위기를 극복한 저는 대학에 진학한 후에도 나와의 약속을 잊지 않으며 꿈을 이루기 위해 최선을 다할 것입니다.

2. 고등학교 재학 기간 중 타인과 공동체를 위해 노력한 경험과 이를 통해 배운 점을 기술해 주시기 바랍니다. (띄어쓰기 포함 800자 이내)

그림 그리기를 좋아했던 저는 1학년 때 미술 동아리를 선택했습니다. '피카소'라는 이름의 미술동아리는 미술로 사람들의 마음을 치유하자는 목표 아래 봉사활동을 하는 동아리입니다.

처음 간 곳은 양로원이었습니다. 할머니 할아버지들과 함께하는 봉사였습니다. 미술 봉사는 다른 봉사활동과 달랐습니다. 그림을 그리기 위한 준비물도 많았고, 비용도 많이 들었습니다. 그림에 대한 부원들의 취향도 각자 달라 어떤 그림을 어떻게 가르쳐드려야 하는지 의견을 모으지 못해 시간만 흘렀고, 초조한 마음만 들었습니다. 그래서 저는 처음부터 간단한 도구만으로 시작을 해보자고 제안을 했습니다.

일단 연필과 종이만 들고 양로원에 갔습니다. 우선 얼굴 그리기를 시작했습니다. 어리둥절하시던 할머니 할아버지를 위해 먼저 저희가 그린 그림을 보여드렸습니다. 이내 할머니 할아버지들은 연필로 그림을 그리기 시작했습니다. 간단한 그림이었지만 할머니 할아버지는 연필로 자신의 얼굴을 그리면서 즐거워하셨습니다. 어려워하는 분들께는 직접 다가가 자세하게 가르쳐드렸습니다.

손으로 무엇인가를 스스로 만들어낸 할머니 할아버지의 얼굴이 밝아지는 모습을 보면서 우리는 뿌듯한 마음이 들었습니다. 비록 간단한 그림 한 장이었지만 수업이 끝나고 어르신 한 분이 다가와 "참 재미있었어. 고마워. 우리 손자 생각이 많이 나네."라고 말씀하셨습니다. 그 말을 듣는 순간 가슴이 뭉클해졌습니다.

봉사활동의 횟수가 늘어나면서 우리는 의견을 하나로 만들어 가는 과정을 배웠습니다. 비록 작은 노력이지만 함께하면 기쁨이 배가 되어 돌아온다는 소중한 경험을 할 수 있었습니다.

3. 〈자율 문항〉 필요시 대학별로 지원 동기, 진로 계획 등의 자율
   문항 1개를 추가하여 활용하시기 바랍니다. (띄어쓰기 포함 800
   자 이내)

경제학은 희소한 자원으로 경제 주체가 재화와 서비스를 생산·분
배·소비하는 과정에서 발생하는 문제를 연구하는 학문입니다. 경
제학자는 경제 성장과 경제 안정, 경제적 형평이라는 목표를 달성
하는 방법을 모색해야 합니다.

저는 유한한 자원을 어떻게 하면 가장 효율적으로 배분할 수 있
을지에 대한 문제에 특히 관심이 많습니다. 생활과 윤리 수업 시간
에 존 롤스의 분배 정의를 배웠습니다. 그리고 '효율성과 형평성이
라는 경제학의 이념 두 가지를 모두 고려하면서도 지속적으로 성
장할 수 있을까?'에 대한 의문이 들었습니다. 1970년대 이후 롤스
의 연구를 종합해 사회 약자를 위한 분배 정의를 주장하는 정의
론이 등장하였으나 실제 경제에 적용했을 때에는 지속 가능성이
낮아 보였기 때문입니다.

민주주의가 뒷받침되지 않는 자본주의에서는 자본의 약탈이
빈번해지고 빈익빈 부익부라는 양극화 현상이 심화될 것입니다.
공정한 경쟁이 이루어지고 평등이 실현되는 바탕에서 자본주의가
활성화되어야 한다고 생각합니다. 저는 경제학과에 입학해 시장
메커니즘 속에서 분배 정의가 실현 가능한지 연구하고 싶습니다.

더불어 함께 살아야 살 맛이 난다고 했습니다. 우리 이웃과 함

께 더불어 사는 데 경제학이 큰 도움을 줄 수 있다고 생각합니다. 이를 위해 저는 경제사를 연구하고 과거의 사례를 돌아보며 오늘날 대한민국이 안고 있는 문제를 해결하고 더 나아가 미래 경제에 기여하는 학자로 성장하고자 합니다.

위의 예시는 학습 경험, 교내 활동, 인성 평가 등 학교생활에서 충분히 발견할 수 있는 글감을 주제로 세 가지 문항에 녹여냈습니다.

학습 경험의 경우 공부 동아리 활동을 하면서 자신의 학습 계획을 꾸준하게 이어나갔다는 내용을 잘 소개하였습니다. 중도 해체 위기에 놓였던 공부 동아리를 계속해 나가겠다고 결정하고 친구들과 머리를 맞대어 해결점을 찾으려 했던 노력을 통해 공부의 참의미를 배웠고, 더불어 좋은 성과도 얻었다는 점을 차분하게 정리하였습니다.

교내 활동은 학년 대표로 토론 대회에 참가하기 위해 준비했던 과정, 그리고 대회에서 비록 실패했지만 그 과정에서 자신이 어떤 노력을 했고 또 무엇을 배웠는지 자세하게 정리하였습니다.

인성 관련 주제에서는 양로원에 찾아가 할머니 할아버지께 그림 그리기를 가르쳐드린 이야기를 소개하고 있습니다. 봉사활동을 하면서 이웃을 배려하고 도와주면서 우리 사회가 더욱 밝아질 뿐 아니라 개인의 마음도 건강해지고 기쁨이 배가 된다는 사실을 알게 되었다고 말하고 있습니다.

자율 문항에서는 장래희망인 경제학자의 역할을 설명하며 해당 학과에 지원한 동기를 밝히고 있지요. 나아가 입학 후 어떻게 학술 공부를 해나갈 것인지에 대한 포부도 드러내고 있지요. 자기소개서를 평가할 때에는 대학교 진학 후에 리더로 성장할 수 있는 자질을 갖추고 있는지를 중요하게 봅니다.

예시로 소개한 자기소개서에서는 자신이 느낀 점을 구체적으로 설명하고 있습니다. 이 지원자가 학교생활을 어떻게 했으며, 그 과정에서 무엇을 배우고 느꼈는지를 알 수 있습니다.

자기소개서를 작성할 때는 좋은 성과를 거둔 부분을 나열하는 것도 중요하지만, 과정을 기술하는 것이 더욱 중요합니다. 힘든 위기를 어떻게 극복하고 성과에 이르렀는지를 설명하는 것입니다.

이미 이뤄놓은 성과보다 힘들 때 어떻게 극복했는지, 그리고 친구들과 어떻게 협력하여 더 큰 성과를 냈는지와 같은 부분에 더욱 주의하며 자기소개서를 작성해 봅시다.

6

본질을 꿰뚫는 힘, 논술

"현대 사회의 소비 문제를 다루는 논제에 데리다의 '시뮬라크르*'를 인용한 학생이 많더군요. 과연 학생들이 시뮬라크르를 알고 쓴 건지 의문이 들더군요."

어느 대학교에서 논술 시험 평가를 맡은 교수의 말입니다. 철학 전공자가 아니면 이해하기 어려운 현대 철학자의 이론을 똑같이 제시하면서 모범 답안처럼 논술하는 경우가 많다는군요. 혹시 학원에서 논술 모의고사를 준비하면서 얻어낸 얕은 지식은 아닐까요.

시뮬라크르
프랑스 현대 철학자 장 보드리야르가 주창한 개념으로 현실에는 존재하지 않는 대상을 실제로 있는 것처럼 만들어놓은 인공물을 말한다. 한국어로는 번역할 때에는 '가장(假裝)'이라는 의미로 해석한다.

📖 논술, 누구나 넘어야 할 산

논술은 대학 진학을 준비하는 청소년에게 높은 벽처럼 다가옵니다. 이유는 간단합니다. 복합적인 문제 해결을 위한 대안을 창의적인 아이디어로 제시하고 이를 논리적으로 증명해 나가면서 간결하게 써야 하니 막막할 수밖에 없겠지요. 특히나 논술은 정답을 고르는 객관식 문제가 아니니 더욱 난감하지요.

논술 쓰기를 어려워하는 이유를 두 가지로 압축하면 다음과 같습니다. 첫째, 논제에 대해서 많이 알아야 잘 쓸 수 있다는 선입견 때문입니다. 둘째는 자신의 글쓰기 실력이 형편없다는 생각 때문입니다.

대학의 논술 고사는 지원한 학생이 고등학교 교과 과정을 정확하게 이해하고 설명할 수 있는지를 알아보기 위해 치르는 서술형 시험입니다. 학생들이 대학에 들어온 후 학문적인 소통을 할 수 있는 자질을 갖추고 있는가를 검증하는 것을 목적으로 하지요. 대단히 높은 학문적 지식을 요구하는 시험이 아니라는 의미입니다.

본격적인 논술 시험을 대비할 때에는 희망하는 대학의 논술 기출 문제를 찾아 풀어보세요. 대학에서 실시하는 정기 모의고사에 지원해 온 오프라인으로 예비 시험을 치러보는 경험도 실전에 큰 도움이 된답니다.

혼자 하기 어렵다면 친구들과 스터디 모임을 꾸려서 함께 해보세요. 실행력이 늘고 더불어 자기소개서에 쓸 수 있는 소재도 생기게 됩니다. 문제를 풀어본 뒤에는 친구들과 함께 평가해 보고 선생님께 도움을 요청하세요.

평소에 책, 칼럼, 사설 등을 읽으면서 논리적인 사고력을 키워나가는 훈련도 큰 도움이 됩니다.

📖 논술의 세 가지 요소

그렇다면 논술이란 무엇일까요. 논술(論述)의 한자 뜻풀이를 보면 어떤 사물이나 대상을 따져서 글이나 말로 펼쳐낸다는 의미입니다. 즉, 따져 물어 얻은 답(해법, 대안)을 글로 쓰면 그것이 바로 논술이지요.

논술에서는 자신의 주장을 제시할 수 있어야 합니다. 논제를 분석해 논증거리를 찾아내고 이를 해결하기 위해 새로운 아이디어를 제시하면서 풍부한 근거로 결론을 이끌어내야 합니다.

어떻게 써야 할까요. 논술은 세 가지 요소를 갖춰야 합니다. 분석력, 창의력, 논증력입니다.

분석력

분석력은 논제와 제시문을 정확히 이해하고 쟁점을 찾아내는 능력을 의미합니다. 대부분의 논제는 복합적으로 얽혀 있습니다. 그래서 논쟁의 포인트를 제대로 찾아내기부터 쉽지 않지요.

그러나 논제를 세밀하게 쪼개서 그 안에 무엇이 중요한지를 골라내야 합니다. 마치 수학의 미분과 적분처럼 말이지요.

이 과정에서 출제자가 무엇을 원하는지 그 핵심 포인트를 찾아낼 수 있습니다. 논제가 복잡할수록 세부적인 작은 논제가 숨어 있는데 이 또한 파악해야 합니다.

✏️ 예시

'A와 B의 차이점을 쓰고, 이를 참고하여 제시문 C의 주장에 대해 논술
하시오.'

여기서 구체적으로 써야 하는 핵심 포인트는 제시문 C의 주장에 관한
자신의 견해를 쓰라는 부분입니다.

'~을 참고하여' '~을 근거로' '~을 바탕으로' 등 '참고' '근거' '바탕'과 같
은 발문이 나오면 이것을 기준이 되는 소논제로 삼아 쓰라는 말입니다.

논술 시험은 논제를 제대로 파악하는 일만으로도 시간이 많이 걸립
니다. 지문이 길어 차분히 읽고 이해하는 데에도 시간이 필요하지요. 학

술, 시사 등 평소 익숙하지 않은 개념어가 자주 등장하기 때문에 정확하게 글의 내용을 파악하고 행간을 읽어내기 쉽지 않습니다. 논제를 수박 겉 핥듯 이해해서는 본질적인 대안을 제시하는 글을 쓰기 쉽지 않아요. 높은 점수를 기대하기 어렵습니다.

시간이 많이 필요한 논제 분석 연습에 집중해야 합니다. 논제 분석이 그동안 배운 지식의 수준과 사고의 깊이를 판가름하는 잣대이기 때문이지요.

분석력을 키운다는 말을 너무 어렵게 생각하지 마세요. 내가 아는 말로 논제를 다시 써보는 연습으로 분석력을 쉽게 강화할 수 있습니다. 내가 아는 쉬운 말로 바꿔놓으면 논제가 정확하게 눈에 들어옵니다. 이 과정에서 출제자의 의도를 파악할 수 있습니다.

창의력

창의력은 문제를 해결하기 위한 대안이나 해법이 얼마나 새롭고 독특한지를 평가하는 잣대가 됩니다. 즉, 얼마나 주도적으로 생각하고 있는가를 평가하는 것이지요.

논제를 분석하고 현실적인 대안을 찾아내는 과정은 다양한 자료를 수집해서 읽으면서 생각을 정리한 끝에 나옵니다. 자료 수집과 분석, 사고력이 결합하는 과정에서 나만의 아이디어가 샘솟게 됩니다. 잘 쓴 논술에 창의적인 내용이 담길 수밖에 없는 이유입니다. 평소에 뉴스 읽기를 해둔다면 자신만의 생각을 정리하는 데 도움이 됩니다.

'한국과 일본의 대중문화의 차이점을 쓰시오' 이 같은 논제가 제시된다면 이때에는 한국과 일본 두 나라의 대중문화에 대한 이해가 필요합니다. 그 과정에서는 공통점도 있을 수 있습니다. 이때에는 차이점을 중심으로 쓰되, 공통점도 간략하게 쓰는 것이 좋겠지요.

"두 나라 모두 중국의 영향을 받았다는 역사적인 공통점은 있지만, 차이점이 더 많다. 첫째(…), 둘째(…)"식으로 나열하면 됩니다.

이때 차이점을 분석하는 기준에서 자신만의 생각을 제시할 수 있습니다. 일본, 한국이라는 두 나라에 대한 너무나 뻔한 지식만을 나열한다면 좋은 점수를 받기 어렵습니다.

논증력

논증력은 스스로 제안한 대안이나 해법에 합리적인 근거를 제시하면서 결론을 이끌어내는 능력입니다.

논증력은 결론을 이끌어내는 과정에서 드러납니다. 논술문을 쓸 때에는 논제를 순서대로 써 내려가야 합니다. 전체 논제가 모두 연결되어 있기 때문입니다.

구체적인 답을 제시해야 하는 논술문이기 때문에 답을 여러 개로 제시하기보다 하나의 답을 최종적으로 이끌어나가기 위해 각각의 논제를 이해하고 연결고리를 잘 엮어 최종적인 결론에 이르러야 합니다.

평소에 관련 지식이 많지 않다고 해서 걱정할 필요는 없습니다. 제시문과 논제에 들어 있는 정보를 파악하는 데 집중하면 됩니다. 그 속에 답안을 어떻게 쓸 것인가에 대한 힌트가 숨어 있으니까요. 제시문과 논제에 숨어 있는 힌트를 활용해서 차분히 논리적으로 정리하면 됩니다.

📖 유형별로 연습하기

요약하기

모든 배움이 그렇듯 글을 잘 쓰기 위해 기술을 터득하고 내 것으로 만드는 훈련을 하는 데에는 시간이 걸립니다. 특히 논술에서는 논리적인 사고를 간결하게 써야 하기 때문에 객관적이고 압축적인 글쓰기에 익숙해져야 합니다.

그렇다고 겁먹을 필요는 없겠지요. 어떻게 준비하면 좋을까요. 평소에 다른 사람이 쓴 글을 요약해 보기를 제안합니다. 논리적이고 객관적인 글로는 신문의 칼럼이나 사설 등이 있습니다.

요약하기는 최근 교육계에서 화두가 된 메타인지를 훈련하는 데 효과적인 방법이라고 전문가들이 추천하고 있습니다. 다른 사람이 쓴 글의 핵심 주제를 끄집어낸 후 나의 언어로 다시 정리해 글로 써보는 과정에서 자신이 아는 것과 모르는 것을 확인할 수 있기 때문에 학습 효과도 높아진다고 합니다.

요약하기는 논제 분석력을 키우는 데 효과가 있습니다. 신문 기사 중에서 칼럼을 요약해 보면 쟁점을 파악하는 능력이 자연스럽게 길러집니다. 요약하기는 논술 제시문의 내용을 파악하고 쟁점이 무엇인지를 가려낼 수 있게 도와줍니다.

비교·대조하기

비교하기는 논술 시험에서 자주 출제되는 유형이지요. 'A와 B를 비교하시오' 'A와 B의 차이점을 쓰시오' 'A와 B를 비교분석하시오'와 같은 지문입니다.

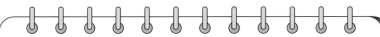

　　메타인지는 '메타(meta)'와 '인지(cognition)'의 합성어로 '~후에(after)' '~너머(beyond)'라는 뜻의 그리스어 전치사 '메타(meta)'에 '이해하는 능력, 앎(knowing)의 과정이나 행동' 등을 의미하는 라틴어 '코그니시오넴(cognitionem)'이 더해진 합성어입니다. '자신의 인지 과정에 대한 인지'라는 뜻입니다.

　　1976년 미국의 아동 발달심리학자 존 플래벌이 처음 쓴 메타인지는 '자신의 인지 과정을 한 차원 높은 시각에서 관찰하여 찾아내고 통제하다'라는 의미를 지녔습니다. 즉 '어떻게 하면 공부 혹은 일이 잘되게 할 수 있을까'를 스스로 따져 물어가면서 반성하고 올바른 길을 찾아가는 정신 작용을 아우르는 용어입니다.

　　학습 과정에서 메타인지는 학습자 스스로가 배운 내용 중 무엇을 알고 무엇을 모르는지, 자신이 하는 행동이 어떤 결과를 낳게 되는지를 아는 능력을 의미합니다. 할 수 있는 것과 할 수 없는 것을 스스로 알고 나면 자신의 학습 방법을 스스로 통제할 수 있게 된다는 논리입니다.

　　효과적이고 성공적인 학습을 위해서는 스스로 무엇을 얼마나 잘 알고 있는지를 파악하는 것이 중요하지요. 메타인지를 통해 지금 나의 수준과 위치를 파악한다면 효율적인 학습을 위해 필요한 것이 무엇인지를 알게 되고 스스로에게 맞는 학습법을 찾아 효율적인 공부를 할 수 있게 된답니다.

　　하나의 주제에 서로 다른 입장을 찾아 그 근거의 공통점과 차이점을 비교할 수 있어야 합니다. 칼럼, 논설을 비교하여 읽거나, 사회과 교과서에 실린 서로 다른 입장을 나타낸 사상가들의 견해를 비교하고 대조해

보는 연습을 한다면 도움이 될 것입니다.

비교 유형의 논술을 작성할 때에는 본격적인 글쓰기에 들어가기 전에 비교 표를 그려보세요. 공통점과 특징 그리고 차이점이 눈에 선명하게 들어옵니다.

	A	B
공통점		
차이점		

대상 비교 표

이렇게 도표로 정리해 두고 부문별로 정리하면 됩니다. 비교하기에서 중요한 부분은 공통점보다 차이점에 있습니다. 차이점을 설명하기 위해서는 기준이 있어야 합니다. 기준이 무엇이냐에 따라 차이점의 논의가 달라지기 때문이죠.

비교 기준이 명확해지면 비교하고자 하는 내용을 서로 연결 짓기도 쉬워집니다. 제시문이 두 개 이상인 경우에는 공통으로 등장하는 핵심어를 찾아 이를 바탕으로 유추하면 비교 표를 좀 더 쉽게 작성할 수 있습니다.

설명·해설하기

제시문을 근거로 다른 제시문의 현상이나 문제, 상황 등의 사실 관계를 확인하고 설명 혹은 해설하라고 요구하는 유형입니다. 지문에 해석, 분석, 설명, 해설 등을 요구하는 내용이 들어 있다면 가치 판단과 주관을 개입시키지 않는 것이 좋습니다.

제시하는 내용이 낯설거나 복잡할수록 이를 쉽게 풀어서 설명하라는 의도입니다. 관점, 원리, 개념 등을 제시하고 이를 적용해 다른 대상을 설명해 보라는 것이 문제의 핵심입니다.

이를 위해서는 설명의 근거가 되는 제시문에서 주장이나 근거, 관련 정보를 먼저 추출해 내야 합니다. 추출한 다음 이를 설명하고자 하는 대상이나 문제, 상황과 어떤 점에서 유사하고 차이가 있는지를 분석해 차례대로 설명하거나 해설하면 됩니다.

분석하기

주어진 제시문을 바탕으로 통계 자료의 의미를 분석하거나 다른 제시문 속의 대상이나 상황 혹은 사례를 분석하는 유형입니다. 수능 국어, 특히 비문학 영역 중 비판적 사고, 추론적 사고 부문을 이용해 평소에 훈련해야 합니다.

통계 자료, 그래프 등 시각 자료를 분석하는 훈련도 평소에 해두어야 합니다. 사회과 선택 과목 교과서의 표와 그래프, 통계 자료 등을 읽고 그 의미를 해석하는 훈련이 필요합니다.

제시된 정보에 기반해 다른 사례나 현상의 원인, 특징, 문제점 등을 분석해 보세요.

대안 제시하기

주어진 제시문을 읽고 통계 데이터의 의미를 파악해 상황, 사례 등을 분석한 뒤 문제 상황에 대한 해결책을 제시하는 유형입니다.

먼저 문제의 원인을 파악해야 합니다. 같은 문제가 벌어져도 원인이

다를 수 있기 때문입니다. 원인이 다르면 해결 방안도 달라야겠지요.

원인을 분석한 후 제시문에 나온 관점 등에 비추어 문제를 해결할 수 있는 방안을 서술하면 됩니다. 해결책이나 대안은 제시문에 나타난 원인을 바탕으로 기술해야 하기 때문에 이를 벗어난 해결책이나 대안은 의미가 없다는 점 잊지 마세요.

비판하기

제시문이 왜 잘못되었는지, 그리고 어떻게 틀렸는지를 조목조목 논리적으로 따지는 것이 핵심입니다. 이를 위해서는 제시문의 논거에 어떤 허점이 있는지를 찾아내야 합니다.

비판하기의 유형을 살펴보면 크게 세 가지로 구분할 수 있습니다. 첫째는 한 쪽(A)의 주장을 비판하기, 둘째는 한 쪽(A)의 주장에 나타난 문제점을 지적하기, 셋째는 한 쪽(A)의 관점에 서서 다른 쪽(B)의 주장을 반박하기입니다.

비판하기는 비난이 아닙니다. 논리적인 반박을 위해서는 자신의 논거가 확실해야 합니다. 비판하기를 잘하려면 세 가지 방법에 집중해 보세요.

첫째는 상대의 주장에서 전제의 사실 여부를 파악하세요. 둘째는 상대의 주장에서 결론이 불러일으킬 문제가 없는지 따져보세요. 셋째는 상대의 주장에서 전제가 결론으로 물 흐르듯이 자연스럽게 이어지는지 확인하세요.

주장은 전제와 결론으로 구성됩니다. 결론은 전제를 디딤돌 삼아 내려집니다. 현실성 없는 근거를 제시해 결론을 맺지 않도록 주의해야 합니다.

📖 숫자와 그래프로 된 자연 계열 논술

자연 계열 논술은 자기의 주장을 펼치는 글이 아닙니다. 과학 논술은 논제를 풀어서 쓰는 설명문입니다. 이미 답은 정해진 상태이지요. 학생들이 얼마나 논리적이고 합리적인 논거를 충분히 제시하며 설명하는지가 평가 대상입니다.

인문 사회 계열을 제외한 수학, 물리, 과학 등 자연 계열의 경우 논제가 수식과 그래프로 설명되어 있는 경우가 대부분입니다. 문과의 경우 사회에서 벌어지는 현상이나 복합적인 문제를 해결하려면 어떻게 해야 하는지를 묻는 지문이 대부분인 반면 이과는 해당 분야의 현상을 도표와 수식으로 설명한 지문을 읽고 이를 검증하는 형식입니다.

숫자와 그래프가 나온다고 두려워하지 마세요. 한 겹만 걷어보면 출제 의도를 파악할 수 있습니다. 핵심은 어떻게 하면 주어진 문제를 해결할 수 있는가에 있습니다. 단지 글로 표현되어 있는지, 혹은 수식과 그래프로 설명되어 있는지 그 차이입니다. 본질은 같다고 생각하면 됩니다.

이과 논술에서는 논제의 범위가 어디까지인지 확인해야 합니다. 분석력에 해당하는 부분이지요. 논제에서 무엇을 묻고 있는지를 명확하게 파악할 수 있어야 합니다.

특히 논제에서 주어진 제한 조건을 철저하게 지켜야 합니다. 논제의 말미에 반드시 그림 혹은 도표를 이용해서 추론하라는 조건이 있다면 이를 분명히 만족시켜야만 합니다.

아울러 교과 과정 안에서 논거를 찾아야 합니다. 대학에서는 고등학교 교과 과정에서 배우지 않은 논거를 요구하지 않으니까요. 이과 논술은 그래프, 표 등으로 표현할 수 있습니다.

글의 분량이 높은 점수를 보장하지 않습니다. 필요한 내용만 간결하게 써야 합니다.

📖 쓸수록 늘어나는 실력

논술을 어려워하는 또 다른 이유는 어휘력, 문장력, 띄어쓰기 등 글쓰기 실력이 걱정되기 때문입니다. 하지만 논술은 대표적인 실용 글입니다. 소설이나 시와 같은 문학 글쓰기와는 다릅니다. 따라서 보다 중요한 것은 문제를 정확하게 꿰뚫고 이에 대한 창의적인 해법이나 대안을 논리적으로 풀어내는 힘을 기르는 것입니다.

물론 잘못된 단어를 선택해서 문맥이 통하지 않거나 치명적인 오탈자가 있으면 안 되겠지요. 실제 논술 고사에서 문장 표현력 점수가 가장 낮다는 점 잊지 마세요.

평소에 조금씩 시간을 내 준비한다면 논술은 어려운 글이 아닙니다. 특히 또래 청소년과의 경쟁이기 때문에 막연한 두려움에 억눌리지 않아도 됩니다.

글쓰기는 특별한 소수만이 가진 대단한 능력이 아닙니다. 만약 여러분이 글쓰기를 어렵게만 느낀다면, 오래 쓰지 않아 낯설고 쓰려니 무엇부터 해야 할지 몰라 부담스러운 것뿐입니다. 작은 실천으로 웬만한 글쓰기 실력에 이르는 데 그리 오래 걸리지 않습니다.

글을 잘 쓰면 말도 잘하게 된다고 합니다. 뇌신경 의사 신동선은 『재능을 만드는 뇌신경 연결의 비밀』에서 "글을 쓸 때와 말을 할 때 뇌에서는 같은 회로가 작동한다"고 합니다.

글은 쓰면 쓸수록 늘게 마련입니다. 누구나 소소한 훈련으로 키울 수 있는 기술이자 능력입니다. 글을 잘 쓰면 자신감이 생깁니다. 자신감을 얻으면 당당해지지요.

지금 당장 글쓰기를 시작해 보세요. 당당하고 자신만만하게 세상과 소통하는 내 모습을 곧 만나게 될 테니까요.

로봇 저널리즘

로봇이 식사 주문을 받고, 나온 음식을 식탁으로 나르는 장면이 낯설지 않은 시대. 로봇은 단순 반복적인 일밖에 못할 것이라는 전문가들의 예상을 비웃기라도 하듯 인공지능(AI) 기술을 이용한 소프트웨어가 그림을 그리는가 하면, 소설을 발표해 화제가 되기도 했지요.

2016년 일본에서는 AI가 쓴 단편 소설 「컴퓨터가 소설을 쓰는 날」이 문학상 1차 예심을 통과해 주목을 받았습니다. 2018년 국내에서도 KT가 주관하는 '인공지능 소설 공모전'이 열리기도 했습니다.

인간 고유의 영역이라고 여겼던 창의력 발휘에 기술의 도전을 받고 있어요. 기사 작성도 예외는 아닙니다.

"목요일인 17일은 고기압의 가장자리에 들면서 가끔 구름이 끼고 오후부터는 제주도를 시작으로 남부 지역 일부에 비가 오는 곳이 있겠습니다."

익숙한 기상 예보 기사입니다. 기자가 쓴 것이 아니라 인공지능 기사 작성 소프트웨어가 송출한 날씨 기사입니다.

2013년 2월, 미국의 《LA타임스》는 지진 속보를 송출하는 '퀘이커봇 (Quakebot)'을 도입했다고 밝혔습니다. 2016년에는 《AP통신사》가 미국 상장 회사의 기업 실적을 신속하게 뉴스 기사로 작성하는 '워드스미스 (Wordsmith)'를 공개하고 기업 뉴스를 전송하고 있습니다.

이후 국내에서도 잇따라 인공지능 기사 작성 소프트웨어가 등장했 습니다. 《파이낸셜 뉴스》가 2016년 1월 국내 최초로 로봇기자 '아이엠 FN봇(IamFNBOT)'을 선보이자, 《헤럴드 경제》는 영문 로봇기자 '히어로 (HeRo)'를, 《서울경제》는 '뉴스봇(Newsbot)' 등을 등판시켜 주가 현황, 주주 동향, 기업 실적 등 증시 관련 정보를 자동으로 생성해 기사로 작 성하고 있습니다.

기상 예보 기사 외에도 스포츠 경기 예고 및 결과, 증권 시장의 시황 등의 일부는 인공지능 기술을 적용한 소프트웨어로 기사를 송출하고 있습니다. 지난 2018년 5월 대한야구위원회(KBO)는 인공지능으로 기사 를 작성하는 로봇 기자를 도입한다고 발표했어요. 경기가 끝나고 나면 기사가 1초 만에 완성돼 송출할 수 있다는 장점을 강조했습니다. 심지어 오탈자도 없다며 자랑했어요.

축구의 종주국 영국에서도 로봇 기자가 경기 결과 기사를 자동으로 생성해 냅니다. '사커봇(Soccer Bot)'이라는 프로그램으로 영국 프리미어 리그 축구 전 경기의 데이터를 수집해 자체 알고리즘으로 분석해서 경 기 결과를 기사로 생산해 냅니다. 이처럼 인공지능 기술로 기사를 작성 하는 것을 '로봇 저널리즘'이라고 합니다.

그렇다면 더 이상 인간 기자의 역할은 사라지는 것일까요. 그렇지 않 습니다. 로봇 저널리즘에 한계가 있으니까요.

현재 로봇 저널리즘이 가능한 분야는 정형화된 데이터가 있는 분야입니다. 기상 예보, 증권 시장의 시황, 기업 실적, 주가 현황, 스포츠 경기 결과, 선거 결과와 같은 단순한 사실 전달 기사의 경우 글의 형식이 정해져 있습니다. 날짜, 실적, 현황 등 숫자와 내용만 바꾸면 새로운 기사가 된답니다.

로봇이 심층 취재를 하거나 기획 기사를 발제하거나 하는 수준에는 아직 이르지 못했다는 의미입니다. 단순 반복적인 기사를 인공지능에게 맡긴다면 독자들이 궁금해하는 분야는 인간 기자가 심층적인 현장 취재로 깊이 있는 기사를 쓰지요. 세상이 더욱 복잡해지는 만큼 정보의 가치를 판단하고 이를 분석해 주는 기자의 역할은 아직도 유효하답니다.

정보가 넘치는 시대, 인터넷과 연결하면 터치 몇 번으로 웬만한 정보는 쉽게 찾을 수 있습니다. 굳이 이해하고 요약해 두지 않아도 손만 뻗으면 정보는 늘 그곳에 있을 것만 같지요. 그러나 원하는 정보를 쉽게 찾을 수 있는 지식의 시대에도 쓰기의 기술은 쓸모가 있습니다.

근거는 인간의 뇌에 있습니다. 세상에 수없이 많은 정보와 지식 그리고 지혜가 있어도 내 뇌에 있지 않으면 내 것이라고 하기 어렵습니다. 지식이 지혜로 바뀌는 과정은 인간의 뇌에서 이루어집니다. 뇌가 흡수해 이해하고 정리한 후 반복적으로 학습해야 비로소 내 것이 됩니다. 이 같은 학습과 훈련의 과정에는 절대적인 노력이 필요하지요.

인지신경학자이자 아동발달학자인 매리언 울프는 "인간의 뇌에는 본디 읽기를 위한 회로가 없었다"고 주장합니다. 언어가 발달하면서 인류는 문명을 이루었고 근대에 이르러 인쇄·출판 기술의 발전으로 읽기와 쓰기가 대중에게로 퍼지게 되었지요. 이 과정을 거치면서 인간의 뇌에 읽기 회로가 서서히 자리 잡게 되었습니다. 쓰기는 읽기보다 한 차원 더 높은 인지 활동입니다. 읽기 회로가 점진적으로 생겼으니 쓰기 회로는 더더욱 뒤늦게 자리 잡았겠지요.

최근 디지털 환경에 오랜 시간 노출되면서 인간의 뇌는 읽기와 쓰기의 핵심인 사고력이 취약해지고 있습니다. 『생각하지 않는 사람들』의 저자 니콜라스 카는 "디지털 기술에 노출되면서 인간의 뇌 구조가 사고력에 취약하게 바뀌고 있다"고 주장합니다. 카는 "판단력이 흐려져 확증편향*적으로 바뀌어 특정 집단의 논리에 휩쓸리게 된다"고 우려합니다.

사고력을 키우는 데 글쓰기만 한 훈련이 없습니다. 글은 말과 다르기 때문에 자연스럽게 논리의 흐름을 유지하려면 충분히 생각하고 나서 쓰게 됩니다. 생각하는 습관이 자리 잡게 되는 거지요.

쓰기는 또 공부를 재미나게 해줍니다. 글로 정리하는 습관을 들이면 복잡한 내용을 단순화하는 능력이 생겨납니다.

세상은 복잡하고 사람들의 의견은 분분합니다. 복잡한 의견을 간단하게 정리하고 다른 사람들에게 설명하는, 이보다 더 중요한 능력이 또 있을까요.

참고문헌

정기간행물 및 논문

강찬수. 2021.10.28. "국립생태원 민통선 생태계 6곳은 시급하게 보호해야 할 지역". 중앙일보.

권성규. "공학 글쓰기 이해". 교양교육연구. 9(2):269-308.

김민경. 2022.5.5. "'英디즈니' 멀린, 레고랜드 이어 韓키즈시장 투자 본격화". 서울경제.

김병규. 2022.11.30. "국민 63% 기후변화의 건강 영향 심각…78% 탄소중립 동의". 연합뉴스.

김지수. 2022.2.26. "김지수의 인터스텔라-좋은 콘텐츠는 창작자의 포용 공간에서 싹튼다, 사장 송은이의 일". 조선비즈.

김지숙. 2022.8.18. "반려동물 보유세 어떻게 생각하시나요, 국민에게 묻는다". 한겨레.

김현정. "국내 주요 대학 글쓰기 교육의 전개 양상과 발전 방향". 교양교육연구, 14(5):11-23.

서동준, 2022.4.11. "화성에선 소리가 어떻게 들릴까… 퍼시비어런스가 포착한 최초의 소리 분석 결과". 동아사이언스.

신종호. 2022.8.12. "왜 많은 학생들이 자기주도 학습에 실패할까". 동아일보.

양민희. 2022.6.30. "반려동물보유세, 어떻게 생각하세요?" CBS노컷뉴스.

오성주. 2022.4.21. "눈맞춤 3초면 친구가 된다". 한국일보.

이명미. "대학생의 성격유형에 따른 글쓰기 양상 연구 -MBTI 성격유형 중 감각 인식 기능을 중심으로-". 5(1):63-88.

이승주. 2017. 계획하기 단계 수업이 학생들의 글 수준과 인식에 미치는 영향. 2017. 12. 배달말,(61):123-148.

이해준. 2021.11.6. "달리던 인라인스케이트에 꽝…자전거 탄 50대 사망, 누구 책임?". 중앙일보.

정희모. 2004. "MIT대학 글쓰기 교육시스템에 관한 연구", 독서연구, (11):327-356.

조일준. 2022.10.18. "인간의 뇌는 사랑하도록 진화했다". 한겨레21.

Piolat, A. & Roussey. J-Y. 1996. Students' drafting strategies and text quality. Learning and Instruction, 6(2):111-129.

Dunbar, Robin. 1992. Neocortex size as a constraint on group size in primates. Journal of Human Evolution, 22(6): 469-493.

단행본

국립국어원. 국어 기초 어휘 선정 및 어휘 등급화를 위한 기초 연구. 2017. 서울:국립국어원.

김별아. 월성을 걷는 시간. 2022. 서울:해냄.

김정선. 내 문장이 그렇게 이상한가요?. 2016. 파주:유유.

김훈. 자전거 여행1. 파주:문학동네.

김훈. 칼의 노래. 2014. 파주:문학동네.

시사상식연구소. 10대를 위한 모든 이슈. 2022. 서울:시대교육.

신동선. 재능을 만드는 뇌신경 연결의 비밀. 2017. 고양:더메이커.

신영복. 나무야 나무야. 1996. 파주:돌베개.

연세대학교연구처. 새논문작성법. 2002. 서울:연세대학교출판부.

오준호. 혼자서 끝내는 논술 공부. 2014. 서울:미지북스.

울프, 매리언. 다시, 책으로. 전병근. 2019. 서울:어크로스.

유시민. 유시민의 논술 특강. 2015. 서울:생각의길.

윤후명 외. 한국 소설이 좋아서. 2017. 서울:주식회사책.

이만훈. 인터뷰의 모든 것. 2007. 서울:랜덤하우스.

이정림. 수필 쓰기. 2007. 서울:랜덤하우스.

이청준. 아름다운 흉터. 2004. 파주:열림원.

정희창. 우리말 맞춤법 띄어쓰기. 2020. 서울:알에이치코리아.

조한별. 세인트존스의 고전 100권 공부법. 2016. 서울:바다출판사.

최재천 외. 글쓰기의 최소원칙. 2018. 서울:경희대학교출판문화원.

카, 니콜라스. 생각하지 않는 사람들. 최지향. 2020. 서울:청림출판.

터클, 셰리. 외로워지는 사람들. 이은숙. 2012. 서울:청림출판.

하라다 다카시, 시바야마 겐타로. 쓰면 반드시 이뤄지는 기적의 만다라트. 서수지. 2020.
　성남:책비.

현진건. 운수 좋은 날. 2015. 서울:애플북스.

웹자료

Difference Between APA and Harvard Referencing. https://www.differencebetween.
　com/difference-between-apa-and-vs-harvard-referencing/

Norman, Nielsen. How Users Read on the Web. 1997. 9. 30. Nielsen Norman
　Group.

https://www.nngroup.com/articles/how-users-read-on-the-web/

KREW TALK. 2022.6.22. 올바른 단문과 복문 작성 가이드. KaKaoenterprise. https://
　tech.kakaoenterprise.com/147.

청소년을 위한 글쓰기 에세이

초판 1쇄 2023년 1월 15일
초판 2쇄 2024년 3월 5일

지은이 | 장선화
펴낸이 | 송영석

주간 | 이혜진
편집장 | 박신애 **기획편집** | 최예은 · 조아혜 · 정엄지
디자인 | 박윤정 · 유보람
마케팅 | 김유종 · 한승민
관리 | 송우석 · 전지연 · 채경민

펴낸곳 | (株)해냄출판사
등록번호 | 제10-229호
등록일자 | 1988년 5월 11일(설립일자 | 1983년 6월 24일)

04042 서울시 마포구 잔다리로 30 해냄빌딩 5 · 6층
대표전화 | 326-1600 **팩스** | 326-1624
홈페이지 | www.hainaim.com

ISBN 979-11-6714-056-2

파본은 본사나 구입하신 서점에서 교환하여 드립니다.